W0250636

ARCHE

Janine
Adomeit

Die erste halbe Stunde im Paradies

Roman

ARCHE

Die Arbeit an diesem Roman wurde gefördert
durch ein Arbeitsstipendium der Kulturstiftung
des Landes Schleswig-Holstein.

Das Zitat auf S. 139 stammt aus: Harro Albrecht, *Schmerz. Eine Befreiungsgeschichte*. Droemer Taschenbuch, München 2016, S. 8. Mit freundlicher Genehmigung von Verlagsgruppe Droemer Knaur GmbH & Co. KG.

MIX
Papier | Fördert gute Waldnutzung
FSC® C014496

ISBN 978-3-7160-0011-3

Originalausgabe
1. Auflage 2025
© 2025 Arche Literatur Verlag,
ein Imprint der Atrium Verlag AG, Zürich
Alle Rechte vorbehalten. Der Verlag untersagt
ohne ausdrückliche schriftliche Zustimmung
die Nutzung dieses Werkes im Sinne des § 44b UrhG
für das Text- und Data-Mining.
Gesetzt aus der Arno Pro Regular
Satz: Dörlemann Satz, Lemförde
Druck und Bindung: GGP Media GmbH, Pößneck
Printed in Germany

www.janineadomeit.com

www.arche-verlag.de
Instagram: arche_verlag

Für B. und K.

Für jedes Leid auf dieser Welt, so scheint's,
gibt es ein Mittel oder keins.
Ist eines da, versuch's zu finden,
ist keines da, musst du's verwinden.

Kinderreim

Prolog

Kurz vor Silvester 99 holten wir den größten Koffer aus dem Keller und packten Kleidung, Zahnbürsten und den Plastikbeutel mit den weißen, gelben und rosafarbenen Tabletten, denn unsere Mutter hatte eine ihrer Ideen gehabt: Sie wollte den Jahreswechsel mit uns in Italien verbringen. Die »Jahrtausendwende«. Ein Wort, das seit Monaten in jeder Zeitschrift zu lesen war, in Talkshows und in den Nachrichten benutzt wurde und das unserer Mutter gut gefiel. Es nützte nichts, als mein Bruder ihr vorrechnete, dass für einen Urlaub nicht genug Geld in der Familienkasse war. Einwände machten unsere Mutter nur entschlossener. Zudem hatte sie ihr Ziel schon ganz genau vor Augen: Sie wollte nach Pisa. Ihr Wunsch war, dort Fotos zu machen, auf denen es so aussah, als würden wir den Schiefen Turm mit unseren Händen stützen und am Fallen hindern. Das sei Touristenquatsch und herausgeschmissenes Geld, sagte Kai, er brauche das nicht.

Ja, *jetzt* vielleicht nicht, erwiderte unsere Mutter; aber irgendwann würden wir ihr dankbar sein für solche Erinnerungen.

Die Zugfahrt dauerte zweiundzwanzig Stunden, sechs Mal mussten wir umsteigen. Sofern wir gleichzeitig wach waren, spielten wir »Nenne alle Opern, die mit L beginnen« oder »Wer kennt die meisten Komponisten des Barock?«. Hin und wieder sangen wir die Volks- und Kinderlieder aus der grünen Kladde, »Froh zu sein bedarf es wenig« und »Der Hahn ist tot«; dabei durfte ich seit Kurzem das Fingerschnippen übernehmen, während Kai den Takt mit den Füßen stampfte. Wie immer gab es ein paar Leute, die sich an unserer Lautstärke störten, doch von den meisten Fahrgästen bekamen wir Applaus. Unsere Mutter lächelte. Hinterher ärgerte sie sich, dass wir keinen Hut zur Hand hatten, den wir hätten herumreichen können.

In Pisa fanden wir kurz nach unserer Ankunft ein Dachzimmer in einer Zwei-Sterne-Pension, nachdem unsere Mutter sich mit Bruchstücken ihrer Italienischkenntnisse durchgefragt hatte. Sie und Kai schliefen im Doppelbett und ich daneben auf einer ausklappbaren, muffigen Liege. Ich schaltete das Licht wieder ein und jammerte über den Geruch. Mein Bruder zog mich auf, nannte mich »Grenouille«, eine Figur aus dem Buch, das er gerade im Deutschunterricht lesen musste, ließ sich aber dazu überreden, den Schlafplatz zu tauschen. Am nächsten Morgen, dem des 31. Dezember, gelang es uns beim zweiten Versuch, die richtige Buslinie zu finden und an der richtigen Haltestelle auszusteigen: Platz der Wunder, Piazza dei Miracoli, dessen Name Kai und mich hungrig machte und über den ein scharfer, von der Küste kommender Wind fegte. Auch der Himmel über uns war nicht strahlend blau wie auf den Postkarten und Kalenderblättern, sondern hing voll bleifarbener Wolken. Italien hatten wir uns anders vorgestellt.

Eine Viertelstunde lang probierten wir verschiedene Blickwinkel auf den Turm aus, froren und schimpften, da wir nicht daran gedacht hatten, Handschuhe oder Mützen mitzunehmen. Endlich waren wir der Meinung, die perfekte Stelle gefunden zu haben. Wir positionierten uns mithilfe der Anweisungen der jeweils anderen beiden: seitlich zur Kamera stehend, Ausfallschritt, die Arme nach vorne gestreckt, die Hände im 90-Grad-Winkel nach oben zeigend. Der Wind, der mit jeder Minute zuzunehmen schien, riss an unseren Haaren und ließ unsere Ohren vor Kälte brennen. Ich war froh, als ich fertig war und wieder auf und ab hüpfen konnte, um warm zu werden. Zuletzt war unsere Mutter dran. Immer wieder kniff sie die Augen zusammen, weil der Wind ihr Sand und Staub entgegenschleuderte. Sie hatte Mühe, sich gegen die Böen zu stemmen und dabei aufrecht zu bleiben. Daher hockte ich mich hinter sie und umklammerte ihre Knie, sodass sie das Gleichgewicht halten konnte. Außerdem machte ich einen runden Rücken und zog den Kopf ein, in der Hoffnung, auf dem fertig entwickelten Bild nicht zu sehen zu sein oder zumindest problemlos mit der Schere abgeschnitten werden zu können. Während ich unsere Mutter so festhielt, begann es zu nieseln, nadelfein und dezemberkalt, der Regen rann mir in den Kragen und von dort als langer, dünner Strich, wie ein Ausrufezeichen, den Rücken hinunter.

Abends, draußen stürmte es mittlerweile, gab es Pizza und Tiramisu in dem Restaurant unter unserer Pension. Kai trieb einen Kugelschreiber auf und spielte auf der rot-weiß karierten Papiertischdecke Schiffe versenken mit mir. Dazwischen legte unsere Mutter ihren Kopf auf seine Schulter – »Mein Großer!« –, oder sie nahm meine Hand in ihre – »Meine Kleine!« –, und mein Bruder und ich schauten uns über ihren Scheitel hinweg an. Er blinzelte: Alles okay bei dir? Ich blinzelte zweimal zurück: Alles okay. Wenig später kam die Erschöpfung, unsere Mutter hatte sich zu viel zugemutet. Der kalte Wind steckte ihr in den Knochen, vor allem aber im Nervensystem. »Ich und meine entzündeten Nerven«, sagte sie; es sollte lustig klingen, wie der Titel einer Vorabendserie, und normalerweise lachten wir über ihre Witze, aber an diesem Abend waren wir zu müde. Mein Bruder und ich schafften es gerade so, sie die drei Stockwerke hoch ins Zimmer zu bringen. Oben angekommen, sagte sie, es tue ihr leid, nun doch nicht mit uns reinfeiern zu können. Dann nahm sie ihre Tabletten ein – zwei weiße, eine gelbe, eine rosafarbene – und legte sich hin, die Bettdecke bis zum Kinn hochgezogen und die Kopfhörer des Discmans in den Ohren. *Rinaldo* von Georg Friedrich Händel. Denn Händel machte ihr einfach gute Träume.

Kurz vor Mitternacht gingen mein Bruder und ich in den Hof der Pension, der durch die Mauern der Nachbarhäuser begrenzt wurde und windgeschützt lag. Außer uns war nur ein Mann dort. Er hatte sich seinen Mantel wie einen Vampirumhang um die Schultern gelegt, saß schweigend an einem Klapptisch und rauchte.

»Der ist einsam«, flüsterte ich.

»Nein, der will einfach nur allein sein«, sagte Kai.

Aber er ging trotzdem hin und schnorrte den Mann auf Englisch um eine Zigarette an.

»Willst du mal ziehen?«, fragte er mich, sobald er sie angesteckt hatte.

Ich schüttelte den Kopf. »Mama sagt, das macht die Stimme kaputt.«

Kai grinste nur und stieß den Rauch mit einem langen »Pffff« aus.

Ich sah ihn an. Die sandfarbenen Haare, die schönen, langen Wimpern. Der Eckzahn, an dessen Spitze seit einem Fahrradunfall ein winziges Stück fehlte. Viele Mädchen an unserer Schule fanden Kai interessant. Sie mochten, dass er so gut Gitarre spielte, eigene Songs schrieb und Mitglied in der Schulband war. Immer wieder sollte ich ihm Nachrichten zustecken: ob er mit einer von ihnen gehen wolle. So ein Quatsch, sagte er dann, und dass er ohnehin keine Zeit für eine Freundin habe. Inzwischen schrieb ich die Zettel selbst, fälschte die Unterschriften. Ich wollte es einfach nur hören. Hören, wie er sagte: »Für so was hab ich keine Zeit.« Ich mochte es auch, wenn jemand ihn meinen Halbbruder nannte und Kai die Person sofort korrigierte: »Bruder.« Es war nämlich egal, dass sein Vater ein Orchestertrompeter aus Kopenhagen war, während meiner in Berlin einen Bioladen betrieb. Rasmus und Klaus. Es hätte auch andersherum sein oder sich um zwei ganz andere Männer handeln können. Es spielte keine Rolle. Für unsere Mutter nicht mehr und für Kai und mich noch nie.

Drüben auf der Straße wurde es jetzt laut, Lachen und Kreischen. Glas klirrte. Raketen stiegen fauchend in dem viereckigen samtschwarzen Ausschnitt Himmel über uns auf. Es war so weit. Das Jahr 2000. Ich wusste, ich würde noch viele Wochen 99 statt 00 in die Datumszeile meiner Schulhefte schreiben. Außerdem, 00, das war doch das internationale Zeichen fürs WC.

»Es war schon okay, dass wir Mama nichts gesagt haben, oder?«, versuchte ich mich bei meinem Bruder zu vergewissern, weil mich trotz unserer Abmachung auf einmal ein schlechtes Gewissen überkam.

»Was meinst du?«

»Das, wovon du im Radio gehört hast. Das mit der Jahrtausendwende und dass die eigentlich erst von 2000 auf 2001 ist, aber die meisten das falsch verstehen oder falsch rechnen und deshalb denken, die wäre schon jetzt.«

»Ach so«, sagte Kai. »Ja, schon. Sie hat sich doch so gefreut. Man muss nicht jede Wahrheit auch erzählen. Manchmal ist es besser so.«

Ich hatte das brennende Bedürfnis, auf diese Aussage hin nachzubohren, doch ich kam nicht dazu, da es auf einmal direkt hinter uns laut prasselte und wir reflexhaft zur Seite sprangen. Jemand hatte aus einem der Fenster einen Batzen Knallerbsen in den Hof geworfen. Verschreckt griff ich nach der Hand meines Bruders. Kai drückte sie.

»Na gut«, sagte er. »Dann lass uns mal wieder reingehen.«

1

Wie immer beginnt es damit, dass sich alle versammeln und im Kreis aufstellen. Es ist ein großer Kreis; über fünfzig Leute, das Organisationsteam nicht mitgezählt. »Enger zusammen!«, fordert die Rothaarige aus der Personalabteilung, deren Namen ich mir nicht merken kann. »Noch enger, bitte!« Sie ist erst zufrieden, als sie überall einen sprichwörtlichen Schulterschluss sieht. Dombrowski erscheint auf der Bildfläche. Vorhin, beim Einchecken, hat er noch Hemd und Krawatte getragen, jetzt steckt er in einem blauen Poloshirt, auf dem das Unternehmenslogo prangt. Er stellt sich in die Mitte und wiederholt, wofür dieses Wochenende gedacht ist und was gemeinsam erreicht werden soll, ganz im Sinne des Titels dieser Veranstaltung: *Erfolgsfaktor Team*. Am Ende der Ansprache fordert er uns auf, uns bis zum Mittagessen noch mal zurückzuziehen und unsere Erwartungen zu notieren, damit wir am Sonntagnachmittag, wenn der ganze Spuk vorbei ist, eine persönliche Bilanz ziehen können. Die Rothaarige fängt an, zu diesem Zweck Karteikarten und Kugelschreiber zu verteilen. Als ich an der Reihe bin, habe ich den

Eindruck, dass sie mehr als bei den anderen darauf achtet, wie viele Karten ich aus ihrer Hand abzähle. Ich nehme sieben Stück. Sehe ihr unentwegt in die Augen. Acht. In der Innentasche meines Blazers summt mein Handy, ich ignoriere es. Neun. Zehn. Die Rothaarige und ich lächeln uns mit gefletschten Zähnen an. Dann darf sich jeder noch ein weißes und ein blaues Poloshirt vom Stapel nehmen. Auf dem Weg in mein Zimmer bemerke ich, dass in den Stoff bereits der neue Slogan eingestickt ist: *Palmerston & Hendricks. Because we care.* Das ging schnell.

Oben angekommen, werfe ich die Karteikarten der Rothaarigen in den Papierkorb. Brauche ich nicht, ich weiß sehr gut, was meine Erwartungen an die bevorstehenden Tage sind. Erstens: dass mir mein Vortrag über opioidbasierte Schmerztherapie, der für morgen Vormittag angesetzt ist, die dafür veranschlagten 20 Credit Points einbringt. Zweitens, dass ich mit diesen Punkten die 250er-Marke knacke, also die Kategorie Silber verlasse und in den P&H Gold Club eintrete. Drittens erwarte ich, mich künftig mit Soft-Skill-Fortbildungen dieser hochnotpeinlichen Art nicht mehr herumschlagen zu müssen, denn Gold-Club-Mitglieder haben wichtigere Dinge zu tun. Vor allem tun sie sie unter besseren Bedingungen: flexiblere Arbeitszeiten, eine Infinity-Tankkarte, die den privaten Verbrauch miteinschließt, sowie drei Tage Extraurlaub, sofern der persönliche Jahresumsatz gleich bleibt oder sich steigert. Aber dabei will ich es nicht bewenden lassen. Noch vor dem Herbst werde ich mich endlich auf eine Stelle im Innendienst bewerben, um dort mitzumischen, wo die Rädchen von Wissenschaft, Forschung und Marketing ineinandergreifen. Nicht nur ist das Aufgabengebiet interessanter, weil dort Entscheidungen getroffen werden, die die Kommunikationsstrategien für den gesamten deutschsprachigen Raum betreffen. Es ist auch eine Tätigkeit, die zum Großteil in Onlinekonferenzen stattfindet und für die man nur einen Schreibtisch und stabiles W-LAN braucht.

Zwar wünscht sich Petersen, der zum Jahresende in den Ruhestand gehen und seine Position als Gebietsleitung Nördliches Schleswig-Holstein vakant hinterlassen wird, mich als Nachfolgerin, wie er ständig betont. Aber darauf kann ich keine Rücksicht nehmen. Ich freue mich zu sehr auf die Entschleunigung, die der neue Job verspricht. Darauf, nicht mehr jede Woche Hunderte von Asphaltkilometern zwischen Nord- und Ostseeküste herunterreißen und viele Stunden mit dem Laptop auf dem Schoß in schlecht gelüfteten Wartezimmern sitzen zu müssen – was während der Corona-Jahre eine echte Zumutung war –, sondern hauptsächlich aus dem Homeoffice zu arbeiten. Außerdem denke ich groß. An das neue Flaggschiff von P&H, das Fentanyl-Pflaster für den palliativmedizinischen Bereich, um genau zu sein. Im Marketing haben sie gerade erst angefangen, an der deutschlandweiten Marktstrategie für das Pflaster zu feilen, und dabei kann ich mit meinen Qualifikationen von entscheidendem Nutzen sein. Schließlich habe ich mich in den vergangenen Monaten nicht umsonst mit Medizinern der unterschiedlichsten Fachrichtungen über das Thema Schmerzbehandlung unterhalten und mich fast täglich nach Feierabend mit Fachaufsätzen über stark zentral wirksame Analgetika beschäftigt. Ein halbes Fernstudium. Und das wird man meinem morgigen Vortrag, der selbstverständlich als Vorab-Bewerbung zu verstehen ist, auch anmerken. Es ist für mich die perfekte Gelegenheit zu zeigen, wer in der Belegschaft das nötige Fachwissen und den zeitgemäßen Rundumblick für einen erfolgreichen Launch des neuen Premiumprodukts hat. Ansonsten bringe ich die Zeit bis zum Seminarende jetzt irgendwie hinter mich, um guten Willen zu zeigen und mir auf den letzten Metern keinen Fleck auf meiner weißen Weste einzuhandeln.

Zwanzig Punkte, wie gesagt, darüber hinaus erwarte ich von diesem Wochenende nichts. Möglich, dass hier eine gewisse Abgebrühtheit aus mir spricht, denn ich bin nun schon neun Jahre für Palmerston & Hendricks, kurz P&H, tätig – ein US-Pharmaunternehmen, ansässig in der Nähe von Boston, erfolgreich geworden in den 1980ern mit Rheumasalbe, Expansion nach Deutschland Anfang der 2000er. Inzwischen wird nahezu das gesamte Arzneimittelspektrum bedient. Ich habe angefangen mit Hustenlöser und mich innerhalb von drei Jahren hochgearbeitet zu einem breiten Portfolio mit Schwerpunkt Psychopharmaka, vor allem Tranquilizer für die Behandlung von Angst- und Panikstörungen; das beste Pferd in meinem Stall ist wenig überraschend Diazepam, früher bekannt als Valium. Für den Job im Vertrieb nutzen die meisten Kollegen zwar die Bezeichnung »Pharmareferent/-in«, oft noch mit der Ergänzung »IHK-geprüft«, aber das ist letztlich Augenwischerei – eine Kompensation für das häufig abgebrochene Studium der Medizin, Biologie oder Chemie und weil man dem Partner oder den Eltern versprochen hatte, noch etwas aus sich zu machen. Bei Lichte betrachtet tun wir nichts anderes, als sehr spezielle Produkte zu bewerben.

Sind wir gut darin, werden diese vom Haus- oder Facharzt häufiger verschrieben als jene der Konkurrenz. Das gilt natürlich nur für die Ärzte, die sich grundsätzlich auf uns einlassen, keinen *Mein Essen zahl ich selbst-* oder *Pharmalobby unerwünscht-*Aufkleber an der Praxistür haben. Manche sind wirklich enervierend stolz auf ihre Unbestechlichkeit. Aber was haben sie letztlich davon? Wenig Ahnung von den neuesten Entwicklungen auf dem Markt und, schlimmer, frustrierte Sprechstundenhilfen, die auch gerne mal einen Clip-on-Schrittzähler oder einen Blumenstrauß in den P&H-Unternehmensfarben abstauben würden. Man kann halt niemanden zu seinem Glück zwingen.

Ein weiterer Anruf geht auf meinem Handy ein. Bestimmt Klaus, der wissen will, ob ich zu seinem Sechzigsten nicht doch nach Berlin kommen will. Doch als ich das Ding aus meiner Tasche gefummelt habe, zeigt das Display eine mir gänzlich unbekannte Nummer. In dem Fall wird es einer meiner Ärzte sein, der noch Fragen zu einem neuen Produkt hat, aber eigentlich nur demonstrieren will, dass er auch am Wochenende Beratung erwartet. Oder einer, der gehört hat, dass ein Kollege auf einen Kongress eingeladen wurde, und sich nun bei mir beschweren will, dass P&H ihn übergangen hat. Gerade unter älteren Medizinern hält sich hartnäckig die Idee des »kurzen Dienstwegs«, obwohl ich regelmäßig darauf hinweise, dass für solcherlei Belange unsere Marketingabteilung zuständig ist. Dort gibt es seit Kurzem einen Kollegen, der sich ausschließlich damit beschäftigt und sich Zielgruppensatisfaktionsmanager nennt.

Das Vibrieren des Handys stoppt. Gut. Ich bin sowieso nicht in der Laune für Diskussionen. Ich bin müde. Kaum zu fassen, dass sie uns um neun Uhr morgens hier antanzen lassen, weswegen ich den Wecker auf fünf stellen musste. Nur so konnte ich noch ganz normal meine Morgenrunde laufen. Diese vierzig Minuten brauche ich mittlerweile einfach, um überhaupt in den Tag reinzukommen. Außerdem sehe ich nicht ein, warum ich wegen einer Weiterbildung meinen über vierhunderttägigen Streak in der Health App unterbrechen sollte.

Es ist jetzt kurz nach elf, wie mir ein Blick auf meine Armbanduhr verrät, gegessen wird laut Plan um halb eins. Das kann ja heiter werden. Gähnend lehne ich mich in meinem Sessel zurück und betrachte die Kunstdrucke, die vor mir an der Wand angebracht sind. Rechts und links japanische Kalligrafie, schwarz auf weiß; das Bild in der Mitte zeigt einen mit wenigen Pinselstrichen angedeuteten Storch oder Kranich, weiß auf schwarz. Die Drucke komplettieren das Farbkonzept des Raums, in dem ansonsten alles, Wandfarbe, Vorhänge, Teppich, Bettwäsche, Bademantel, in Schattierungen von Hell- bis Dunkelgrau gehalten ist. Dieser Stil ist typisch für die Hotels, die Palmerston & Hendricks bucht. Minimalistisch, teuer. Sie lassen sich nicht lumpen. Wegen mir könnten wir allerdings auch woanders absteigen. Ich brauche kein ausgeklügeltes Design und auch keine Smart Technology im Zimmer. Ohnehin ergäbe es nach den Erfahrungen der letzten Jahre mehr Sinn, wir würden die Fortbildungen irgendwo auf dem Land und nicht ausgerechnet im Zentrum von Hamburg abhalten, wo ein Drittel der Leute abends verloren geht und am nächsten Morgen nicht mal mehr zum Frühstück erscheint. Aber mich fragt ja keiner.

Dass die von Human Resources mir ausgerechnet diese Fortbildung aufs Auge gedrückt haben, eine, die eher für die Frischlinge im Unternehmen gedacht ist, hat mich damals geärgert und ärgert mich noch. Ich hätte mir die fehlenden Credit Points auch über andere Bildungsformate erarbeiten können, aber es war der ausdrückliche Wunsch der Personalabteilung, dass ich sie über die Teilnahme an *diesem* Seminar erwerbe. Ich weiß genau, woher hier der Wind weht. Sie können meinen Erfolg – beziehungsweise meinen Weg zum Erfolg – nicht akzeptieren. Die schlichte Tatsache, wie viel ich bereits für das Unternehmen geleistet habe, ohne besonderes Augenmerk auf »Team Spirit« geben zu müssen. Ich bin mein eigenes Team. Aber das passt nicht in die Unternehmensphilosophie, die dahingehend uramerikanisch ist. Es kommt nicht von ungefähr, dass in Rundmails und im Intranet gerne von »The Family« gesprochen wird; dass es als Auszeichnung gilt, einen Spitznamen verpasst zu bekommen. Meiner ist Schneekönigin, denn ich gelte als still und kalt. Er hat anscheinend so weit die Runde gemacht, dass in meinem letzten Entwicklungsgespräch insbesondere von der Rothaarigen darauf gepocht wurde, dass ich meine sozialen und kommunikativen Kompetenzen offensiver zum Ausdruck bringen solle. Außendienst, selbstständiges Arbeiten, Eigenverantwortung gut und schön, aber so funktioniere das langfristig angeblich nicht. Ich solle das Seminar als ganzheitliche Chance sehen, zum Netzwerken und Kontakteknüpfen.

Das sei doch – wie hat sie es noch mal ausgedrückt? Das sei doch für mich als Alleinstehende auch irgendwie *praktisch*, und ich möge das jetzt bitte nicht falsch verstehen.

Wie offenkundig sie mich bedauert hat. Dabei ist die Partnerlosigkeit wirklich mein kleinstes Problem. Oder besser gesagt, sie ist überhaupt keins. Keine Beziehung bedeutet auch kein schwarzes Loch, das Lebensenergie frisst und Verpflichtungen und Konflikte am laufenden Band produziert. Ich habe gern meinen Frieden. Aus demselben Bedürfnis heraus bin ich damals, ich hatte meine Stelle im Unternehmen gerade erst angetreten, von Hamburg-Eimsbüttel nach Haasbüll gezogen, mitten rein ins nordfriesische Nichts, knapp dreihundert Einwohner, absolute Ereignislosigkeit, Arsch der Welt. Wenn ich ausnahmsweise zu Fuß im Ort unterwegs bin, etwa auf dem Weg zum einzigen Briefkasten, sehe ich Teenagergrüppchen mit chronisch empörten Gesichtern an der Bushaltestelle stehen. Sie wollen nur fort. Weit weg, anderes Land, andere Klimazone, anderes Sonnensystem, aber erst mal mit dem Regionalbus zum nächsten Einkaufszentrum, um sich dort mit anderen zu treffen, die es als ebensolche Zumutung empfinden, erst groß werden zu müssen und dann auch noch hier. Wenn man mich fragt: Sie wissen nicht, wie gut sie es haben. An Gedankengängen wie diesen merke ich, dass ich älter werde, und das fasziniert und beruhigt mich gleichermaßen. Diese einfache, unaufhaltsame, absolute Ordnung der Dinge.

Deshalb könnte ich mir, sofern das mit dem Innendienst klappt, tatsächlich vorstellen, bis zur Rente bei P&H zu bleiben. Aufgrund der Bezahlung in unserer Branche ist zumindest sicher, dass ich eine kriege, die den Namen auch verdient. Wahrscheinlich wird es sogar mehr sein, als wenn ich fertig studiert und dieselbe Zeit über angestellt in einem Labor gearbeitet hätte. Manchmal logge ich mich nur in meinen Onlinebanking-Account ein, um mir meinen Kontostand anzusehen. Die Zahl ist stets, nun ja: angenehm fürs Auge. Dennoch war es mitnichten das Geld, das mich dazu bewegt hat, die Uni abzubrechen und bei P&H anzufangen. Vielmehr war die Stelle eine Gelegenheit, einem geplatzten Traum zu entkommen. Denn vom Stoff mal abgesehen, hatte ich mir alles an meinem Biochemiestudium anders vorgestellt, als es dann wirklich war. Die Leute. Das Institut. Sogar den Putzmittelgeruch in den Fluren. Ich fühlte mich dort nicht wohl. Trotzdem zog ich noch bis ins Hauptstudium durch, konnte mir die Fehlentscheidung nicht eingestehen. Bis es irgendwann nicht mehr ging. Nach meiner vorzeitigen Exmatrikulation verbrachte ich drei Wochen im Bett, aß und duschte kaum. Als ich die Kraft hatte, wenigstens meinen Rechner mal wieder hochzufahren, wurde mir auf einer Webseite die Stellenanzeige von P&H eingespielt; der Rest ist Geschichte.

Meine Ziele stecke ich jetzt realistischer. Ich will einfach in Ruhe *sein* dürfen. Das ist es doch, worauf sich alle Lebewesen bis hinunter zur Amöbe einigen können: auf möglichst wenig Leid. Oder Stress, rein wissenschaftlich gesprochen. Das Einzige, worauf man bauen kann. Die Mindestutopie. Das kleinste gemeinsame Paradies. Jedenfalls könnte es eins sein. Bloß, nicht mal die Einzeller schaffen es, einander unbehelligt existieren zu lassen. Das fängt schon bei dem allerwinzigsten Lebewesen an, *Nanoarchaeum equitans*, so klein, dass auf einer Nadelspitze eine halbe

Million Exemplare Platz hätten. Seine Strategie besteht darin, sich parasitär an die Oberfläche größerer Mikroben zu heften und sich von ihnen herumtragen zu lassen. Was für eine impertinente Grenzverletzung. So kann das natürlich nichts werden. Aber die erste halbe Stunde im Paradies – die Zeitspanne, in der niemand etwas von einem will oder braucht und man selbst auch von niemandem etwas will oder braucht und daher nichts wehtun kann –, diese erste halbe Stunde stelle ich mir vor wie Glück. Auf der letzten Weihnachtsfeier habe ich Petersen davon erzählt; wir waren draußen unter den Heizpilzen alkoholbedingt etwas sentimental geworden, nachdem er wieder von seinen Plänen für die Zeit nach der Rente erzählt hatte. Aber ausgerechnet auf diesen Köder, meine Vision, sprang er nicht an. Im Gegenteil, er fand, ich klänge resigniert, und empfahl mir, häufiger unter Menschen zu gehen oder mir ein Hobby zu suchen. Das enttäuschte mich. Ich hatte mich ernsthaft für seine Ansichten interessiert. Mich ihm gegenüber geöffnet, damit er es auch täte, Stichwort kommunikative Kompetenzen verbessern. Aber das war anscheinend auch wieder nicht richtig. Künftig lasse ich solche Aktionen bleiben, lieber höre ich mir weiterhin Sprüche aus dem Kollegium an wie »Du machst dich immer so rar« oder »An dich kommt man gar nicht richtig ran«. Damit kenne ich mich immerhin aus, denn Klaus hat diese Sätze meine ganze Jugend hindurch geleiert. Dass ich die Anzahl meiner persönlichen Kümmernisse gering halten möchte, scheint für mein Umfeld unheimlich schwer zu verstehen zu sein. Vielleicht, weil sie in ihren Leben selbst zu viele Kompromisse eingehen und damit unglücklich sind. Ich dagegen weiß sehr gut, dass man nicht alles haben kann. Aber *was* ich habe, das will ich ganz für mich.

Die Arbeit, zum Beispiel. Fragt man Petersen, dann nehme ich sie zu ernst. Nach seiner Überzeugung arbeitet es sich besser, wenn man auch mal »Fünfe gerade sein« lässt. Aber was weiß er schon; er ist ein Dinosaurier. In der Zeit, aus der er kommt, konnte man auch mit Mittelmaß erstaunlich viel erreichen, zumal als Mann. Er hat wirklich zum richtigen Zeitpunkt der Geschichte gelebt. Neulich hat er mich gefragt, wie ich mich außerhalb des Unternehmens eigentlich noch verwirklichen will. Er hat keine Ahnung, wie schwer es war, überhaupt bis hierhin zu kommen. Hier zu sein. Auf genau dieser Sprosse der Leiter. Nicht nach unten zu sehen, damit einem nicht schwindlig wird, aber auch nicht zu lange nach oben, weil einen sonst der Mut verlässt. Wie schwer es ist, die Balance zu halten. Sie *aus*zuhalten. Allein solche Veranstaltungen wie diese hier. Abzüglich Schlaf, Frühstück, Mittag- und Abendessen sowie Kaffeepausen bleiben immer noch Pi mal Daumen achtzehn Stunden übrig. Achtzehn Stunden voller Übungen zur »Feedback- und Fehlerkultur« oder zu »Gemeinsamen Werten« und morgen dann die Einzelreferate. Das ist viel. Zumal nicht nur die Rothaarige, sondern auch die neue Marketingleitung vor Ort ist und sich sicher auf irgendeine Art einbringen wird. Was soll's, ich werde einfach unter dem Radar fliegen. Mich zurückhalten und mit dem Hintergrund verschmelzen. Bleibt nur noch, die Nacht zu überstehen. Vor allem tief genug zu schlafen. Andernfalls muss ich die Dramen mitanhören, die auf dem Flur beginnen, in den Zimmern ihren Lauf nehmen und wieder auf dem Flur enden, in manchen Fällen inklusive Tränen und Beleidigungen. Das Fortbildungsfremdgehen bei P&H hat mittlerweile derartige Ausmaße ausgenommen, dass man eigentlich kostenlose Kondome für alle im Budget einplanen müsste. Vielleicht wäre es ratsam, jemanden um eine niedrig dosierte Schlaftablette zu bitten. Alles, was ich selbst an Muster- und Probierpackungen im Kofferraum habe, ist viel zu stark, ich würde erst morgen Nachmittag wieder aufwachen. Lüdtke, Einzugsgebiet Kiel, könnte etwas Passendes haben.

Wieder summt mein Telefon. Hier ist jemand ungewöhnlich hartnäckig. Diesmal lege ich es direkt mit dem Bildschirm auf die Tischplatte, der Anruf verstummt sofort. In meiner Fantasie ärgert sich auf irgendeinem norddeutschen Reit- oder Golfplatz ein Mediziner und nimmt sich vor, mich beim nächsten Besuch in der Praxis zusammenzustauchen, von wegen man könne leicht auch die Produkte der Konkurrenz verschreiben. Am ehesten traue ich dieses Verhalten Dr. Staake zu. Und tatsächlich habe ich ihn schon länger nicht mehr besucht. Er befindet sich aber auch so unglaublich weit draußen: Zuerst fährt man Autobahn, dann Bundesstraße, dann Landstraße, Landstraße, Landstraße, irgendwann ist man dort, wo selbst die Krähen ins Überlegen kommen und umdrehen. Genau da residiert Staake in einem reetgedeckten Gutshof aus dem 19. Jahrhundert, daneben ehemalige Wirtschaftsgebäude und Pferdeställe, die zu Ferienwohnungen mit Schwimmbad und Sauna umgebaut wurden. Praktischerweise kommen die Patienten nach den Eingriffen direkt dort unter, um sich zu erholen. Bei P&H wird gemunkelt, dass viele

Sportstars und Fernsehpromis darunter sein sollen, vor allem aus Skandinavien, und dass Dr. Staake mittlerweile auch Beinverlängerungen anbietet, ganz modern mit magnetgetriebenem Marknagel, weil Nasenkorrekturen und dergleichen angeblich ja schon von Hinz und Kunz durchgeführt werden und kein Alleinstellungsmerkmal mehr sind. Aber was weiß ich schon. Für mich zählt, was der Doktor und seine Anästhesistin an sedierenden Mitteln benötigen, nämlich fast so viel wie ein kleines Krankenhaus. Allein deshalb wäre es gut, ihn nicht zu verprellen. In meiner Notiz-App verfasse ich den Hinweis, als Entschädigung einen XL-Präsentkorb von P&H mit Käse und Salami aus Südtirol in Aussicht zu stellen. Fressalien kommen immer gut an. Ich klicke auf *Speichern* und schließe die App.

Als es an der Zeit ist, gehe ich runter in den Speisesaal. Dort ist bereits eingedeckt. Einige andere Verfrühte schleichen mit Softdrinks in der Hand um die Tische herum und reservieren sich mit Jacke oder Schal einen Platz oder ordnen Namenskärtchen neu an. Manche wollen augenscheinlich unbedingt neben ihrem Vorgesetzten sitzen, andere auf keinen Fall; mir ist es ganz ehrlich egal. Durch die bodentiefen Fenster sehe ich Lüdtke auf der Terrasse in der Rauchergruppe stehen, wie immer Ton in Ton angezogen, einschließlich der Strumpfhose und der Schuhe, heute in Lila. Ein Urgestein. Noch länger dabei als Petersen. Lüdtkes Portfolioschwerpunkt sind Präparate zur Behandlung von Haut- und Geschlechtskrankheiten, eine fantastische Nische, sehr lukrativ. Keine Ahnung, was sie eigentlich auf dieser Fortbildung zu suchen hat. Möglicherweise wurde sie ebenfalls dazu verdonnert – zu ihrer, ich nenne es mal: charakterlichen Reputation, würde es so gut passen wie zu meiner. Bevor das Glöckchen klingelt und es losgeht mit dem ersten Gang, schaffe ich es, sie abzufangen und das Problem meiner bedrohten Nachtruhe zu schildern. Sie versteht und rollt mit den Augen, ihr geht es ähnlich. Eine Tablette mit dem Wirkstoff Doxylamin wandert zu mir herüber. Auf Lüdtke ist einfach Verlass. Dann nehmen wir gemeinsam an Tisch Nummer vier Platz und beobachten, wie die neue Marketingleitung durch die Reihen geht, sich vorstellt und jedem Einzelnen die Hand schüttelt. Harms heißt sie, Judith Harms. Gerade steht sie bei Petersen. Der Kontrast zwischen den beiden ist intensiv. Auf der einen Seite eine große, schlanke Silhouette und sehnige Radsportwaden, die unter einem eleganten Sommerrock hervorschauen; auf der anderen Seite ein Wohlstandsbauch und die Tränensäcke eines Bassetts.

Für Petersen ist es mutmaßlich die letzte Fortbildung seines Berufslebens. Fachlich gibt es für ihn ebenso wenig einen Grund, hier zu sein, wie für Lüdtke oder mich, und doch hat er sich mit Nachdruck auf die Teilnehmerliste setzen lassen. Ich vermute, er will es sich auf Firmenkosten noch einmal ein Wochenende lang gut gehen lassen und zeigen, was er so draufhat. Papa Bär spielen. Es sei ihm gegönnt. Seinen Abschied in den Ruhestand wird es aber nicht unbedingt leichter machen. Er tut mir leid, wenn ich daran denke, was ihm bevorsteht. Anfangs wird er morgens wie gewohnt aufstehen, duschen, sich rasieren und anziehen, seine Hasenbrote schmieren und mit der

Tupperdose und der zerkratzten Thermoskanne ins Auto steigen – ins neue, kleinere, weniger eindrucksvolle Auto, denn den schicken Firmenwagen hat er dann ja nicht mehr. Mindestens den Vormittag wird er damit verbringen, in der Gegend herumzufahren und die Orte seines nun vergangenen Arbeitslebens zu besuchen. Beobachten, wie jüngere Kollegen seine Aufgaben ausführen und der Betrieb ohne ihn weitergeht. Er wird eine arme Sau sein, für sicherlich ein Jahr, dann wird es langsam besser gehen. Ein neues Hobby wird auf den Plan treten. Ein Verein. Vielleicht noch mal eine jüngere Frau.

Die Harms ist nun bei Lüdtke und mir angekommen. Der Geruch, der von ihr ausgeht, erinnert an frisches Badewasser; ihr Händedruck ist kompromisslos und fest, nichts deutet darauf hin, dass sie vor mir schon fünfzig Menschen die Hand gereicht hat. Mit ihr ist zu rechnen, das sollen alle verstehen. Und als sie mit der Runde fertig ist, geht es weiter. Denn während ihre Vorgängerin all die Jahre über grundsätzlich ohne Mikrofon gesprochen hat, ihr das zu förmlich war, irgendwie unentspannt, besteht die Neue auf Technik. Abgesprochen scheint das nicht gewesen zu sein, das Equipment muss erst aus dem Keller geholt und aufgebaut werden. Wir warten. Zehn Minuten. Zwanzig. Genug Zeit, dass sich eine studentische Vorlesungsstimmung breitmacht. Gelächter. Lüdtke hat sich die Schuhe ausgezogen und klickt sich durch YouTube-Videos: *1 Woche 1 Rucksack Packliste* und *Reife Haut Make-up Tutorial Glow und Highlighter Ü50*. Dieser Laune etwas entgegenzusetzen, hier noch Struktur reinzubringen, wird eine Herausforderung, die ich der Harms allerdings durchaus zutraue.

Endlich steht alles, das Mikro ist eingerichtet, sodass sie beginnen kann. Sie liefert eine gute Einleitung. Was mit Ganzheitlichkeit und Bildung, lebenslangem Lernen, Vorbildfunktion der Wirtschaft. Es ist modern und temporeich. Auch ihre Körpersprache passt: selbstbewusst und unmissverständlich Business, ohne hölzern zu sein. Nur ganz selten blitzt ein Gesichtsausdruck, eine Geste auf, die doch etwas zu kokett wirkt, um nicht vor dem Spiegel einstudiert worden zu sein. Jetzt scheint sie zum relevanten Teil zu kommen, denn ihre Haltung strafft sich noch einmal merklich.

»Warum also diese Fortbildung zum Teamgedanken? Nun ...« Theatralische Pause. »Leider ist es so, dass die Pharmabranche in Deutschland, aber auch im Rest Europas und der Welt in einer Krise der Glaubwürdigkeit zu stecken scheint. Darauf lassen leider zahlreiche von uns in Auftrag gegebene Studien schließen.«

Halleluja. Für diese Erkenntnis hätte man sich auch zehn Minuten durch ein paar Social-Media-Kommentarspalten klicken können.

»Allerdings«, fährt die Harms fort, »braucht es für diese Erkenntnis keine wissenschaftlichen Belege.«

Meine Güte. Sage ich doch.

»Denn Sie alle, die hier versammelt sind, sind selbst Experten für die Situation und wissen aus dem Berufsalltag, wie schwer manche Zielgruppen im Vergleich zu früher zu erreichen sind und mit wie viel Skepsis Unternehmen wie dem unseren begegnet wird, von den Medien, aber auch von Ärzten und Patienten. Die Pandemie hat es nicht besser gemacht. Das muss ich wohl nicht näher erläutern.«

Na also. Jetzt wird es interessant.

»Um dem etwas entgegensetzen zu können, spielen der interne Zusammenhalt und die Vernetzung unserer Unternehmensbereiche eine riesige Rolle. Nur mithilfe innerer Stabilität können wir unsere Reputation festigen und uns dadurch von Wettbewerbern abheben. Teamgeist ist unser Schlüssel, um Wirtschaftlichkeit mit Transparenz und Authentizität zu verbinden. Wir müssen nach außen klarmachen, dass der Name Palmerston & Hendricks für Verantwortung steht! Wir müssen zeigen, dass wir jedes Wort unseres neuen Claims ernst nehmen: Because. We. Care.«

Die Harms reckt das Kinn vor. Sie lässt keinen Zweifel daran, dass sie sich für niemand Geringeren als die Jeanne d'Arc des Pharma-Marketings hält: *Glauben heißt siegen.* Ihr Blick schweift durch den Saal, sie pickt sich einige Kollegen heraus, denen sie in die Augen sieht.

»Deswegen bitte ich Sie: Nehmen Sie sich dieses Seminar zu Herzen. Seien Sie offen, seien Sie neugierig auf das noch unentdeckte Potenzial Ihrer Team-Skills! Vergessen Sie nicht, dass wir nur Vertrauen aussenden können, wenn wir auch untereinander Vertrauen haben!«

Sie drückt das Mikrofon befriedigt zurück in die Halterung. Allgemeines Applaudieren.

Die erste Übung startet direkt nach dem Essen, Raum E07, »Rollenspiel trifft Feedbackkultur«. Das heißt nichts anderes, als dass zwei Unglücksraben, die per Los bestimmt werden, ein Verkaufsgespräch zwischen Arzt und P&H-Vertreter führen müssen – der zu Recht meistgehasste Klassiker in der Pharmavertriebsfortbildung – und die Anwesenden die kleine Vorführung beurteilen sollen. *Konstruktiv*, natürlich. Das lief in der Vergangenheit nicht immer gut, deswegen jetzt diese Neuauflage, schätze ich. Ich drücke mich auf dem Gang herum, gehe noch einmal zur Toilette, obwohl ich nicht muss, wasche mir lange die Hände und zupfe an meiner Frisur. Schließlich greife ich doch zu meinem Handy und höre die Mailbox ab, in der Hoffnung, dadurch zumindest das Losverfahren zu verpassen.

»Sie haben zwei neue Nachrichten. Zum Abhören der ersten Nachricht drücken Sie die Eins.«

Ich presse die Taste, es piept.

»Erste Nachricht, empfangen zehn Uhr achtundvierzig.«

Es rauscht.

»Hallo?«

Dann wieder nichts, nur Rauschen. Ich kann die Stimme nicht zuordnen, was aber an der Tonqualität liegen könnte.

»Hallo, Anne. Ich bin's. Ich wollte …«

Wieder Pause. Wieder Rauschen. Da fällt bei mir der Groschen. Ich halte mein Handy vom Ohr weg und starre auf den lackschwarzen Bildschirm. Auf mein Spiegelbild.

Das kann nicht sein Ernst sein.

Mich *jetzt* anzurufen.

Mich jetzt *anzurufen*.

Mich jetzt anzurufen.

»Ich muss …«, fängt mein Bruder noch mal an, dann piept es, die Aufnahmedauer wurde überschritten.

»Zum Löschen der Nachricht …«

Ich drücke die Taste, bevor die Computerstimme ihren

Satz zu Ende gesprochen hat, stecke das Handy wieder ein und stütze mich auf den Rand des Waschbeckens. Sehe auf einmal die vielen Seifenschlieren, die an dem weißen Porzellan kleben. Saftladen, die scheinen hier gar nicht richtig sauber zu machen. Ich öffne den Wasserhahn und kratze die Seifenreste mit den Fingernägeln weg. In einer der Toilettenkabinen hinter mir wird die Spülung betätigt. Die Tür öffnet sich. Lüdtke. Ich unterbreche meine Putzerei und mache ihr Platz. Sie bedankt sich und betrachtet mich aufmerksam durch den Spiegel, während sie sich die Hände einseift.

»Geht es dir gut? Du bist ganz blass.«

»Alles in Ordnung«, antworte ich.

»Sicher?«

Ich nicke, denn lieber würde ich zehn Fortbildungen über mich ergehen lassen, als dass ich ihr gegenüber – irgendjemandem gegenüber – auch nur ein einziges Wort über meinen Bruder verliere. Man sollte keine sensiblen Privatangelegenheiten mit dem beruflichen Umfeld teilen. Solche Informationen verhalten sich zu häufig wie ein Bumerang; wenn nämlich rauskommt, dass die Person es doch nicht gut mit einem gemeint hat, oder wenn man jemanden belastet hat, der damit nicht umgehen kann. Dann knallt einem die Sache gegen den Hinterkopf.

Aus dem Spender zu ihrer Rechten reißt Lüdtke einige Tücher und trocknet sich die Hände. Sie zerknüllt das Papier und wirft es in den Eimer.

»Wie du meinst.«

Mit diesen Worten verlässt sie den Raum, ich bleibe allein zurück.

2

In dem Jahr, in dem Kai den Regionalwettbewerb Berlin-Süd von *Jugend musiziert* in der Kategorie Klassische Gitarre gewann und Lady Di bei einem Autounfall ums Leben kam, erzählte unsere Mutter uns zum ersten Mal von ihrer Krankheit. Es war ein Sonntagabend, und sie hatte mich gerade von Klaus abgeholt, den ich regelmäßig in Schöneberg besuchte, obwohl es mir dort nicht gefiel, weil er mir schon an der Haustür kratzige Filzpantoffeln aufnötigte und ich nichts in seinen Schränken und Vitrinen anfassen durfte. Advent war es auch, denn ich erinnere mich an Schneeflocken und Engel aus weißem und goldenem Tonpapier, die in unserem Küchenfenster klebten; an schöne, sauber ausgeschnittene Exemplare, die zweifelsfrei von meinem Bruder stammten, und an die krummen, von ungeduldigen Händen gebastelten. Meine.

Sie müsse uns etwas sagen, begann unsere Mutter mit ernstem Gesichtsausdruck, was bei ihr so selten vorkam, dass ich zuerst an einen Scherz dachte; an einen ihrer Witze, die sie so herrlich mit ausholenden Gesten und verstellter Stimme untermalen konnte, weil sie, bevor Kai und ich auf die Welt gekommen waren, Musik mit Schwerpunkt Gesang studiert hatte und bei ihr deshalb alles gleich Oper war. Aber eine Pointe blieb diesmal aus. Stattdessen bauten wir aus Wolldecken, die wir im Wohnzimmer über die Couch, die zwei Sessel und den Tisch hängten, unsere Höhle und nahmen beim Hereinkriechen alle Stofftiere mit, die wir besaßen – den aus kariertem Handtuchstoff genähten Dackel, der unserer Mutter als Kind gehört hatte; Kais Elefant mit dem ausgefransten Rüssel, meine orangefarbene Alice-im-Wunderland-Katze und die zwei Teddys in Lederhose und Dirndl aus unseren Ferien in Bayern. Da die Regel besagte, dass nichts von uns rausgucken durfte, kein Finger, kein Zeh, kein Haar, musste Kai sich unter den aufgespannten Decken mittlerweile ganz schön zusammenklappen. Immer öfter verdrehte er die Augen und stöhnte, wenn die Höhle gebaut werden sollte, aber es war nun mal unser Ritual, wenn es etwas Wichtiges zu besprechen oder zu entscheiden gab. Sobald wir saßen, hockte sich auch unsere Mutter zu uns. Sie faltete eine Art Spickzettel auseinander, auf dem einige Zeilen in ihrer Handschrift standen – teils dick übermalt, teils mit einer Reihe Fragezeichen versehen –, und strich das Papier glatt. Sie war überaus konzentriert. Dennoch kam ich anfangs überhaupt nicht mit bei dem, was sie sagte. Ich verstand nur: krank. Ich sah zu meinem Bruder, doch er schüttelte den Kopf, was so viel hieß wie »Unterbrich sie nicht« oder »Warte ab«.

»Ihr müsst keine Angst haben. Ich bin nicht *sterbens*krank. Es ist nur – also, meine Hände, die zittern manchmal, das ist euch bestimmt schon aufgefallen. Und meine Füße, in denen kribbelt es. Dann stolpere ich. Irgendwann könnte es dazu kommen, dass ich nicht mehr so gut Treppen steigen und keine weiten Strecken mehr laufen kann. Dass ich dann viele Pausen brauche und so.«

Unsere Mutter starrte in eine undefinierbare Ecke der Höhle, und Kai und ich starrten auf ihre Hände und Füße.

»Und das geht nie wieder weg?«, sprach mein Bruder aus, was auch mir auf den Nägeln brannte.

»Nein. Aber es gibt Medikamente, die ich ab jetzt nehmen werde und die helfen sollen, den Prozess zu verlangsamen oder sogar zu stoppen. Dr. Müller sagt, mit ein bisschen Glück wird alles halb so wild.«

Sie zerrte ein zerfleddertes Taschentuch hervor und putzte sich damit die Nase.

Nicht mehr so gut Treppen steigen und keine weiten Strecken mehr laufen, wiederholte ich im Geiste. Wie eine Oma also. War man damit automatisch unglücklich? Ich überlegte, wie viele Omas ich kannte. Die Mutter unserer Mutter hatten Kai und ich noch nie getroffen, da die beiden sich nicht verstanden und keinen Kontakt mehr zueinander hatten. Klaus' Mutter kannte ich lediglich von einem Schwarz-Weiß-Foto, das bei ihm herumstand, sie war schon lange tot. Mir fiel zum Vergleich nur die alte Frau mit den Sahnebonbons ein, die in unserem Haus im Erdgeschoss wohnte. Sie war schwach und knispeldürr wie ein trockener Zweig, und es musste ihr immer jemand dabei helfen, ihre Einkäufe vom Supermarkt nach Hause zu tragen. Traurig wirkte die Frau aber nicht.

»Hört mal«, sagte unsere Mutter, schniefte einmal

lautstark und setzte sich gerader hin. »Ich verspreche euch: Solange ihr bei mir seid, kann ich alles aushalten, so lange habe ich vor gar nichts Angst. Wir kriegen das hin. Das Wichtigste ist, dass wir zusammenhalten.«

Wir nickten.

»Aber behaltet das alles trotzdem erst mal für euch.« Sie sah mich an. »Auch deinem Vater und seiner Freundin sagst du nichts. Auch niemandem in der Schule oder im Hort, versprochen?«

Da sie diese letzte Bitte nur an mich, nicht aber an meinen Bruder richtete, den sie offensichtlich für zuverlässiger hielt, versprach ich es mit besonderer Entschlossenheit. Kein Wort würde ich sagen, kein einziges, nichts. Ich war schon acht und kein Baby mehr. Wenn ihr das noch nicht klar war, würde spätestens meine Verschwiegenheit es ihr beweisen.

»Ich bin krank«, wiederholte unsere Mutter, und diesmal klang es wie etwas, das jemand mit Lampenfieber zu sich selbst sagt, bevor der Vorhang sich hebt und er auf die Bühne tritt, um ein Lied zu singen oder einen Tanz aufzuführen. »Das heißt aber nicht, dass wir kein schönes Leben haben können. Wir machen uns das beste Leben auf der Welt. Ist doch klar. Jetzt erst recht!«

Wir nickten.

»Gut. Dann lasst uns jetzt was singen.«

»Dein Lieblingslied«, schlug mein Bruder vor und sah unsere Mutter an.

Sie musste lachen. »*Welches,* mein Schatz?«

»Das, das Anne auch so mag.«

»Ich weiß, ich weiß!«, rief ich.

Mein Bruder begann zu summen, ich ebenfalls, bis wir uns auf demselben Ton trafen. Da verstand unsere Mutter. Wir rückten enger zusammen und reichten uns die Hände. Und dann sangen wir auswendig alle Strophen des Lieds, bis zur allerallerletzten: *Drum will ich auf immer / den Sorgen entsagen / und will mich auch nimmer / mit Grillen mehr plagen. / Man kann ja im Herzen / stets lachen und scherzen / und denken dabei / die Gedanken sind frei!* Als wir geendet hatten, applaudierte unsere Mutter und wollte noch einen Durchgang und noch einen. Jemand klopfte in einer der angrenzenden Wohnungen gegen die Wand, doch wir machten weiter und sangen so lange, bis unsere Gesichter glühten und wir das Gefühl hatten, mit unserem Gesang das Gebäude zum Erzittern gebracht zu haben. Erst dann ließen wir die Hände der anderen los, sanken erschöpft auf den Teppich und streckten Arme und Beine wie Seesterne von uns. In meinen Ohren rauschte es. Nur Singen konnte einen so schweben lassen. Und obwohl ich wusste, dass die Musik nicht mein größtes Talent war und dass ich nie so eine kraftvolle, leuchtende Stimme haben würde wie Kai, geschweige denn wie unsere Mutter, war mir das ab diesem Moment egal. Mein Gesang musste nicht perfekt sein, nicht einmal schön. Denn es stimmte, was unsere Mutter immer sagte: »Man kann nicht gleichzeitig singen und Angst haben.«

Nach den Weihnachtsferien brachte Kai ein Buch aus der Stadtteilbibliothek mit nach Hause. Es schien mir, als hätte er dafür nicht zufällig einen Wochentag ausgewählt, an dem unsere Mutter im Wohnzimmer Unterricht gab und einen Gesangsschüler nach dem anderen bei sich hatte. Während die Aufwärmübungen eines Soprans, »Bam, bim, bam«, »Bom, bim, bom« und »Pr-zk-prrrr-zkzk« durch die Schiebetür drangen, begleitet von den strengen »Zwerchfell, Zwerchfell!«-Rufen unserer Mutter, lehnte Kai sich in unserem Zimmer gegen die Heizung, und ich setzte mich neben ihn. Er nahm das Buch, ein medizinisches Lexikon, das groß und schwer wie ein Ziegelstein war, und legte es auf seinen Schoß. Dann leckte er sich den Zeigefinger an, um zu blättern; eine dieser erwachsenen Gesten, die er sich zugelegt hatte und zu denen auch das Übereinanderschlagen der Beine im Sitzen und das Rasieren gehörten, obwohl an seinem Kinn nur wenige, ganz dünne Haare sprossen. Es dauerte und dauerte, bis er die richtige Stelle im Buch gefunden hatte. Mein Fuß wippte immer unkontrollierter.

Schließlich klopfte Kai auf eine Seite. »Hier. Willst du?«

Ich versuchte, die oberste Zeile vorzulesen, aber ich schaffte es nicht. Ich hatte diese Wörter noch nie gesehen, und überhaupt war Lesen nicht mein bestes Fach, was ich allerdings niemals zugegeben hätte.

»Was ist das für eine komische Sprache?«

»Latein. Krankheiten sind immer in Latein. Nicht so schlimm, du wirst lernen, es auszusprechen.«

Er las vor: »Es handelt sich um eine nicht ansteckende, chronische, schubweise verlaufende Erkrankung des Zentralnervensystems. Aufgrund der Vielfalt der unsichtbaren und sichtbaren Symptome nennt man sie auch die ›Krankheit der tausend Gesichter‹.«

Eine Falte bildete sich auf seiner Stirn; es schien, als hätte er Mühe, den Inhalt zu verstehen. Ich sowieso. *Tausend Gesichter.* Wir hatten mal, heimlich natürlich, einen Gruselfilm im Nachtprogramm gesehen, in dem ein Mann einen Schrank mit den unterschiedlichsten Masken besaß und sich jeden Tag eine andere aufzog. Am Ende stellte sich heraus, dass er gar kein eigenes Gesicht hatte, nur glatte, kissenweiche Haut, wo Augen, Mund und Nase sein sollten. Würde unsere Mutter sich auch bis zur Unkenntlichkeit verändern?

»Hallo!« Kai berührte mich an der Schulter. »Ob du weißt, was ein Symptom ist, hab ich gefragt.«

Rasch nickte ich, was natürlich gelogen war.

»Glaub ich ja mal gar nicht!« Kai tippte mir schmunzelnd mit dem Zeigefinger auf die Nase. »Also, ein Symptom ist …« – er dachte nach – »… etwas, woran man erkennt, dass jemand krank ist. Etwas, das typisch für eine bestimmte Krankheit ist. So wie Schnupfen bei Erkältung. Verstanden? Okay. Weiter.«

Er las: »Diese Symptome können die Eigenständigkeit und die Handlungskompetenz stark beeinträchtigen und die Lebensqualität einschränken. Symptomatisch sind: Lähmungen, verschwommenes Sehen, Gehstörungen, Gefühlsstörungen der Haut, Erschöpfbarkeit, Spa– …«

Er brach ab, wieder tauchte die Falte auf seiner Stirn auf.

»Was denn?«

»Spastik«, sagte er, so vorsichtig, als könnte ihm das Wort zwischen den Lippen zerbrechen.

Wir waren ganz still, weil wir dasselbe dachten, nämlich, dass wir das dazugehörige Schimpfwort schon einige Male auf dem Pausenhof und auf der Straße gehört hatten, ohne eigentlich genau zu wissen, was es bedeutete. Aber eins war klar – es passte nicht zu unserer Mutter, die über italienische Opern so viel wusste wie über Bob Dylan oder die Beatles oder Aretha Franklin und die einen Karteikasten voller Notizen über die größten klassischen Sängerinnen des 20. Jahrhunderts besaß, aus denen sie mal ein Buch schreiben wollte. Es passte nicht zu der Frau auf den Fotos, die in einer Reihe im Schlafzimmer unserer Mutter hingen und sie vor Palmen auf einer Strandpromenade zeigten, ein Tambourin in der Hand und einen umgedrehten Hut zu ihren Füßen. Auf einer Bühne, mit schwarz umrandeten Augen und künstlichen Wimpern, die so lang waren, dass sie ihr fast bis an die Brauen reichten, während sie mutmaßlich etwas von Marlene Dietrich, Judy Garland oder Barbra Streisand sang. Am Klavier sitzend und komponierend, das heißt, mit einer Hand auf den Tasten, während sie mit der anderen Notizen auf ein Blatt Papier machte, wobei ein zweiter Bleistift hinter ihrem rechten Ohr klemmte als Ersatz oder weil sie ihn dort vergessen hatte.

Mein Bruder sog die Luft ein und stieß sie mit einem Zischen wieder aus. Innerlich stimmte ich zu. Vielleicht war dieses Lexikon doch keine so gute Idee gewesen.

»Hör mal zu«, sagte Kai jetzt, legte das Buch zur Seite und drehte mich an den Schultern zu sich herum. »Sollte jemand in der Schule, oder egal wo, Mama beleidigen, sagst du mir Bescheid.«

»Und dann?«

»Wirst du schon sehen!«, erwiderte er und war wieder so, wie ich ihn kannte.

Wütend. Mutig. Mein Bruder eben.

Erst im Jahr zuvor hatte er sich mit einem Oberstufenschüler angelegt, der Kais Rucksack in der großen Pause aus einer Laune heraus gepackt und über das Treppengeländer zwei Stockwerke in die Tiefe geworfen hatte. Der Junge war drei Jahre älter und einen Kopf größer gewesen, aber Kai war trotzdem auf ihn losgegangen. Natürlich hatte er verloren und eine blutige Lippe davongetragen, und natürlich war unsere Mutter wegen der Sache zum Direktor zitiert worden. Im Anschluss hatte sie uns zu McDonald's eingeladen, wo Kai so viel Softeis mit Schokosoße hatte bestellen dürfen, wie er wollte. Es hatte mir nichts ausgemacht. Ich war nicht eifersüchtig auf ihn. Jedenfalls nicht bis zu dem Moment – der Winter war gerade vorbei –, als er unsere Mutter auf einmal zu den Terminen bei der Physiotherapie oder bei ihren vielen unterschiedlichen Ärzten begleiten durfte, ich aber nicht. Jedes Mal, wenn ich sie darauf ansprach, druckste sie herum. Irgendwann gab sie nach und erklärte, sie wolle nicht, dass einer ihrer Ärzte wüsste, dass sie außer Kai noch ein weiteres, so viel jüngeres Kind hatte. Kranken Eltern konnten ihre Kinder nämlich weggenommen werden, dafür brauche es nicht einmal eine echte Diagnose. Und dann erzählte sie die Geschichte, wie vor vielen Jahren fremde Leute zu ihrer Tante nach Hause gekommen und deren Neugeborenes in ein Heim und die Tante in eine Klinik gebracht hatten, von wo sie stumm zurückgekehrt war. Das Kind hatte sie nie wieder gesehen. Innerhalb der Familie behauptete man, dass etwas mit der Tante nicht gestimmt habe, dass sie nicht fähig gewesen sei, ihre Tochter zu erziehen. Neunzehn Jahre alt war die Tante gewesen, Magdalene hatte sie geheißen, Lenchen, und unsere Mutter hatte sie sehr gemocht.

»Aber nicht mit mir! Ich passe auf, dass uns niemand auseinanderreißt. Uns kriegen die nicht!«

Manchmal sagte sie dann auch, dass wir freier und privilegierter seien als die meisten Leute; dass wir schon morgen unsere Zelte abbrechen und alles hinter uns lassen könnten, wenn wir wollten. Weil wir nämlich zusammenhielten. Das sei überhaupt noch mehr als ein Privileg, nämlich ein Glück, das größte. Aber weil das so ein großes Wort war und unsere Mutter großen Wörtern eigentlich misstraute, sagte sie noch öfter: »Drei sind eine Party«, was ungefähr dasselbe bedeutete.

Kurz darauf teilte sie uns mit, dass wir Berlin verlassen würden.

»Ich brauche neue Luft«, begründete sie ihre Entscheidung, »wir alle brauchen neue Luft.«

Ihre Wahl war auf die Ostseeküste gefallen, denn ihr Arzt Dr. Müller hatte gesagt, dass das dortige Klima sich positiv auf die Symptome ihrer Krankheit auswirken könnte. Gemeinsam schlugen wir im Atlas die Deutschlandkarte auf.

»Rügen!«, sagte unsere Mutter schwärmerisch und tippte auf eine Insel oben rechts, direkt neben Polen und etwas unterhalb von Schweden.

»Da ist doch nichts los!«, protestierte Kai. »Auf keinen Fall.«

»Oder Fehmarn!«

»Das ist doch das Gleiche. Wieso nicht Kiel, wenn es am Meer sein muss? Das ist eine große Stadt.«

Unsere Mutter rümpfte die Nase. »Kiel ist nicht schön. Keine alten Gebäude.«

»Lübeck?«

»Da gibt es Marzipan«, sagte ich, stolz, auch mal etwas zu wissen.

»Ach, Lübeck, ich weiß nicht«, sagte unsere Mutter. »Ich hasse Marzipan. Das ist ein schlechtes Zeichen.«

Kai nahm ihr den Atlas aus der Hand und fuhr mit dem Finger die Küstenlinie Norddeutschlands entlang.

Dann klopfte er aufs Papier. »Okay, dann bin ich für Flensburg!«

»Ach, die mit den Punkten«, sagte unsere Mutter und machte eine wegwerfende Handbewegung.

»Wieso, was für Punkte?«, fragte ich.

»Na, *die* Punkte«, antwortete Kai, aber dem Rest seiner Erklärung folgte ich schon nicht mehr, weil ich mir eine über und über gepunktete Stadt vorstellte, Straßen, Häuser, Parks, Punkte über Punkte, und alle Menschen hatten Sommersprossen, und alle Hunde waren Dalmatiner.

»Ja! Flensburg!«, sagte ich.

Kai sah unsere Mutter an, unsere Mutter sah Kai an, dann sah Kai mich an. »Ich glaube, die Entscheidung ist gefallen.«

Erst später verstand ich, dass es ihm bei alldem möglicherweise auch um seinen Trompetervater in Kopenhagen gegangen war, das von Flensburg aus in vier Stunden mit dem Zug zu erreichen war. Kai schien Rasmus wieder öfter sehen zu wollen, auf jeden Fall telefonierten sie in letzter Zeit regelmäßig. Es passte zu der Sache mit dem Foto. Seit ich mich erinnern konnte, hatte ein kleines vergilbtes Passbild dieses Mannes an der Korkpinnwand über Kais Schreibtisch gehangen. Statt mit einer Reißzwecke wie die anderen Bilder, Eintrittskarten und Zettel war es über viele Jahre mit einer Stecknadel aufgespießt gewesen, die dem Vater genau zwischen den Augen gesessen hatte. Seit Kurzem saß die Nadel jedoch an der oberen rechten Bildecke, ganz harmlos, und auf der Vaterstirn war nur ein winziges Löchlein zurückgeblieben.

Es stellte sich heraus, dass wir mit Flensburg eine gute Wahl getroffen hatten, auch wenn es nirgends, wirklich nirgends Punkte zu sehen gab. Dafür schmeckte die Stadt gut, nach Salzlakritz, nach den weichen Brötchen, die »Boller« hießen, und den Geleebohnen, die es freitags beim Werksverkauf der Drageefabrik gab. Von unserer neuen Wohnung aus brauchte man zu Fuß nur eine Viertelstunde bis zum Strand, wo wir gleich bei unserem ersten Spaziergang ein Stück grünes Meerglas fanden, das ich mit Kais Hilfe anbohrte, auf eine Schnur fädelte und als Schlüsselanhänger benutzte. Unsere Mutter ließ neue Visitenkarten drucken, auf denen *Elli Kupper, Sängerin, Mezzosopran* und in der Zeile darunter, etwas kleiner, *Klassik & Pop für Veranstaltungen sowie privater Unterricht* stand. Alles gegen Bares, »Käsch«, wie sie sagte. Gefühlt lebten wir ab jetzt von dem Geld, das in ihrem Kleiderschrank in einer abschließbaren Kasse aus Metall lag und von dem sie die Scheine nach Gefühl auf die Hand abzählte, wenn eingekauft werden musste. Sie verdiente nicht schlecht, neben dem Gesangsunterricht vor allem mit Auftritten bei Stadtfesten, Firmenfeiern und Hochzeiten, was dazu führte, dass Kai und ich Markenturnschuhe und Videospiele hatten und sie Theaterkarten, Sammler-Schallplatten und teure Kleider. Eines war außergewöhnlich, aus silbergrauem Glanzstoff und am Ausschnitt von Pailletten gesäumt, es blendete einen richtig. Sie trug es auf einem meiner Lieblingsfotos, das bei einem Konzert im Bürgerforum entstanden und sogar in der Zeitung erschienen war. Auf diesem Bild formten ihre rot geschminkten Lippen ein O, groß genug, dass ein kleiner Apfel reinpasste, und dieses O gehörte zum ersten Ton von »Ombra mai fu«, einem Lied, das natürlich ihr Liebling Händel komponiert hatte und das davon handelte, wie wunderbar es war, im Schatten eines Baumes zu liegen. Das Foto hing in einem silbernen Rahmen direkt neben dem Diplom unserer Mutter, das sie mit Schere, Prittstift und Kopierer nachgebastelt hatte, weil sie damals, vor vielen Jahren, ihr Studium in Berlin nicht beendet hatte – »aber nur *formal* nicht«, wie sie immer betonte, und dass man ihr die fehlende Abschlussprüfung ja wohl nicht anmerke.

Im Laufe des Jahres und besonders des Folgejahres merkte man ihr allerdings etwas anderes an. Das Zittern. Die Gleichgewichtsprobleme. Sie traute sich das Autofahren nicht mehr zu und verkaufte den roten Fiat. Wenig später bekam sie ein Rezept für einen Gehstock ausgestellt, den wir im Sanitätshaus besorgten. Er war schwarzglänzend mit geschwungenem Derby-Griff, damit sie ihn sich auch mal elegant in die Armbeuge hängen konnte, »wie ein Dandy«, sagte unsere Mutter, und zumindest das gefiel ihr, daher suchte und suchte sie, bis sie in einem der vielen Schuhkartons unter ihrem Bett endlich die eine Postkarte fand, auf der der Dichter Oscar Wilde abgebildet war, und befestigte sie am Kühlschrank. Eine Weile ließ sie sich vom Taxi zu ihren Auftritten bringen, schleppte einen Schemel auf die jeweilige Bühne und trat im Sitzen auf, doch ab dem Herbst blieben die Aufträge aus. Niemand wolle eine zitternde Sängerin auf seiner Party haben, sagte sie. Auch die Idee, wieder auf der Straße zu singen wie ganz früher, als sie mit Kommilitonen durch Europa gereist war, verwarf sie: Für stundenlanges Herumstehen und Frieren in der Fußgängerzone habe sie nicht mehr die Kraft. Sie entschuldigte Kai einen Tag von der Schule, damit er sie zum Amt begleiten konnte für die Beantragung der Sozialhilfe, die uns aber nur übergangsweise unterstützen sollte. Denn sobald es ihr wieder besser gehe, werde sie leicht etwas Neues finden, etwas mit Musik – das war ja klar.

Als wir im Januar von unserer Pisa-Reise zurückgekehrt waren und das Foto mit dem Schiefen Turm entwickelt war, steckte sie es in einen Bilderrahmen und ließ es von Kai im Flur aufhängen, direkt über den Lichtschalter, wo sie es jedes Mal sehen konnte, wenn sie die Deckenlampe ein- und ausschaltete. Unsere Mutter war optimistisch: Nicht nur war ihr von der Krankenkasse eine Rehabilitationsmaßnahme im Sommer bewilligt worden, sie hatte auch gerade erst eine Zusammensetzung von Medikamenten erhalten, mit der ihr Neurologe versuchen wollte, sie noch einmal komplett neu einzustellen. »Wir greifen jetzt richtig an, Frau Kupper«, hatte er angeblich gesagt. Wie sie mit der prall gefüllten Knistertüte aus der Apotheke zurückkam, steckte sie uns an mit ihrer Zuversicht. Das Schulheft, das ich ab diesem Zeitpunkt zur Dokumentation ihrer Symptome benutzte, war ein kleines, unauffälliges Blankoheft, in das ich auf jede Seite mit Lineal und Bleistift drei Spalten einzeichnete für *Wann, Was* und *Wie lange*. Wenn es unserer Mutter schlecht ging, hielt ich es ab sofort hier fest und notierte, an welchem Tag sie für wie viele Stunden auf der Couch hatte liegen müssen. Worüber sie mehr geflucht hatte – über ihre zitternden Finger oder über ihre tauben Zehen. Ob sie getaumelt oder gestürzt war oder relativ normal hatte gehen können. So würden uns Verbesserungen ihres Gesundheitszustands am schnellsten auffallen. Das von mir so penibel geführte Heft hatte außerdem den Vorteil, dass es mir oft sogar gelang vorauszusagen, wie es ihr in den kommenden Stunden oder Tagen gehen würde, zum Beispiel, wenn sie sich trotz großer Müdigkeit nicht geschont oder ihre Tabletten zeitverzögert eingenommen hatte. Ich verstand, wie alles zusammenhing. Hatte den Überblick. So jemanden musste es doch auch geben. Allerdings erzählte ich weder Kai noch unserer Mutter von dem Heft. Sie wussten auch nicht, dass ich keine Fahrstühle mehr benutzte, sondern überall die Treppe nahm und Umwege machte, um unserer Mutter einen Vorrat an Schritten zu erlaufen. Hunderte, Tausende, Hunderttausende. Je mehr Schritte ich jetzt machte, desto länger würde sie noch ohne Probleme gehen können. Daran wollte ich glauben, und es zu glauben, tat gut. Außerdem kostete es mich nichts, einfach einen Fuß vor den anderen zu setzen, außer dass ich deswegen hin und wieder den Bus verpasste. Ein angemessenes Tauschgeschäft. Einmal beobachtete Kai, wie ich vor unserer Haustür fünfzig Schritte hin- und herlief, die ich noch erledigen musste, bevor ich mich mit gutem Gewissen über die Schwelle traute. Darauf angesprochen, erklärte ich es ihm.

»Wenn ich jetzt auch fünfzig mache«, wollte er wissen, »kannst du dann morgen aussetzen?«

»Ich weiß nicht. Ja, vielleicht.«

Und dann durfte ich zuschauen und mitzählen, wie er noch mal fünfzig Extraschritte über den Parkplatz vor dem Haus lief. Weil er aber längere Beine und größere Füße hatte als ich, waren es eigentlich sogar mehr. Wie leid mir in dem Moment meine Klassenkameraden taten, die keinen Bruder hatten. Keinen wie Kai.

3

Es ist warm, die Luft im Raum ist schlecht. Einige Kollegen benutzen das Seminarprogramm bereits als Fächer und wedeln sich damit vor dem Gesicht herum. Die Harms zieht die Loszettel aus einem Bastkörbchen und faltet das erste Stück Papier auseinander: Hallstedt. Es folgt der zweite Zettel: Fehlow. Bis auf die beiden atmen alle Anwesenden hörbar auf. Glück gehabt. Mein Handy vibriert. Geistesabwesend, aus einem reinen Muscle-Memory-Effekt heraus, greife ich danach. Auf dem Display steht dieselbe Nummer wie vorhin. Dieselbe Nummer. Ich bin fassungslos über so viel Dreistigkeit. Ich warte, bis auch dieser Anruf meines Bruders zur Mailbox geleitet wird, dann speichere ich die Nummer in meinen Kontakten unter SOFORT WEGDRÜCKEN ein. Als ich das Handy wieder einstecken will, verfehle ich den Schlitz meiner Jackentasche knapp, und das Telefon fällt knallend zu Boden. Köpfe drehen sich. Hinter meinen Augenlidern gleißt es hellrot. Atmen, ganz langsam und bewusst. Sich nichts anmerken lassen. Atmen, durch die Nase ein und durch den Mund aus.

Das Rollenspiel beginnt. Es verläuft unproduktiv für die Zuschauer, da die Wahl auf zwei junge Alphamännchen wie aus dem Bilderbuch gefallen ist. Aufrecht und angriffslustig sitzen die beiden einander gegenüber in ihren Slim-fit-Hemden und frisch geputzten Lederhalbschuhen und versuchen jeweils das Gespräch zu dominieren, wobei der Inhalt mit jeder Minute mehr in den Hintergrund gerät. Sogar der Harms, die seitlich der Szene sitzt, frieren zunehmend die Gesichtszüge ein, obwohl sie auf ihrem Management-Level solche Hahnenkämpfe, die keine Rücksicht auf die Aufgabenstellung oder die Stimmung im Raum nehmen, eigentlich gewohnt sein müsste. Wenig überraschend gipfelt die Vorstellung in einem Schlagabtausch auswendig gelernter Konterattacken und heruntergeratterter Statistiken. Hallstedt lehnt sich breitbeinig zurück, Fehlow verschränkt die Arme vor der Brust. Stille. In einer der vorderen Reihen besinnt sich jemand und klopft mit den Fingerknöcheln auf die Tischplatte, wir anderen machen es nach.

Die Harms steht auf, geht nach vorne und räuspert sich. »Danke dir, Jonas, und danke dir, Marcel. Ich bitte euch alle, nun auf Grundlage eurer Beobachtungen euer Feedback zu gestalten, und zwar nach den Kriterien, die wir vorhin besprochen haben und die ihr auch noch mal in dem Handout nachlesen könnt, das gerade herumgeht. Denkt daran: Bleibt wertschätzend, sachlich und konstruktiv!«

Stühle werden über den Boden gerückt, Gespräche beginnen. Jemand lacht so laut, dass es verboten gehört. Und da weiß ich: Es geht nicht. Ich muss hier raus. Die Harms lässt ihren Blick durch die Runde schweifen. Ich warte, bis er mich streift, und nicke ihr zu, ein alter Trick, der schon zu Schulzeiten funktioniert hat – Hauptsache, der Lehrer konnte sich daran erinnern, einen zu Unterrichtsbeginn am Platz sitzen gesehen zu haben. Zur Sicherheit warte ich noch ein paar Augenblicke ab; dann, als eine Hotelmitarbeiterin auf einem Servierwagen Tassen, Kaffeekannen und Gebäck für die Pause hereinschiebt und damit kurz die Aufmerksamkeit aller auf sich zieht, erscheint mir die Gelegenheit günstig. Ich stehe beiläufig auf, meine Jacke und die Tasche unter den Arm geklemmt, als müsste ich zur Toilette, Nase pudern, Tampon wechseln, was auch immer, und verlasse den Seminarraum. Niemand wird mich vermissen. Allerhöchstens Petersen. Aber der verrät mich nicht.

In meinem Zimmer streife ich die Schuhe von den Füßen und schaufle mir am Waschbecken kaltes Wasser ins Gesicht, halte auch die Arme bis zum Ellbogen unter den Strahl und wische mir mit einem feuchten Handtuch über Hals und Nacken. Danach setze ich mich an den Schreibtisch. Ich fühle mich erleichtert. Und ich habe Zeit gewonnen, mir meinen Vortrag für morgen noch mal anzusehen; meine handgeschriebenen Moderationskarten zu überprüfen, die ich vorsichtshalber immer vorbereite, für den Fall, dass die Technik nicht mitspielt. Alternativ könnte ich die einzelnen Folien der Präsentation ein weiteres Mal auf Tippfehler kontrollieren. Entgegen landläufigen Meinungen ist es eben doch oft die gesunde Portion Perfektionismus, mit der man sich von der Konkurrenz abhebt.

Und Konkurrenz gibt es auf jeden Fall. Zum Beispiel verdächtige ich Aschmann und Adler, Petersen nennt sie das »A-Team«, ebenfalls an der Sparte der hochpotenten Schmerzmittel interessiert zu sein. Ich fand auffällig, wie sie heute bei der Begrüßung die Ohren gespitzt haben, als es um die Ausrichtung der Marketingstrategie für das neue Pflaster ging, und wie sie danach miteinander getuschelt haben. Wer weiß, was die beiden vorhaben; die Stellen im Innendienst sind so begehrt wie rar. Dabei glaube ich kaum, dass die zwei sich auch nur ansatzweise so intensiv mit diesem Präparat, seiner Wirkungsweise und seinem Einsatzgebiet auseinandergesetzt haben wie ich. Man könnte mich nachts wecken und abfragen, ich könnte aus dem Stand eine ausführliche Konkurrenzanalyse liefern. Ich habe alles parat. Und die Zeit und die Energie, die ich investiert habe, sind es wert. Auf dem jetzigen Markt gibt es meiner Meinung nach für den Hospizbereich schlichtweg nichts Effektiveres als das transdermale Fentanyl-Pflaster. Von den oft bewegungseingeschränkten Palliativpatienten muss nichts geschluckt werden, auch Nadeln sind nicht im Spiel. Eine diskrete und denkbar einfach zu verabreichende Medikation, die Todkranken die letzten Tage und Wochen leichter macht. Würdevoller. Einfach das perfekte Produkt. Ich meine, sterben können, ohne dabei irgendwelche Schmerzen empfinden zu müssen, das darf man sich ruhig mal auf der Zunge zergehen lassen. Ein Traum, so alt wie die Menschheit, wahr geworden durch die Wissenschaft. Um ehrlich zu sein, ich würde sogar draufzahlen, um dieses Pflaster bewerben zu dürfen. Adler und Aschmann sollen sich nach etwas anderem umsehen, hoch dosiertes THC in Tropfenform oder was sonst noch im Kommen ist, aber nicht in meinem Kompetenzbereich wildern. Also fahre ich den Laptop hoch und öffne meine Präsentation.

Ein Piepsen. SOFORT WEGDRÜCKEN erscheint diesmal als Absender einer Textnachricht auf dem Smartphone-Bildschirm. Interessant. Weil ich nicht mit ihm sprechen will, schreibt er mir jetzt also. Es wäre schlauer gewesen, Kai einfach direkt zu blockieren. Das habe ich nun davon, dass ich um das Jahr 2010 herum ein Profil bei Facebook erstellt habe, mithilfe dessen er mich wenige Monate später gefunden und angeschrieben hat. *Hallo, Anne, bist jetzt auch hier, na wie geht's, alles ok?* Eine Zeile später bat er schon um meine Nummer. Warum ich darauf eingegangen bin, kann ich im Rückblick nicht beantworten. Wohl aus dem gleichen Grund, aus dem ich mich überhaupt erst auf dieser unsäglichen Plattform herumgetrieben habe – Einsamkeit, oder was ich dafür hielt. Ich verbrachte während meines Studiums viel Zeit allein. Gehörte keiner Lerngruppe an, ging nicht auf Semesterpartys, und wenn die Leute aus meinem Wohnheim sich mir vorstellten, konnte ich mich an ihre Namen schon fünf Minuten später nicht mehr erinnern, geschweige denn an ihre Fächerkombination, weil es mich einfach nicht interessierte. Absurderweise litt ich darunter, ich war überzeugt davon, dass es falsch war und etwas mit mir nicht stimmen konnte. Eine Zeit lang zwang ich mich zu gemeinschaftlichen Aktivitäten, meldete mich beim Uni-Sport an, und am Ende probierte ich eben auch Social

Media aus. Doch vor allem Letzteres deprimierte mich nur noch mehr, raubte mir Energie. Ein wirklich unnötiges Experiment. Gelernt habe ich dadurch immerhin, dass man nicht gegen die eigene Natur handeln sollte. Andere Leute werden einen im Laufe des Lebens genug sabotieren, da muss man sich nicht auch noch selbst im Weg stehen.

Dennoch. Obwohl meine Fingerkuppe nur Millimeter über dem Display schwebt, kann ich mich nicht dazu durchringen, das Naheliegende zu tun und die Nachricht meines Bruders einfach ungelesen zu löschen. Es ist erschreckend und faszinierend zugleich, wie sich manchmal, sobald jemand Spezielles aus der Vergangenheit anklopft, eine Tür öffnet. Und dass egal, wie lange oder wie fest diese Tür verschlossen war, für diese eine Person der Schlüssel wie selbstverständlich unter der Fußmatte liegt, nicht weil man es so will, sondern weil man schlichtweg keine Kontrolle darüber hat. Ich stelle es mir in diesem Fall als eine Art Schmetterlingseffekt vor: Irgendwo im Universum ist etwas schiefgelaufen, eine Verkettung nicht unbedingt unglücklicher, doch absurd unwahrscheinlicher Umstände, und am Ende dieser Kette stehen jetzt Kai und ich und starren jeweils auf unsere Handys.

Ich tippe auf seine Textnachricht und öffne sie.

Hallo, Anne, schreibt er. *Ich kann verstehen, dass du nicht rangehen willst, aber ich brauche deine Hilfe.*

Er. Mich. Verstehen. Ziemlich anmaßender Einstieg.

Ich weiß nicht, an wen ich mich sonst wenden soll.

Das wird wohl seine Gründe haben.

Es ist dringend.

Tja, nun. Was ist nicht alles dringend?

Bitte ruf mich zurück, wenn du das liest, dann erkläre ich dir alles.

Besser wär's.

Grüße, Kai.

Ich habe seinen Namen lange nicht mehr gelesen. Es berührt mich, ganz buchstäblich, wie eine kalte Hand. Gänsehaut. Ich reibe meine Handflächen gegeneinander, bis sie heiß werden und prickeln, möchte am liebsten schreien, aber dann presse ich endlich, presse ich tatsächlich die Taste *Kontaktinfo* und anschließend das kleine Telefonhörersymbol.

Er nimmt beim ersten Klingeln ab.

»Hi.«

»Hallo.«

»Danke, dass du dich meldest.«

»Du hast mir ja kaum eine Wahl gelassen. Was ist?«

Er scheint kurz nachzudenken, seufzt dann. »Okay, ich mache es kurz. Ich bin auf Pellworm. Ich stehe vor einer Klinik, in der ich die letzten Monate über war. Auf Entzug, wenn du's genau wissen willst.«

»Wollte ich nicht. Aber jetzt hast du es gesagt.«

»Ja, jetzt habe ich es wohl gesagt.«

Pause.

»Also, es ist so: Ich bin heute Morgen entlassen worden und hätte übers Wochenende bei einem Bekannten unterkommen sollen, das war so abgemacht. Aber jetzt hat der mich hängen lassen.«

»Ja, und?«

»Das Problem ist, ich kann erst am Montag mein Zimmer im Wohnheim beziehen. Und das ist in Lübeck. Und bis dahin habe ich keine Bleibe, und da dachte ich …«

Wir schweigen. Wir schweigen, weil der Gedanke, der im Raum steht, ein ziemlich ungeheuerlicher ist.

»Hör zu«, fährt Kai fort. »Ich weiß, dass du das nicht willst. Aber ich muss sonst in eine Notunterkunft. Und da ist es scheiße, da geh ich auf keinen Fall noch mal hin. Und deshalb dachte ich – weil, wenn du zwischenzeitlich von hier oben weggezogen wärst, hättest du es mir wohl mitgeteilt, nicht?«

Ich gebe keine Antwort.

»Also, dass du mich in dem Fall abholen und mir eventuell deine Couch oder so überlassen könntest?«

»Sag mal, wie stellst du dir das bitte vor?«

»Ich stelle mir gar nichts vor. Du bist einfach die Einzige, von der ich mir gerade was erhoffen kann. Das ist alles.«

»Meine Güte, kauf dir halt ein Zugticket nach Lübeck, das kostet doch nicht die Welt.«

Er sagt nichts.

»Bist du pleite, oder wie?«

Noch immer nichts.

»Du, ganz ehrlich, ich bin überhaupt nicht zu Hause, sondern beruflich unterwegs. Tut mir leid.«

Mein Bruder atmet hörbar durch die Nase ein und aus.

Wieder schweigen wir.

»Okay«, sagt er dann.

Er bemüht sich offensichtlich, gefasst zu klingen, aber es gelingt ihm nicht besonders gut. Ich seufze, doch es kommt mehr als Knurren raus, ein Geräusch, wie es einem entfährt, wenn der Zahnarzt erklärt, dass kein Weg an der Wurzelbehandlung vorbeiführt, es einem aber immerhin besser gehen wird, sobald man es überstanden hat.

»Zwei Nächte hast du gesagt, ja? Warum können die in Lübeck denn keine Ausnahme machen?«

»Die haben nicht genug Personal übers Wochenende, keine Chance.«

»Also, bei mir kannst du jedenfalls nicht übernachten«, sage ich. »Ich könnte dich höchstens …«

Was? Was höchstens? Ich stecke meinen linken Zeigefinger in den Mund, beiße auf dem teuren Acrylnagel herum. Längst weiß ich, für wen ich das hier tue. Nicht für mich, auch nicht für meinen Bruder. Ich tue es für *sie*, weil *sie* gewollt hätte, dass wir einander helfen.

»Ich bin gerade in Hamburg, aber ich könnte dich wohl abholen und direkt nach Lübeck fahren. Und dort finden wir bis Montag eine Pension für dich oder ein kleines Hotel.«

Da. Es ist raus. Auch wenn ich es selbst kaum glauben kann.

»Ich zahl es«, ergänze ich. »Du brauchst es mir nicht zurückgeben.«

»Hm«, macht mein Bruder, es scheint mir so etwas wie eine Einwilligung zu sein.

»Schick mir deine Standortdaten und eine Uhrzeit.«

»Standortdaten«, wiederholt er etwas spöttisch. »Komm einfach um vierzehn Uhr zum Fähranleger in Nordstrand. Ich werde da sein. Ist nicht so, dass ich irgendwohin gehen könnte.«

»Okay«, sage ich, seinen Spott ignorierend.

»Und ich werde dir den Betrag fürs Hotel zurückgeben«, sagt er noch. »Sobald mein Geld vom Amt da ist, kriegst du es wieder.«

Ich zucke mit den Schultern, weil es mir wirklich vollkommen egal ist, auch wenn er das nicht sehen kann.

Wir legen gleichzeitig und ohne Abschiedsfloskeln auf.

Die Tischplatte wackelt, mein rechtes Knie stößt von unten dagegen; tack-tack-tack macht das Tischbein auf dem Fußboden, wer auch immer im Zimmer unter mir wohnt, wird sich ärgern, aber ich kann es leider nicht ändern. Ich muss das jetzt machen, muss mich davon ablenken, dass mein Brustkorb sich anfühlt wie unter einer Betonplatte begraben und meine Atemwege auf die Enge eines Nadelöhrs zusammengeschrumpft scheinen. Tief atme ich durch die Nase ein, fülle meine Lungen mit Luft. Da geht noch was. Da geht doch noch mehr rein. Mehr. Dann lasse ich los, stoße den Atem durch den Mund aus und beginne wieder von vorn, zähle währenddessen das Periodensystem der Elemente auf: Wasserstoff, Helium, Lithium und so weiter. Das funktioniert normalerweise zuverlässig, doch diesmal beruhige ich mich nur langsam. Ausnahmsweise wünsche ich mir, mich an den Benzodiazepinen aus meinem Kofferraum bedienen zu können. Wie ich gehört habe, wird davon alles weicher und gedämpfter, als tauchte man in warmes Badewasser. Aber sich an den Mustern zu vergreifen ist uns Vertrieblern natürlich streng verboten und würde auch in den Abgabelisten auffallen, es sei denn, man manipulierte sie sich zurecht. Manche tun es trotzdem hin und wieder. Und ganz selten treibt es einer zu weit, etwa Tirschner, Einzugsgebiet Nördliches Meck-Pomm. Drei Jahre lang hat der alle möglichen Zahlen gefälscht, um Benzos abzuzweigen, die er dann allerdings nicht selbst genommen, sondern weiterverkauft hat an irgendwelche kaputten Kids. Ich glaube, das Verfahren beginnt bald. Davon abgesehen, dass es strafbar ist, gibt es für mich aber einen wichtigeren Grund, die Finger von dem Zeug zu lassen: Ich habe nicht vor, mein Gehirn an derart potente Unterstützung von außen zu gewöhnen, egal, ob es nun um Entspannung oder um Leistung gehen soll. Ist diese Grenze erst einmal überschritten, steht man quasi schon im Abseits, auch wenn es bei vielen erst klick macht, wenn der Job weg, die Beziehung zerstört und die Wohnung aufgelöst ist.

Womöglich ist es Kai so ergangen. Bei unserem letzten Treffen, damals in Eimsbüttel, zufällig und daher besonders verstörend, war bei ihm ja schon einiges im Argen. Zuerst hatte ich ihn gar nicht erkannt, wie er da auf der Bank saß mit einer Dose Bier in der Hand und ein paar Typen, die wie er offensichtlich gerade vom Feiern kamen, morgens um halb zehn. »Anne?«, hat er ungläubig gefragt. Und dann »Anne!« gerufen. Und dass ich stehen bleiben solle. Er war jedoch so vollgetankt, so schwerfällig, dass es ihm nicht gelang, mich einzuholen. Zugegeben, ich bin auch vor ihm davongerannt, obwohl ich zwei schwere Einkaufstüten bei mir hatte; davongerannt, als hätte ich einen Geist gesehen. Ob er sich an diesen Vorfall, der fast zehn Jahre her sein muss, überhaupt erinnert, so betrunken, wie er war? Offenbar hat er seine Probleme mit dem Alkohol seitdem auch nicht in den Griff bekommen. Ich google *Entzugsklinik* und *Pellworm*. Gleich der erste Treffer scheint es zu sein. Das Bild auf der Homepage zeigt ein längliches lehmgelbes Gebäude mit Blumenbeeten vor dem Eingang. Daran angeschlossen ist laut Text ein Bauernhof mit Wohngemeinschaft für »von Sucht Genesene, die Unterstützung beim Übergang in einen selbstbestimmten Alltag benötigen«. Ich klicke auf die dazugehörige Seite. Tiere. Jonathan, der Ziegenbock. Die Esel Sammy und Waldemar. Hütehund Lucky. Die Katzen Leia und Lilo. Hühner. Eine Schafherde, die eine eigene Webseite mit integriertem Onlineshop für Schafsmilchprodukte hat. Das alles enttäuscht mich. Mehr noch, ich bin regelrecht wütend. Aber was hatte ich erwartet? Eine Art Bunker ohne Fenster? Stacheldraht? Elektroschocks und Duschen mit eiskaltem Wasser? Nun. Ich hatte gehofft, wenigstens Mitleid für Kai empfinden zu können; Mitleid, das sich wie ein dickes Kissen zwischen uns hätte schieben und alle Stöße abfangen können, wenn wir uns später sehen. Stattdessen ist da jetzt – nichts.

4

In Flensburg machte sich der Frühling als Erstes dadurch bemerkbar, dass die Ostsee unterm zunehmenden Licht wieder Farbe annahm. Ganz langsam, mit jedem Tag etwas mehr, änderte das Wasser der Förde sein winterliches Grau zu dem tiefen, strahlenden Blau, das dem des Farbtöpfchens in meinem Malkasten ähnelte, und die dänischen Okseøer, die Ochseninseln, lagen nicht mehr im Nebel, sondern waren vom deutschen Ufer aus wieder deutlich zu erkennen. Doch die Temperaturen blieben niedrig, und der Wind, der vom Hafen kam, war noch eiskalt. Die fehlende Wärme bedeutete, dass es unserer Mutter schwerfiel, »in die Gänge zu kommen«, wie sie es nannte. Sie sei durch ihre Krankheit jetzt so eine Art Reptil und müsse auf die Sonne warten, um sich wieder mit Energie aufladen zu können. Bis dahin müsse sie weiter neben der bis zum Anschlag hochgedrehten Heizung auf der Couch sitzen bleiben und ihre Handgymnastik machen: den Zeigefinger einrollen, ausstrecken, kreisen, den Mittelfinger einrollen, ausstrecken, kreisen, alle Finger der Hand, mehrmals hintereinander. Doch ihre Laune war im Keller, und Kai und ich wussten, dass das mit dem Wetter eigentlich wenig zu tun hatte. Streng genommen hatte es schon angefangen, als sie Anfang Februar den Drang verspürt hatte, ihre Videokassetten neu sortieren zu müssen. Ursprünglich gab es in den Kisten und Kartons, in denen sie die Videos aufbewahrte, nur zwei Kategorien: Aufzeichnungen von Rock- und Pop-Konzerten zum einen – *Queen, Fleetwood Mac, Patti Smith* stand zum Beispiel auf den Klebeetiketten – und von klassischen Opern und Operetten zum anderen: *Strauss: Salome, Salzburger Festspiele, 1992* oder *Mozart: Don Giovanni, Holland Festival 1994*. Aber die Judy Garland Show? Die Drei Tenöre in London? Sarah Brightman? Das passe nicht. Sie brauche mehr Kisten und in den Kisten Trennwände aus Pappe, die sie noch einmal extra beschriften könne. Einige Stunden später packte sie jedoch alles wieder um, weil sie die Kassetten nun lieber nach Jahrzehnten und dann wieder nur alphabetisch geordnet haben wollte. So ging das einige Tage lang. Und dann, als die Videos endlich weggeräumt waren, machte sie sich an die Schallplatten und zog die eine heraus, die nichts Gutes verhieß: Arien und Lieder von Fritz Wunderlich, dem Jahrhunderttenor aus der Pfalz, gestorben durch einen Treppensturz aufgrund von zu locker gebundenen Schnürsenkeln. »Schädelbruch. Wenige Tage vor seinem Debüt an der New Yorker Met. Noch keine sechsunddreißig Jahre«, sagte unsere Mutter immer, wenn sie uns von ihm erzählte. »Sechsunddreißig, in euren Ohren klingt das alt, aber ich sage euch, es ist jung. So jung.« Was nicht alles aus ihm hätte werden können – nicht nur der Tamino, sondern irgendwann der Herzog von Mantua, Don Carlos,

Parsifal! In meinem Beobachtungsheft notierte ich: *27. Februar: Wieder traurig wegen Wunderlich.*

Zum Elternsprechtag an meiner Schule ging sie nicht, aber das war nichts Neues. Auf dem Pausenhof erzählte ich dennoch, dass sie verreist sei, wieder auf Konzerttournee, diesmal durch Skandinavien. Für ein Mädchen aus meiner Klasse – Wiebke, die neuerdings ihre After-Eight-Minzschokoladeplättchen mit mir teilte und die ich gerne zur Freundin gehabt hätte – schmückte ich die Geschichte mit allerhand Einzelheiten aus.

»Meine Mutter singt dieses Jahr in vierunddreißig Opernhäusern von Helsinki bis Reykjavík.«

»Meine Mutter kennt die berühmtesten Pianisten der Welt, und sie reißen sich darum, sie begleiten zu dürfen.«

»Meine Mutter tritt auf den Geburtstagen von Königen und anderen Menschen auf, die so reich und wichtig sind, dass ich eigentlich gar nicht darüber sprechen darf.«

Ob ihr klar sei, dass wir jetzt ein Geheimnis hätten, das uns für immer verbinden würde, fragte ich Wiebke.

Sie nickte.

Irgendwann – wohl im März, denn ein einzelner lila Krokus stand in einem kleinen Blumentopf auf der Fensterbank – saß unsere Mutter mit ihren vielen Tabletten am Küchentisch und war aufgebracht, schüttelte immer wieder den Kopf.

»Außer Nebenwirkungen haben die neuen Dinger bisher überhaupt nichts gebracht! *Nichts!* So ein Quatsch.«

»Es gibt eine Übergangszeit, in der du dich erst an sie gewöhnen musst«, sagte Kai. »Das haben sie auch in der

Apotheke extra noch gesagt. Es ist kein Quatsch, es dauert einfach.«

Er konnte richtig streng klingen, wenn er wollte.

Und doch war unserer Mutter anzusehen, dass sie ihre Pillen am liebsten das Klo hinuntergespült und so schnell wie möglich eine andere Art der Behandlung ausprobiert hätte. Neulich hatte sie eine Faltbroschüre aus unserem Briefkasten gefischt und auf den Küchentisch gelegt. *Alternative Wege zur Gesundheit* hatte darauf gestanden, und es war ein Mann darauf abgebildet gewesen, der nichts trug außer einem um die Hüften gewickelten Tuch: *Schamane Jens*. Dazu eine Telefonnummer. Diese Broschüre hatte Kai ihr aber sofort weggenommen und in den Papierkorb geworfen, und unsere Mutter hatte so etwas wie »Ist ja gut!« gemurmelt.

Ich hingegen glaubte an ihre Medikamente. Vollkommen. Denn nur, wenn wir optimistisch alles Mögliche versuchten, würde das große Ganze eines Tages wieder ins Lot kommen. So funktionierte die Welt, so funktionierte das Leben, davon war ich überzeugt. Zugegeben, ich war in aller Heimlichkeit auch unendlich fasziniert von den Tabletten. Im Gegensatz zu früher waren es so viele und so viele unterschiedliche, dass unsere Mutter von ihrem Plastikbeutel auf ein stabiles Etui mit einzelnen Kammern für alle Wochentage hatte umsteigen müssen, um überhaupt den Überblick zu behalten. Natürlich hatte ich ihren neuen Behandlungsplan gleich in mein Heft übertragen: Pro Tag gab es acht reguläre Pillen, jeweils zwei morgens, mittags, nachmittags und abends, jede einzelne stellte ich als Punkt dar. Alle drei Tage tauchte eine leicht abweichende Zusammenstellung auf, dann waren es sechs Punkte und zwei Quadrate. Einmal monatlich musste sie außerdem eine auffällige Kombination aus zwei großen, länglichen Tabletten einnehmen, diese zeichnete ich als kleine Kreuze ein. Ab sofort kontrollierte ich stichprobenartig, ob sie sich an die Vorgaben hielt. Aber meine Leidenschaft ging noch weiter. In unbeobachteten Momenten schlich ich an den Nachttisch unserer Mutter, holte die Blisterstreifen aus den Schachteln und schüttelte sie wie die roten Rhythmuskugeln aus Holz, die in der Schule im Klassenschrank lagen. Mir gefiel, wie die Tabletten und Kapseln in ihren Gehäusen murmelten und schnurrten. Dass etwas so Kleines, Unscheinbares bewirken konnte, dass jemand sich besser fühlte oder gesund wurde oder bei falscher Anwendung daran sterben konnte, begriff ich immer noch nicht in Gänze. Was wohl passieren würde, wenn ich eine der Pillen schluckte? Oder alle auf einmal? So richtig ernsthaft in Betracht zog ich es nicht, es war nur der Gedanke, der mich reizte. Die Gewissheit, dass dieses Risiko zeitgleich mit mir am selben Ort existierte, ich aber diejenige war, die die Kontrolle hatte.

Zu guter Letzt interessierten mich nun, da ich längst flüssig lesen konnte, auch die Beipackzettel; ihre Sprache, die aus magisch klingenden Wörtern wie *Blutzuckerspiegel, Vorhofflimmern* oder *Nebennierenrinde* bestand. Doch die kleinen, eng gedruckten Zeilen bildeten eine Mauer, ohne Türen, ohne Fenster; nie kam ich durch. Frustriert versuchte ich, die herausgerissenen Packungsbeilagen wieder in ihre ursprüngliche Form zurückzufalten, doch es misslang jedes Mal, als hätten sie in der Zwischenzeit ihre Maße geändert, um mich zu überführen. Bei der Vorstellung, dass unsere Mutter herausfinden könnte, dass ich an ihren Schachteln gewesen war, wurde mir heiß. Ich rief nach meinem Bruder. Kai kam, wie immer, knickte die Zettel in wenigen Augenblicken wieder in ordentliche, schmale Streifen und fand die jeweils richtige Schachtel dafür. Dass er mich nicht verraten würde, wusste ich. Aber es war mehr als nur eine Absprache oder Übereinkunft. Es war ein Teil von uns, etwas, das man unter dem Mikroskop in unseren Haaren, Knochen und Zähnen hätte erkennen können.

»Ihr habt recht«, sagte unsere Mutter nach Ostern und streckte und rollte und kreiste entschlossen ihre Finger. »Geduld ist das Wichtigste, wenn man will, dass es besser geht. Man muss abwarten und sich die Zeit einfach *nehmen,* die man braucht! Mit Geduld kann das alles noch werden.«

Ja, das könne noch werden, wiederholte Kai, der vor ihr auf dem Teppich kniete und ihre Füße in den Wollsocken massierte, für die Durchblutung. Das könne noch werden, sagte auch ich und löste Kai an den Füßen ab. Anschließend, gegen halb zehn, machten wir uns bettfertig. Zuerst setzte unsere Mutter sich auf den Rand der Badewanne und reckte die Arme in die Höhe, sodass mein Bruder und ich ihr Pullover und Hose ausziehen konnten. Kai machte einen Waschlappen nass und half ihr, sich im Gesicht und unter den Achseln zu waschen. Währenddessen drückte ich die grün-weiß gestreifte Paste auf die Zahnbürste, denn Zähne putzen konnte unsere Mutter ganz gut allein, wenn man sie ließ, also nicht ungeduldig mit ihr war. Als sie damit fertig war, reichte ich ihr den Becher mit dem Leitungswasser zum Nachspülen. Danach zu greifen, hätte sie eigentlich auch noch selbst gekonnt. Aber sie wollte nicht. Der Becher war aus Porzellan, und sie hatte Angst, dass er ihr aus der Hand fallen und kaputtgehen und die Scherben einen von uns verletzen könnten. Kai hatte einmal vorgeschlagen, einen Kinderzahnputzbecher zu kaufen, so einen bunten aus Plastik, doch unsere Mutter hatte sich geweigert: So einen würde sie nicht benutzen! Zum Schluss zogen wir ihr das Nachthemd über den Kopf, dann scheuchte sie uns raus, weil sie noch aufs Klo gehen wollte. Das dauerte immer seine Zeit. Oft kam sie mit der Toilettenpapierrolle nicht zurecht. Aber sie wollte keine Hilfe dabei, und sowohl Kai als auch ich waren froh darüber, auch wenn wir es voreinander nicht zugegeben hätten.

Als ich drüben in unserem Zimmer in mein Bett steigen wollte, hielt Kai wortlos seine Decke an einem Zipfel in die Höhe und öffnete ein kleines Dreieck für mich. Ich kletterte hinein. Hinter mir schloss sich die Decke wieder, lag warm und weich an meinem Rücken. Fast war es wie damals in unserer Berliner Wohnung, als wir noch alle zusammen im großen Bett geschlafen hatten; unsere Mutter und Kai außen und ich in der Mitte. Heiß und stickig wie in einer Sauna war das gewesen; ich hatte Kais Socken und meine ungewaschenen Haare und den Schweiß unserer Mutter gerochen, vermischt mit der süßlichen Schärfe ihrer Eukalyptusbonbons und Isländisch-Moos-Pastillen, die sie für ihre Stimme lutschte. Ein Körper mit drei

Köpfen und sechs Armen und Beinen, der eigentlich im Museum ausgestellt werden müsste. Die Bettdecke hatten wir an drei Seiten zwischen Rahmen und Matratze festgestopft, damit wirklich nichts Gutes mehr raus- und nichts Böses mehr reinkommen konnte. Ein Gehäuse, so sicher wie ein Bunker.

Im Badezimmer knallte etwas auf den Boden, es klang wie der Föhn. Unsere Mutter schimpfte. Wahrscheinlich war er ihr beim Versuch, sich irgendwo festzuhalten, im Weg gewesen. Es war meine Schuld; ich hatte den Föhn nach dem letzten Gebrauch liegen gelassen und nicht zurück in seine Halterung gesteckt. So was passierte mir viel zu oft. Auch das Staubsaugen hatte ich noch immer nicht erledigt, obwohl unsere Mutter Wert darauf legte; vor allem jetzt, da sie sich mit ihren Gleichgewichtsproblemen nicht mehr einfach nach jedem hereingeschleppten Steinchen oder Stück Laub bücken konnte. Ich musste das mit meinen wöchentlichen Aufgaben besser hinbekommen. So wie Kai. Er vergaß selten etwas. Er konnte sich sogar merken, in welchen Abständen unsere Mutter Nachfolgerezepte bestellen musste, und erledigte es mit ihr zusammen, das heißt, er wählte für sie die Nummer der Praxis und hielt ihr den Hörer ans Ohr. Wir hatten zwar zu dritt im Katalog des Sanitätshauses geblättert und ein Seniorentelefon entdeckt, in Graubeige, so wie alles für Senioren anscheinend graubeige zu sein hatte, aber schließlich entschieden, dass sich die Anschaffung nicht lohnte. Wenn die Finger unserer Mutter steif waren und krampften, würde sie es nicht einmal schaffen, diese riesigen, flachen Tasten zu betätigen.

Wieder rumpelte es im Bad. Wieder Schimpfen. Vielleicht hatte sie sich verkeilt.

»Bleib liegen«, sagte Kai und schlug die Decke zur Seite. »Ich schau nach. Bevor sie noch fällt.«

Er ging rüber, und kurz darauf hörte ich ihn und unsere Mutter im Badezimmer leise miteinander sprechen. Ich versuchte zu verstehen, was sie sagten, aber es gelang mir nicht. Die Klospülung rauschte. Nun wackelte die Matratze wieder, und ein kühler Luftzug machte sich unter der Bettdecke bemerkbar, Kais Gesicht tauchte vor meinem auf.

»Alles erledigt«, flüsterte er. »Musst du auch noch mal? Dann mach es jetzt, ich will schlafen.«

»Nein!«, erwiderte ich, fest entschlossen, die warme Höhle bis zum Morgen nicht mehr zu verlassen.

»Okay.«

»Kai?«

»Was denn?«

»Ist es schlechter geworden mit Mama?«

»Was meinst du?«

»Na, alles. Aber vor allem das mit ihren Händen.«

»Ja. Ein bisschen wohl. Aber sie fährt ja im Sommer zu ihrer Reha. Das wird ihr helfen.«

»Sicher?«

»Es ist sehr wahrscheinlich. Dafür ist so eine Reha ja da.«

»Okay.«

Mein Bruder drehte mir den Rücken zu. Ich kroch näher an ihn heran, bis meine Nasenspitze seine Wirbelsäule berührte, und schlang die Arme um seinen Körper, um seinen Bauch, von dem ich mir wünschte, dass er nicht flach wäre, sondern dick und rund. Am liebsten hätte ich ein Stück aus meinem Bruder herausgebissen und gegessen.

»Das ist mir zu eng«, sagte er und versuchte, sich aus meiner Umarmung zu befreien. »Lass das.«

Aber ich wusste, wie seine Stimme klang, wenn er etwas zu hundert Prozent ernst meinte. Das hier waren maximal sechzig. Daher tat ich so, als wäre ich bereits eingeschlafen.

5

Es ist ja so: Sofern ich mein Referat am Sonntag wie vereinbart halte, kann mir nichts passieren. So etwas wie eine Anwesenheitspflicht gibt es nämlich nicht, auch wenn die Personalabteilung, allen voran die Rothaarige, gerne hätte, dass wir das glauben. Als zusätzliche Vorsichtsmaßnahme habe ich diskret mit Petersen gesprochen, mich sogar getraut, etwas von einem familiären Notfall zu erzählen, sodass er mir den Rücken freihält. In der Hoteltiefgarage steige ich gegen vierzehn Uhr in meinen Dienstwagen, werfe meine Handtasche auf den Beifahrersitz und starte den Motor. Nach etwa vierzig Minuten habe ich den Hamburger Stadtverkehr und eine kurze Strecke auf der A7 hinter mir gelassen. Dann, endlich, fahre ich auf die A23 in nördlicher Richtung auf. Bis zu besagtem Fähranleger wird es hoffentlich weiter so flüssig vorangehen. Noch etwa hundertsechzig Kilometer.

Ob ich Kai überhaupt auf Anhieb wiedererkennen werde? Er mich? Die Einzelcoachings in Gestik, Stimmführung, Atmung und so weiter, die Palmerston & Hendricks mir bezahlt hat, werden wohl ihre Effekte hinterlassen haben, und ich sehe auch anders aus als an dem Tag unseres zufälligen Aufeinandertreffens in Eimsbüttel. Seit ich für P&H arbeite, überlasse ich mein Erscheinungsbild Menschen, die sich auskennen; Friseur alle drei Monate, Kosmetikerin und Nagelstudio monatlich. Ich bitte immer darum, dass sie tun sollen, was sie für richtig halten, sofern sie keine kurzlebigen Trends aufgreifen. Ähnlich verfahre ich mit meiner Garderobe, denn es gibt sie noch, die Verkäuferinnen im Textileinzelhandel, die gelernt haben, jemanden entsprechend Anlass, Jahreszeit und Budget einzukleiden. Die Ergebnisse genügen, um die Standards einer gepflegten und seriösen Erscheinung minimal überzuerfüllen und dadurch einen Vertrauensvorschuss zu gewinnen. »Wenn man anderen etwas verkaufen will, sind es die ersten Sekunden, die zählen« – mit diesen Worten hat Petersen mich an meinem ersten Arbeitstag begrüßt und amüsiert meine Jeans und meinen dunkelblauen Blazer von H&M gemustert. Er ist dann erst mal mit mir shoppen gegangen. Ein Kostüm, ein Hosenanzug mit Nadelstreifen und jede Menge bügelfreie Blusen in Weiß und Hellblau.

Dass man auch unsere Zielgruppe anhand der Optik erkennt, nämlich an der jeweiligen Praxiseinrichtung, habe ich allerdings ganz allein festgestellt. Je heller und luftiger die Räumlichkeiten, je moderner die Geräte und Möbel, desto selbstbewusster sollte man als Vertreter des pharmazeutischen Außendiensts auftreten und desto hochpreisiger dürfen, nein, müssen die vorgestellten Produkte sein. Manche Ärzte reagieren regelrecht beleidigt, wenn sie nichts aus dem Premiumsegment präsentiert bekommen. Andererseits sollte man selbst die schäbigsten Praxen nicht unterschätzen. Dr. Kallenbach aus Niebüll ist dafür ein gutes Beispiel. Sein Teppich muss aus den Achtzigern stammen, blassblau und abgetreten, voller Kaffeeflecken rings um den Schreibtisch. Im Wartezimmer liegen nur die günstigsten Zeitschriften aus, wellig und abgegriffen, und auf den Blättern der Plastikpflanzen hat sich der Staub fingerdick niedergelassen. Denn bei Kallenbach läuft es *so* gut, dass er es gar nicht nötig hat, ein ansprechendes Praxisumfeld zu schaffen. Der Grund: Er hat sich als Allgemeinmediziner auf die Geriatrie spezialisiert. Schon morgens um halb acht sitzen bei ihm die älteren Leute wie die Hühner auf der Stange. Der Rattenschwanz an Verschreibungen, der dieser Patientengruppe folgt, ist obendrein sehr interessant, da ist von Blutdrucksenkern bis hin zu Antidementiva wirklich alles dabei. Folglich wird Kallenbach von Pharmavertrieblern mit Geschenken überschüttet. Mediziner wie er erhalten in der Excel-Tabelle auf meinem Rechner eine Markierung: Hier ist die Bahn frei, hier kannst du richtig Gas geben.

Auf der A23 komme ich gut durch. Rechts ziehen Weiden mit schwarzbunten Holsteinrindern vorbei und grüne Wiesen, auf denen seit einigen Jahren die Windräder und Solarparks nur so aus dem Boden wachsen. Der Wagen und ich fliegen dahin. Ich mag ihn, auch wenn ich noch gar nicht alle Features kenne, da ich ihn erst letzte Woche von P&H geliefert bekommen habe; er riecht noch brandneu. Wieder ein topmoderner Kombi, grundsolide, ohne schwerfällig zu sein, der auf meinen Touren mehr als genug Platz für alle Muster und Werbeartikel bietet, die hinten in kleinen, gut verschlossenen Plastikkisten unter einer Laderaumabdeckung verstaut sind. Ich achte immer penibel darauf, diese Plane vorzuziehen, sonst wäre mir der Kofferraum höchstwahrscheinlich schon mal aufgebrochen worden, da die Boxen, auch ohne transparent zu sein, noch ausreichend interessant wirken. Leider komme ich im Alltag kaum dazu, den Wagen so richtig auszufahren, weil ich zumeist in Innenstädten und Wohnvierteln unterwegs bin, wo die Praxen meiner Ärzte eben so liegen.

Auf einer Raststätte hinter Itzehoe kaufe ich stilles Wasser, eine Dose Fruchtbonbons mit Waldbeergeschmack und eine Packung Müsliriegel für später. Für den ganzen Stopp inklusive Tanken brauche ich nur dreizehn Minuten. Gut. Ich will so bald wie möglich in Nordstrand beziehungsweise in Lübeck und dann wieder zurück in Hamburg sein, damit diese Sache erledigt ist. Und danach? Danach werden Kai und ich uns wieder für Jahre aus den Augen verlieren. Uns höchstens zufällig bei unserer Mutter treffen. Ich kann mir auch schon genau vorstellen, wie das ablaufen wird: Der eine wird auf der Suche nach einer dieser großen grünen Gießkannen etwas orientierungslos über das Gelände laufen, und der andere wird im selben Moment mit einer dieser großen grünen Gießkannen auf dem Weg zurück von der Wasserstelle sein, und wir werden uns aus der Ferne entdecken, kurz stocken und dann doch aufeinander zu laufen, bis wir schließlich voreinander stehen bleiben; und die Gießkanne wird ganz ohne Worte von der Hand des einen in die Hand des anderen wechseln, und wir werden uns umdrehen und in entgegengesetzte Richtungen davongehen. Bis wir uns irgendwann, ohne es zu wissen, das letzte Mal getroffen haben werden. So ist es. Und so ist es gut. Denn so werde ich eines Tages alles, was in der Vergangenheit passiert ist, hinter mir lassen können. Endgültig diesen Klotz am Bein loswerden, den das Thema Familie für mich darstellt. Warum manche Menschen überhaupt meinen, sich so dringend fortpflanzen zu müssen, werde ich nie verstehen. Ich habe meine Konsequenzen gezogen. Konsequent zu sein macht frei. Zwar bekommt man als kinderlose Frau im sogenannten gebärfähigen Alter normalerweise nirgends einen Termin zur Sterilisation – außer, man lässt sich lang und breit psychologisch begutachten und bettelt um eine Bescheinigung, die besagt, dass man nicht gestört ist. Und das alles bloß, weil man sichergehen möchte, eine Verantwortung, die man nicht tragen will, auch nicht tragen zu müssen. Aber wozu habe ich eine Kartei und Kontakte. Monatelang habe ich alle Hebel in Bewegung gesetzt, nicht lockergelassen. E-Mails. Telefonate. Zoom-Meetings und persönliche Besuche. Letztlich hat es Dr. Melkow aus Kiel gemacht, gegen einen Stapel von mir unterzeichneter Papiere. Es ging schnell. Überflüssigerweise menstruiere ich weiterhin. Es wäre ja auch zu schön gewesen.

Der Parkplatz am Fähranleger ist fast vollständig belegt, dicht an dicht drängen sich Wohnmobile und Mittelklassewagen mit Fahrradträgern auf dem Dach. Hinter der Heckscheibe des SUV, neben dem ich eine Lücke finde, hechelt ein übergewichtiger Golden Retriever; ich hatte ganz vergessen, dass Schleswig-Holstein jetzt Ferien hat. Bald taucht das Schiff am Horizont auf und hält langsam und stetig aufs Ufer zu. Wird größer. Und noch größer. Auf dem Parkplatz entsteht Betriebsamkeit. Herumrennende Kinder werden eingesammelt, Abfälle zusammengeknautscht und in die Mülleimer geworfen, Autotüren schnappen auf und zu. Ich erinnere mich an die Bonbondose, die ich an der Tankstelle gekauft habe, hole sie aus meiner Handtasche und stecke mir einen roten Drops in den Mund. Immer, wenn ich Bonbons lutsche, denke ich, dass ich mir dringend mal einen Vorrat anlegen sollte, für Momente wie diesen, Momente, die einfach nur überbrückt werden müssen. In den Wartezimmern meiner Ärzte verbringe ich die Zeit zwar halbwegs sinnvoll, scrolle mich durch meine Tabellen oder schreibe an meinem Tages- oder Wochenbericht. Aber im Sprechzimmer selbst – wenn es heißt, fünf Minuten bitte, Herr oder Frau Doktor kommt gleich! – lasse ich sowohl den Laptop als auch das Handy aus Höflichkeit in der Tasche, denn das Verkaufsgespräch, das von mir im Anschluss dokumentiert und von der P&H-Marketingabteilung ausgewertet wird, soll nicht zu sehr wie eines aussehen, sondern mehr wie eine respektvolle und wertschätzende Unterhaltung unter Fachleuten. Also sitze ich dann ohne jede Ablenkung da und höre dem Ticken der Wanduhr zu. Diese unendlich langweiligen Minuten würde ein Bonbon zumindest ein klitzekleines bisschen erträglicher machen. Andernfalls komme ich irgendwann noch auf ähnlich dumme Gedanken wie der Kollege Röhl.

Auf der Weihnachtsfeier hat er erzählt, dass er in den Zeitfenstern, während derer er allein und unbeaufsichtigt im Arztsprechzimmer ist, den Raum nach Mustern oder

Werbeartikeln unserer Konkurrenz absucht – Bayer, Novartis, Sanofi et cetera – und diese einsteckt. »Wirtschaftsspionage«, raunte er zu dicht an meinem Ohr. Ich stelle mir seitdem vor, wie er seine Beutestücke in regelmäßigen Abständen lobeshungrig bei seiner Gebietsleitung abliefert – die Hilkentrop aus Hannover müsste das sein – und die Hilkentrop dann so etwas sagt wie: »Herr Röhl, ich bin beeindruckt, Sie gehen einfach immer die Extrameile!«, und hinter seinem Rücken die Augen verdreht, weil er es niemals auf die Liste mit den Beförderungen schaffen wird, egal, was er sich ausdenkt und wie sehr er bereit ist, sich zu erniedrigen. Gerade *weil* er bereit ist, sich zu erniedrigen. Irgendwann in all den Jahren hat Röhl den Absprung vom Gefälligkeitskarussell verpasst, und nun dreht es sich mit ihm weiter bis in alle Ewigkeit. Ich zerbeiße das Bonbon, mahle es zwischen meinen Zähnen klein und nehme das nächste aus der Dose.

Die Fähre aus Pellworm legt an. Die zahlreichen bunten Wimpel, die an einem längs über das Schiff gespannten Drahtseil befestigt sind, knattern im Wind. Ich zerbeiße das zweite Bonbon und denke: Wasserstoff, Helium, Lithium. Eine Rampe wird ausgelegt, knallt auf den Boden und schickt eine Erschütterung über den Asphalt bis unter meine Schuhsohlen. Ich denke: Beryllium, Bor, Kohlenstoff. Einzelne Passagiere machen sich auf den Weg von der Fähre herunter, strömen mir entgegen. Windjacken in Feuerrot, Neongelb, Neongrün. Ich scanne die Bewegungen, die Körper, die Gesichter.

Ist er das?

Stickstoff. Sauerstoff. Fluor.

Nein.

Neon. Natrium. Magnesium.

Daneben.

Aluminium. Silicium. Phosphor.

Der.

Auch nicht.

Oder doch?

Doch.

Schwefel, Chlor, Argon, Kalium, Calcium, Scandium, Titan, Vanadium, Chrom –

»Hallo«, sagt mein Bruder, während er auf mich zukommt; hören kann ich es nicht, aber ich sehe, wie seine Lippen das Wort formen.

»Hallo«, sage auch ich, auf dieselbe Art und Weise.

Dann steht er vor mir. Er hat eine vollgestopfte Sporttasche dabei und eine dieser großen blauen IKEA-Tüten, in der loser Kram zu stecken scheint, der nicht mehr in die Tasche gepasst hat. Er hält beides fest umklammert. Ich stelle fest, dass mittlerweile auch seine Hände tätowiert sind, sowohl die Handrücken als auch die Finger, mit grafischen Mustern und kleinen Symbolen, ein Kreuz, ein Pfeil, ein Anker und etwas, das an Engelsflügel erinnert. Die von Tinte noch freie Haut dagegen sieht rot, trocken und ekzematös aus. Eingeknickt steht Kai da, in einer ausgebeulten Hose und einem T-Shirt, von dem der aufgedruckte Schriftzug abbröckelt. Er sieht exakt so aus wie jemand, der darauf angewiesen ist, dass man ihn irgendwo abholen kommt. Wenn man weiß, wie gut er früher ausgesehen hat und wie die Mädchen sich nach ihm umgedreht haben, muss man ihn jetzt als reichlich mitgenommen bezeichnen, sieht man mal von der angegrauten Locke ab, die ihm in die Stirn fällt wie bei einem Stummfilmstar. Einundvierzig ist er jetzt. Landläufig heißt es, dass Verschleißerscheinungen ab Mitte dreißig auftreten, aber in Wahrheit beginnt der körperliche Verfall schon mit fünfundzwanzig. Die Uhr läuft längst rückwärts. Trotzdem ist mir schleierhaft, warum er nicht zumindest irgendeine Matratzenfreundin hat, bei der er unterkommen kann. Kai reibt die Spitzen seiner einst weißen Turnschuhe aneinander. Immer noch spricht keiner von uns. Das ist doch dämlich. Außerdem müssen wir langsam los. Ich strecke die Hand aus, deute an, dass ich ihm die Sporttasche abnehmen will. Doch er schüttelt den Kopf.

»Danke. Das mache ich selbst.«

Auch gut. Mir egal.

Wir gehen zu meinem Auto. Das heißt, ich gehe, und er folgt mir, da ihm nichts anderes übrig bleibt.

6

Wenn ihr Gehstock sich nicht in Griffweite befand oder niemand da war, an dessen Arm sie sich festhalten konnte, stolperte und stürzte unsere Mutter nun oft. Sehr oft.

»Als liefe man auf einer Luftmatratze«, beschrieb sie, wie sich das Gehen für sie anfühlte. »Oder auf einem Wasserbett.«

Mit Treppen funktionierte es gar nicht mehr. Kai hatte sie neulich huckepack in den dritten Stock getragen, da im Gebäude ihres Arztes der Fahrstuhl kaputt gewesen war. Doch auch flache Strecken konnten ihre Tücken haben, zum Beispiel, wenn unvorhersehbare Hindernisse auftauchten, sie nicht ausreichend Pausen einlegte oder fremde Menschen ihr ungefragt unter den Arm griffen, in irgendeine Richtung losmarschierten und dabei mit ihr sprachen wie mit einem Kind. In unserer Nachbarschaft gab es außerdem einen Mann, den wir nur »das große Ekel« nannten und der unsere Mutter regelmäßig auf der Straße abpasste, um anzubieten, sie mit seinem Auto von A nach B zu fahren. Weil sie stets ablehnte, schickte er irgendwann »das kleine Ekel«, seinen Sohn, der in meine

Parallelklasse ging, in der Pause zu mir. Das kleine Ekel nahm einen Zettel aus der Hosentasche und las mühsam ab, dass er mich nach unserer Telefonnummer fragen solle, da sein Vater mit »der Elli von nebenan« – wie kam er dazu, unsere Mutter so zu nennen? – gern mal einen Kaffee trinken würde. Ich riss dem Jungen das Stück Papier aus der Hand und drohte, ihm einen Finger zu brechen, wenn er und sein komischer Ekelvater uns nicht in Ruhe lassen würden. Damit es glaubwürdiger klang, behauptete ich, ich wisse, wo im Werkraum der Schule die großen Hämmer und Zangen hingen, und dass ich mir den Schlüssel für den Schrank mithilfe meines Bruders leicht besorgen könne. Das wirkte, und er verzog sich. Es war zwar nicht so, dass ich unserer Mutter keine Freundschaften gegönnt hätte. Aber wir konnten einfach keinen Mann in unserem Leben gebrauchen. Er hätte keinen blassen Schimmer von unserer Organisation zu Hause und worauf er achten müsste, wenn er mit unserer Mutter etwas unternehmen wollte. Stattdessen würde er uns nur Zeit kosten und Extraarbeit machen. Außerdem wusste ich mittlerweile, wo die kleinen Kinder herkamen, zumal unserer Mutter mal herausgerutscht war, dass sowohl Kai als auch ich ursprünglich nicht geplant gewesen waren. Wir konnten uns wirklich nicht auch noch um ein versehentliches Baby kümmern.

Ich lief jetzt täglich viele, viele Extraschritte für unsere Mutter, die ich zwischendurch addierte und abends in mein Heft eintrug. Im Schnitt kam ich auf eintausenddreihundert pro Woche. Für das Zittern ihrer Hände würde mir auch noch eine Tauschtätigkeit einfallen. Ich lief und lief und hoffte auf die Reha im Sommer. Bis dahin machten wir es so: Ich war die Vorhut und ging voraus, um vor unebenem Asphalt, vor rutschigem Laub oder vor Müllsäcken und kaputten Elektrogeräten zu warnen, die sich bei uns in der Gegend oft auf dem Gehweg türmten. Kai war dafür zuständig, unsere Mutter um diese Hindernisse herumzuführen beziehungsweise sie aufzufangen, falls sie stolperte. Aus diesem Grund gingen sie eingehakt. Es sah altmodisch und elegant aus und erinnerte an die Spaziergängerpaare auf Schwarz-Weiß-Postkarten, nur dass Kai der Zylinder fehlte und unserer Mutter die Schleppe. Wenn wir den Bus nahmen, lief es ähnlich ab: Ich stieg zuerst ein und sorgte dafür, dass die Leute drinnen Platz machten; dann kam Kai, der unserer Mutter die Hand reichte, damit sie den Schritt von der Bordsteinkante ins Fahrzeug sicher schaffte, dann brachten wir sie, einer rechts, einer links, zu einem der speziell markierten Sitzplätze, von dem die Gesunden aufstehen mussten, wenn sie ihn belegten.

»Klappt doch prima«, sagte unsere Mutter, auch wenn oder gerade weil die Leute, die mit uns an der Haltestelle gewartet hatten, erst nach uns einsteigen konnten und der Bus deswegen meist ein bis zwei Minuten Verspätung bekam.

Unsere Mutter kümmerte es nicht. Sie setzte sich ganz aufrecht hin, mit erhobenem Kopf; eine Königin. Dann faltete sie ihre Hände über dem Griff ihres Gehstocks und warf das lange nussbraune Haar über die Schulter. Die Fahrgäste glotzten. Dem ein oder anderen streckte ich die Zunge raus, eigentlich nur die Zungenspitze, heimlich, aber die Leute verstanden trotzdem genau, was das zu bedeuten hatte: Was ihr denkt, ist mir doch egal. Und das war es mir wirklich. Nur bei Wiebke nicht, die in der Schule mittlerweile sogar neben mir saß. Was *sie* dachte, war für mich von großer Bedeutung, aber das verriet ich weder unserer Mutter noch Kai. Vielleicht reichte es, wenn mir erst einmal nur die Gedanken der Erwachsenen egal waren. Das kam mir wie die leichtere Aufgabe vor. Denn obwohl unsere Mutter diejenige war, deren Hände zitterten und deren Beine manchmal unter ihr nachgaben, wirkten die meisten anderen erwachsenen Leute, die ich kannte, im Vergleich zu ihr kraftlos, schlaff und langweilig. Als hätten sie gar nichts mehr vor in ihrem Leben. Unsere Mutter dagegen war ständig voller Pläne und Ideen. Ein paar Tage zuvor hatte sie von der nächsten großen Reise gesprochen und damit nicht ihre bevorstehende Reha gemeint, sondern wieder mal Italien. Für ganz Italien reiche ein Leben zwar nicht aus, wie sie fand, aber man müsse es ja wenigstens versuchen. Deshalb wollte sie uns die Mailänder Scala zeigen. In den Herbstferien, wenn es da unten nicht mehr so heiß wäre.

Wir konnten wirklich froh sein, sie als Mutter zu haben. Sie war etwas ganz Besonderes, und ich würde immer auf sie aufpassen. Immer. Ich hatte auch jede Menge gute Ideen dafür. So ging zum Beispiel die Duschwache ganz allein auf mich zurück. Duschwache hieß, dass einer von uns, meist ich, vor der angelehnten Badezimmertür saß, um unserer Mutter helfen zu können, falls sie drinnen unter der Brause das Gleichgewicht verlor. Ich spielte währenddessen auf Kais altem Gameboy Tetris oder Super Mario Land. Dabei war ich so gut geworden, dass ich seinen Highscore geknackt hatte, und das bedeutete mir was. Überhaupt war Kai gar nicht in allem besser als ich. Das mit dem Schminken zum Beispiel, das bekam er nicht auf die Reihe, er stellte sich richtig dumm an. An Tagen, an denen unsere Mutter Termine hatte – dazu zählte auch der Installateur, der zum Überprüfen der Heizkörper in unsere Wohnung kommen sollte –, war deswegen ich diejenige, die morgens zehn Minuten früher aufstand und ihr half, mit Make-up und Puder die Kratzer und blauen Flecken abzudecken, die sie sich bei ihren jüngsten Stürzen zugezogen hatte. Bevor wir diese Routine entwickelt hatten, war sie im Supermarkt mal von einer besorgten Frau auf ihr Gesicht angesprochen worden. Ob sie zu Hause verprügelt werde? Nein, das schaffe sie ganz allein, hatte unsere Mutter geantwortet, ohne eine Miene zu verziehen. Und obwohl Kai sie danach beschwichtigte, die Frau habe es doch nur gut gemeint, und obwohl unsere Mutter erwiderte, das sei ihr durchaus klar, und er solle aufhören, sie zu belehren, bestand sie seitdem auf das Make-up. Als ich ihr an diesem Morgen mit dem Schwämmchen über die angeschwollene Wange getupft hatte, war sie zusammengezuckt.

»Au!«

»Ich hab doch gar nicht fest gedrückt!«

»Vielleicht hätten wir die Stelle gestern länger kühlen sollen«, sagte Kai vom Waschbecken, wo er gerade seine Frisur, die ihm seit Kurzem extrem wichtig war, mit Gel in Form brachte.

»Nein, schon gut. Anne macht das richtig!«, sagte unsere Mutter und drückte mir die Schulter, doch ich spürte fast nichts, so wenig Kraft ging von ihren Fingern aus.

»Ich weiß was«, sagte ich später auf dem Schulweg zu Kai. »Wir spannen überall Schnüre und Seile, an denen Mama sich beim Gehen festhalten kann. Dann kommt sie viel besser und sicherer voran.«

Kai lachte. »Aha, und wo genau ist dieses Überall?«

»Na, da, wo Mama eben langmuss. Auf unserer Straße. Bis zu Aldi und zur Arztpraxis. Und zu …«

»Da müssten wir ja Seile durch die ganze Stadt ziehen.«

»Ja, warum nicht?«, erwiderte ich trotzig.

Ich fand die Vorstellung supergut, denn das schloss ja auch Urlaube mit ein. Wir würden überall zweimal hinfahren, das erste Mal Kai und ich, um alles für unsere Mutter vorzubereiten, und das zweite Mal zu dritt. Ich stellte mir ein Netz aus Seilen vor, an denen sie sich einmal um die ganze Welt hangeln könnte.

Kai steckte sich eine Zigarette an. »Davon abgesehen, dass das organisatorisch kompliziert wird«, sagte er mit einem ironischen Unterton und inhalierte, stieß den Rauch zurück in die Morgenluft und grüßte im Vorbeigehen jemanden, den er kannte, »wird deine Idee das Problem leider nicht lösen. Das liegt woanders.«

Er zupfte mir eine lockere Strähne aus dem Pferdeschwanz, roch daran und rümpfte die Nase. »Die könntest du auch mal wieder waschen.«

Doch wenn er glaubte, mich damit ablenken zu können, hatte er sich geirrt.

»Was *ist* denn das Problem?«, rief ich und konnte mich gerade noch zurückhalten, vor Frustration mit dem Fuß aufzustampfen.

Aber so was machte ich nicht mehr. Ich war elf. Wenn

ich wollte, dass er mich ernst nahm, durfte ich mich nicht kindisch verhalten.

»Das habe ich dir doch schon ein paarmal erklärt. Es liegt an Mamas Nerven«, sagte Kai. »Die sind, wie soll ich sagen, kaputt eben. Wenn Mama denkt: Ich will jetzt das Bein so und so bewegen, dann kommt der Gedanke nicht im Bein an. Oder im Arm. Oder in der Hand. Und deswegen haben ihre Muskeln auch weniger Kraft. Weil sie sie weniger benutzt. Das hängt alles zusammen. Ein beschissener Teufelskreis ist das.«

»Wir sollen nicht fluchen.«

»Ich glaub, du gehst jetzt besser rein, es hat schon geklingelt«, sagte er und deutete über den Schulhof zur Eingangstür.

»Und du?«

»Ich hab erst zur Zweiten. Ich treff noch jemanden.«

Den halben Vormittag über zeigte ich Wiebke unter der Bank, wie weit ich mit dem Gameboy inzwischen bei Tetris und Super Mario Land gekommen war, und vertilgte dabei die ganze Packung After Eight, die sie wie jede Woche von ihrer Oma geschenkt bekommen hatte. Die andere Hälfte der Zeit verbrachte ich damit, über meiner Idee mit den Seilen zu brüten und auf meinem Kunstblock eine Zeichnung dazu anzufertigen. Ich riss das Blatt heraus, faltete es zusammen und steckte es griffbereit in meine Hosentasche. Doch zu Hause beim Mittagessen machte Kai immer noch ein ernstes Gesicht, ein Beschissener-Teufelskreis-Gesicht, und die Lust, ihm meine Kritzelei zu zeigen, verging mir. Er war seit ein paar Wochen so unglaublich launisch. Dabei hatten wir im Großen und Ganzen doch alles im Griff.

»Mein Leben ist erfüllt, weil ihr zwei darin seid«, sagte unsere Mutter, wenn sie uns den Gutenachtkuss gab, und wenn man über eine Sache nicht log, dann ja wohl darüber.

Abends, unter meiner Decke, schnupperte ich an meinen Haaren. Ich mochte den ungewaschenen Geruch, er gehörte zu mir, machte, dass ich mich geborgen und zu Hause fühlte. Dass alle so fixiert waren auf ihre Körperpflege, fand ich mehr als seltsam. Die Mädchen in meiner Klasse hatten in diesem Schuljahr einen regelrechten Hygienefimmel entwickelt. Ständig waren bei ihnen Parfüm- und Deoflaschen in Gebrauch, und einige rasierten sich bereits die Beine und die Achselhöhlen, obwohl da nichts war, ein Flaum höchstens; aber die Angst, zu stinken oder ungepflegt zu wirken, war zu groß. Selbst Wiebke fuchtelte regelmäßig mit ihrem Erdbeer-, Ananas- oder Vanille-Deo vor meiner Nase herum und bot es mir an. Aber ich brauchte das nicht. Ich konnte sehr gut damit leben, nicht *active fresh*, *fruity fresh* oder *comfort clean* zu sein, wie es auf den Sprühdosen stand. Ich kümmerte mich schon täglich um die Körperpflege unserer Mutter. Das reichte.

Dann passierte die Sache im Kino, an Kais Geburtstag. Statt einer großen Party mit Freunden und den Leuten aus der Schulband hatte er sich gewünscht, mit uns *The Green Mile* mit seinem Lieblingsschauspieler Tom Hanks anzusehen. Unsere Mutter hatte das bis zuletzt nicht hinnehmen wollen: Es sei doch sein Achtzehnter! Ob er etwa glaube, dass sie ihm keine richtige Feier spendieren könne, im Jugendzentrum oder auf der Bowlingbahn oder wo auch immer er wolle? Kai war sauer geworden und hatte sie gebeten, seine Entscheidung zu akzeptieren: »Solange es noch möglich ist, Mama, gehen wir zusammen ins Kino!« Dann hatte er auf die Uhr an seinem Handgelenk gesehen und gesagt, dass wir jetzt losmüssten, wenn wir vor der Vorstellung noch irgendwo Süßigkeiten und Getränke zum Reinschmuggeln besorgen wollten, und das taten wir dann auch; Bier und Chips für Kai, saure Apfelringe und Cola für mich und eine kleine Flasche Prosecco für unsere Mutter.

Der Film enttäuschte mich, er spielte in einem Gefängnis und war traurig. Unsere Mutter hielt mir einige Male die Hand vor die Augen, wenn sie fand, dass ich eine Szene nicht sehen sollte, und weil ich dadurch zu wenig von der Handlung mitbekam, schlief ich zwischendurch ein und wachte erst zum Ende des Films wieder auf. Ich rieb mir die Augen. Der Abspann war schon bei den ganz klein gesetzten Zeilen angekommen, und die Leute um uns herum zogen ihre Jacken an. Doch im Gegensatz zu Kai und mir machte unsere Mutter keine Anstalten aufzustehen. Sie starrte versteinert vor sich hin.

Ich rüttelte an ihr. »Mama!«

»Pst«, unterbrach Kai mich und nahm meinen Arm von ihrer Schulter. Er grub die Schneidezähne in seine Unterlippe und versuchte, unsere Mutter hochzuziehen.

»Komm. Das ist alles nicht so schlimm. Unfälle können doch passieren.«

»Ich weiß nicht, wovon du redest«, sagte sie und schaute weiter auf die inzwischen graue Leinwand. »Ich will einfach noch ein bisschen sitzen bleiben. Das ist ja wohl mein gutes Recht.«

In dem Moment schaltete jemand das große Deckenlicht ein, und es wurde unangenehm hell im Saal, ich musste stark blinzeln.

Da drehte Kai sich zu mir um. »Sag mal, musst du aufs Klo? Du trippelst.«

Ich wollte erwidern, dass ich nicht musste, aber er ließ mich nicht zu Wort kommen, sondern wandte sich an unsere Mutter.

»Mama, geh mal mit Anne aufs Klo, die traut sich doch nicht allein!«

Das stimmte gleich dreimal nicht. Aber der Blick meines Bruders war so durchdringend, dass ich es nicht wagte, zu widersprechen, zumal unsere Mutter sich von seiner Bitte dazu motivieren ließ, aufzustehen. Erst da sah ich, worauf Kai hinausgewollt hatte, verstand ich, warum er jetzt Tempos aus seiner Hosentasche nahm, sie auseinanderfaltete und auf die Sitzfläche des Kinosessels legte, wo sie rasch dunkel wurden. Das Gesicht unserer Mutter schimmerte tränenfeucht. Ich konnte genau sehen, wie sich die Worte in ihrem Mund aufeinanderstapelten und türmten, es aber nicht durch ihre Lippen schafften, wie auch, die hielt sie ja fest zusammengepresst. Ich brachte sie zur Damentoilette, wo wir uns gemeinsam in eine Kabine zwängten, damit ich ihr beim Säubern und Trockenreiben helfen konnte. Der Geruch war sauer und streng, ganz anders als bei mir, wenn ich pinkelte, und er war überall, weil praktisch alles nass war, nicht nur ihre Jeans, sondern auch die Strümpfe und das Innere ihrer Schuhe. Wir waren sicher zwanzig Minuten lang damit beschäftigt, die Feuchtigkeit mit Papiertüchern aus dem Stoff zu saugen. Am Ende formten wir ein dickes Knäuel aus Toilettenpapier, das unsere Mutter sich für den Heimweg in die Unterhose legte. Dabei drehte sie sich weg und bemerkte nicht, dass ich die Stelle an ihrem Körper, die meine Biolehrerin im Sexualkundeunterricht immer nur »die Scham« nannte – wobei sie das a lang zog wie einen Kaugummi –, sehr wohl gesehen hatte. Auch wenn ich wusste, dass dieser Körperteil einen eigenen, richtigen Namen hatte, fiel es mir in diesem Moment schwer, ihn zu denken. Die Scham hatte sich davorgeschoben und verdeckte ihn. Ich fragte mich, ob unsere Mutter und ich jetzt ein Geheimnis hatten, andererseits konnte es wohl nur eins sein, wenn wir beide davon wussten.

Draußen im Foyer wartete Kai auf uns. Er reichte unserer Mutter, die in ihrer klammen, fleckigen Jeans noch langsamer und steifer als sonst auf ihn zuging, seine Jacke, und sie band sich die Jacke um die Hüften. Die ganze Busfahrt nach Hause über sagte keiner von uns ein Wort, aber mein Bruder steckte irgendwann meine kalte Hand in seine große, warme.

Er blinzelte: Alles okay?

Ich antwortete mit einem Schulterzucken.

Mein Bruder tippte sich an die Unterlippe und zog die Augenbrauen hoch.

Ich zögerte, denn ich wusste nicht, ob ich später über das alles reden wollte; ob es überhaupt die richtigen Worte dafür gab. Falsche gab es garantiert. Und er sollte nicht den Eindruck bekommen, dass ich mich für unsere Mutter genierte, auf keinen Fall.

Nein, signalisierte ich, ich wolle nicht reden.

An Kais Gesichtsausdruck erkannte ich, dass er eine

andere Antwort erwartet hatte. Aber er konnte ja auch endlich mal anfangen, nicht immer alles besser wissen zu wollen.

Zu Hause brachten wir unsere Mutter direkt ins Badezimmer. Ich half ihr, die Jeans auszuziehen, die an ihrer Haut klebte, und stopfte die Hose in die Waschmaschine.

»Schaffst du den Rest allein?«

»Was? Mich zu duschen? Wieso sollte ich das nicht schaffen?« Unsere Mutter wirkte beleidigt. »Jetzt geh schon.«

Ich wollte noch etwas sagen, doch sie schaltete das kleine Badradio ein, suchte NDR 1 Welle Nord und drehte den Lautstärkeregler hoch. Ich erkannte den Song »Immortality« von Céline Dion und den Bee Gees, den ich mir von meinem Taschengeld als Maxi-CD gekauft hatte, weil ich ihn so mochte. Weil Wiebke ihn mochte. Dass unsere Mutter ausgerechnet dieses Lied benutzte, um mich zum Schweigen zu bringen, auch wenn sie von meiner Vorliebe nichts wissen konnte, verletzte mich. Doch es ergab keinen Sinn, ihr das zu sagen, meine Gefühle waren angesichts ihrer Krankheit und ihrer Einschränkungen klein und unwichtig. Stattdessen spannte ich, wie so oft in solchen Momenten, alle Muskeln an und ballte meine rechte Hand zur Faust, schlug gegen meinen Oberschenkel, gegen die Wand. Das half. Ich atmete tief ein, tief aus und nahm den Gameboy von der Flurkommode.

Doch noch bevor ich das Spiel einschalten konnte, schrie unsere Mutter im Badezimmer auf; kein richtiger Hilfeschrei, mehr ein Schrei aus Ungläubigkeit, Fassungslosigkeit, Schrecken. Ich ließ den Gameboy fallen und war mit einem Satz bei ihr. Sie lag in der Wanne, ein Bein hing über den Rand.

»Ich bin nur ausgerutscht! Alles in Ordnung! Nur ausgerutscht!«, wiederholte sie immer wieder.

Kai, der hinter mir ins Badezimmer gestolpert kam, biss sich auf die Lippen, als er unsere Mutter so komplett nackt sah, und beide schauten schnell in die jeweils entgegengesetzte Ecke des Raums.

»Ich mach schon«, sagte ich.

Er verließ wortlos das Bad. Ich zog mich bis auf die Unterwäsche aus, dann stieg ich zu unserer Mutter in die Wanne und half ihr, sich aufzurichten. Ihre Fingernägel gruben sich Halt suchend und tief in meine Haut. Schließlich stand sie.

»Wo ist denn dein Waschlappen? Ist der schon nass?«

Sie nickte und reichte ihn mir.

»Du hältst dich jetzt hier fest.« Ich zeigte auf die Stange, an der der Duschkopf befestigt war. »Und ich wasch dich.«

»Nein, du hältst mich fest und *ich* wasch mich.«

»Aber so ist es doch viel komplizierter und dauert länger!«

Doch sie beharrte darauf, dass wir es so machten, wie sie vorgeschlagen hatte. Ich kniete mich also auf den Boden der Wanne und legte meine Arme um ihre Hüften, um sie zu stabilisieren. In Gedanken ging ich unsere alten Listen durch: Berühmte weibliche Hauptrollen der Oper. Berühmte männliche Hauptrollen. Es schien überhaupt keine Kinderrollen zu geben, wie mir zum ersten Mal auffiel. Hänsel und Gretel von Humperdinck zählten nicht, die wurden schließlich auch von Erwachsenen dargestellt. Es gab auch keine Hunde auf Opernbühnen. Oder Autos. Die Leute stotterten auch nicht, gingen nichts aufs Klo und tippten keine SMS auf ihrem Handy. Dabei hatte ich unserer Mutter immer geglaubt, wenn sie gesagt hatte, dass man von der Oper fürs echte Leben lernen könne. Aber das war offensichtlich Unsinn. Am Ende war alles nur Schein; Schein mit Musik.

Zwei oder drei Tage später gingen Kai und ich in den Drogeriemarkt, um Inkontinenzhosen – Inkontinenzhosen, *nicht Windeln,* diese Unterscheidung war unserer Mutter wichtig – zu besorgen. Das Regal mit den großen, watteweichen Packungen war streng nach Geschlecht aufgeteilt. Auf den rosa- und lilafarbenen Produkten für Frauen waren Wörter wie *Lady* und *Madame, diskret* und *flexibel* und *sensitiv* aufgedruckt; auf den dunkelblauen für Männer stand nur *souverän* und sonst nichts, was ich falsch fand, da es doch mindestens *Sir* oder *Monsieur* hätte heißen müssen. Schließlich trafen wir unsere Wahl und stellten uns an die Kasse. Aber etwas stimmte nicht mit Kai. Immer wieder blickte er über seine Schulter, als hätte er etwas vergessen oder fürchtete sich. Da entdeckte ich ein paar Jungen und Mädchen, Oberstufenschüler wie er, die zwei Gänge weiter bei den gekühlten Getränken herumstanden. Die beiden Jungs kamen mir von den Fotos, die an der Wand neben Kais Bett klebten, bekannt vor, daher mussten es Mitglieder der Schulband sein. Sie hatten ihn von dort drüben noch nicht gesehen, und Kai schien sichergehen zu wollen, dass das auch so blieb, denn er beeilte sich auf einmal sehr.

Beim Bezahlen war er jedoch so hektisch, dass es ihm nicht gelang, den Betrag passend aus dem Münzfach zu klauben – unsere Mutter wollte immer, dass wir erst das Kleingeld aufbrauchten, bevor wir an die Scheine gingen. Schließlich reichte er der Kassiererin einen Zwanzigmarkschein, strich das Wechselgeld ein und zog mich an der Hand so brüsk Richtung Ausgang, dass ich fast gestolpert wäre. Ich konnte genau sehen, wie er sich mühsam davon abhielt, sich noch einmal nach seinen Bandkollegen umzudrehen. Schweigend liefen wir nebeneinander zum Busbahnhof.

Die Inkontinenzhosen wanderten in unseren Vorratsschrank zwischen die Konservendosen und den Essigreiniger. Unsere Mutter wollte sie ab jetzt vorsichtshalber immer tragen, wenn sie die Wohnung verließ. Doch stattdessen nahm die Häufigkeit ihrer Gänge nach draußen ab. Sie saß auch kaum noch am Klavier, dafür noch öfter vor dem Fernseher, oder sie guckte lange schweigend aus dem Fenster. Außerdem begann sie, Geld für Dinge auszugeben, von denen sie annahm, dass Kai und ich uns darüber freuen würden. In einem Katalog hatte sie einen schwarzen Gitarrengurt aus Wildleder und einen Satz Plektren für Kai bestellt und in einem anderen ein Lexikon für mich. Ein richtiges. Eines, das aus acht großen, schweren Bänden mit pergamentdünnen, eng bedruckten Seiten bestand, also keines für Kinder war, was mich sehr stolz machte. Doch Kai freute sich nicht über die Geschenke. Er war sauer und wollte, dass sie alles zurückschickte.

Unsere Mutter weigerte sich. »Ich kann keine Ausflüge mit euch machen. Kaum noch was unternehmen. Da darf ich euch ja wohl wenigstens was Schönes schenken!«

Wie sich jedoch herausstellte, hatte sie sich die fast dreihundert Mark für die Sachen von unserem Nachbarn Herrn Aurich geliehen, dem alten Mann, der mit seinem großen schwarzen Schäferhund im Stockwerk über uns lebte und dem ich nicht traute. Was war das für einer, der so einen Furcht einflößenden Hund besaß, wenn vielen Leuten seines Alters ein Dackel oder Zwergpudel reichte? Hin und wieder tauchte der Hund nachts in meinen Träumen auf, lungerte an den Rändern meines Schlafs herum und beobachtete mich. Kai jedenfalls ging sofort nach nebenan, um die Sache mit dem Geld zu klären, und einigte sich mit Herrn Aurich auf eine Ratenrückzahlung bis Weihnachten. Als er zurückkam, war seine Hose voller schwarzer Hundehaare.

»Wir können froh sein, dass er in dich verliebt ist und alles für dich machen würde«, sagte er zu unserer Mutter.

»Unsinn. Das ist einfach nur ein alter Mann, der keine eigene Familie hat«, korrigierte sie ihn.

»Wie auch immer«, sagte Kai und verdrehte die Augen. »Du musst besser achtgeben, wofür du Geld ausgibst. Das hast du doch selber gesagt.«

»Ach, du alter Spielverderber«, sagte unsere Mutter und küsste ihn auf die Schulter.

Aber mein Bruder hatte recht. Das Gespräch, auf das er anspielte, hatte sie ein paar Tage nach dem Vorfall im Kino mit uns geführt.

»Es sieht so aus, als fände ich bis auf Weiteres keine neue Arbeit«, hatte sie gesagt. »Deswegen leben wir weiter von dem Geld, das der Staat uns gibt. Das ist nicht viel, und deshalb müssen wir ab sofort vernünftig mit unserem Budget umgehen.«

»Ich könnte mir einen Job suchen, für abends oder an den Wochenenden«, hatte Kai angeboten.

»Du hast keine Zeit, du machst nächstes Jahr Abitur«, hatte unsere Mutter außergewöhnlich streng erwidert, »die Schule geht vor!«

»Ich schaff das schon.«

»Kommt gar nicht infrage.«

»Dann frage ich Rasmus. Der verdient doch gut in seinem Orchester. Ich könnte ...«

»Du wirst nichts dergleichen tun«, hatte unsere Mutter ihn unterbrochen und ihn mit einem Blick angesehen, als wollte sie Kai an Ort und Stelle festtackern.

Dann hatte sie tief geseufzt. »Macht euch mal keine Sorgen. Ich kann immer noch Herrn Hansen fragen, wenn wir spontan etwas brauchen.«

Sie meinte den Inhaber des Musikhauses in der Innenstadt, bei dem sie Noten bestellte und mit dem sie CDs und Schallplatten tauschte.

»Notfalls verkleinere ich meine Plattensammlung. Ich habe ein paar ganz Seltene, und der Hansen kennt richtig viele Leute.« Sie griff nach dem kleinen Notizblock und einem Kugelschreiber. »Ich könnte wohl auch ...«

In dem Augenblick verließ Kai schweigend die Küche, und wir hörten, wie er im Flur seine Jacke vom Haken nahm, sich die Schuhe anzog und die Wohnungstür mit einem Knall hinter sich zuwarf.

»Der kriegt sich schon wieder ein«, sagte unsere Mutter, sah aber verkniffen aus, während sie die Titel der

Schallplatten notierte, die sich ihrer Meinung nach für einen Verkauf eigneten.

Ich rückte näher heran und las mit, um sicherzugehen, dass sie keine der Platten aufschrieb, die mir am Herzen lagen, den *Karneval der Tiere*, zum Beispiel, doch ihre Schrift war unleserlich. Das sieht ja aus wie Kraut und Rüben, hätte meine Klassenlehrerin dazu gesagt. Ich bemerkte, wie schwer es unserer Mutter fiel, den Stift fest aufs Papier zu drücken. Wie sie jeden Buchstaben aus einzelnen Strichen zusammensetzte, die Buchstaben sich nicht mehr aneinander festhielten, sondern jeder für sich allein auf der blauen Linie des Schreibblocks hockte. Zerrupfte, zitternde Vögel. Unsere Mutter folgte meinem Blick. Ihre Wangen flammten auf. Mitten im Wort brach sie ab.

»Ich mache das später«, sagte sie, legte den Stift hin und meinte damit: Wenn mir niemand zuschaut.

Ich verstand und ließ sie allein.

Nach wenigen Augenblicken hatte ich Kai gefunden. Er hockte auf der Mauer zwischen unserem und dem angrenzenden Hof, seine Fäuste beulten seine Jackentaschen aus. Er sah kleiner aus als sonst.

»Sie macht mich noch verrückt«, sagte er, als ich mich hochstemmte und neben ihn auf die Mauer setzte.

Ich wusste nicht, was ich dazu sagen sollte. Daher berührte ich nur seinen Fuß mit meinem und ließ unsere Schuhspitzen einander küssen. Daraufhin nahm mein Bruder meine Hand und streichelte mit seinem Daumen darüber. Ich lehnte mich an ihn. Sog seinen Geruch ein, der in letzter Zeit noch eine schwere, süßliche Komponente hinzugewonnen hatte. Es hing mit dem Bier zusammen, das er sich nach der Schule oft kaufte, um die Dose auf dem Nachhauseweg zu leeren. Er versteckte es nicht vor mir. Er musste mich auch nicht darum bitten, unserer Mutter nichts davon zu erzählen; ich spürte schon, dass es eins dieser Geheimnisse war, von denen wir inzwischen mehr hatten, als ich an beiden Händen abzählen konnte.

»Guck mal«, sagte Kai plötzlich und zog sein rechtes Hosenbein hoch.

Auf seiner Wade prangte ein dunkler Fleck, den ich zuerst für Schmutz hielt. Bei näherem Betrachten erkannte ich jedoch, dass es ein Tattoo war; also ein echtes, kein Aufkleber oder so. Mir stand der Mund offen. Unsere Mutter hasste Tätowierungen.

»Das darf Mama aber nicht sehen!«

Kai lachte. »Wieso, was soll sie denn machen?«

»Sie wird schimpfen.«

»Ja, und?«

Ich hockte mich auf den Boden, um das Motiv näher in Augenschein zu nehmen. Es sollte wohl eine Flasche sein, mit einem zusammengerollten Stück Papier darin. Eine Flaschenpost. Sie war etwas schief geraten, das erkannte sogar ich, die keine Ahnung von so etwas hatte.

»Die hat mir ein Freund gestochen«, sagte Kai nicht ohne Stolz. »Er macht mir noch mehr, wenn ich will.«

»Aber das tut doch weh«, wandte ich ein.

Kai zuckte mit den Schultern.

Später, im Bett, rückte ich eng an ihn heran und durchkämmte sein Haar mit meinen Fingern. Es war sauber, weich und seidig, so wie ich mir das Fell eines Katzenbabys vorstellte. Er hatte es nun seit ein paar Monaten nicht schneiden lassen, sodass es seinen Nacken bedeckte und er sich einen rasierpinselähnlichen Zopf hätte binden können. Mir gefiel der Gedanke, dass er sich womöglich demnächst Haargummis von mir borgen müsste.

»Anne, das kitzelt!«

Vorsichtig kämmte ich weiter.

»Anne!« Mein Bruder schüttelte sich.

Mit Bedauern unterbrach ich meine Tätigkeit.

»Du«, begann ich zögerlich. »Ich hab überlegt, dass es doch Möglichkeiten geben muss, wie wir Mama noch helfen können. Irgendwas machen wir nicht richtig. Es müsste ihr doch längst besser gehen.«

»Nein. Glaub mir, wir tun alles, was wir können.«

»Aber das kann doch nicht stimmen. Es geht ihr immer schlechter!«

Kai brummte. Dann quietschte die Matratze, und sein Gesicht tauchte ganz nah vor meinem auf; kurz stießen unsere Nasen gegeneinander. Die Augen meines Bruders waren groß und schwarz in dem schummrigen Licht, das von der Straßenlaterne in unser Zimmer fiel.

»Hör mal«, sagte er. »Wir können Mamas Leben leichter machen, aber an ihrer Krankheit können wir nichts ändern. Nie mehr. Und ja, es wird ihr leider immer schlechter gehen. Noch schlechter als jetzt.«

Wie? Das konnte doch nicht ernsthaft seine Vorstellung davon sein, wie es mit unserer Mutter, wie es mit uns dreien weitergehen würde. Ich würde das nicht zulassen, und wenn ich dafür eine Million Extraschritte von hier bis zum Nordpol und zurück laufen musste.

»Es wird ein Tag kommen, und das wird der letzte sein, an dem sie aus eigener Kraft vor die Tür gegangen ist«, machte Kai weiter. »Und dann wird ein Tag kommen, und es wird der letzte sein, an dem sie selbstständig gelaufen ist. Und dann wird ein Tag kommen, und es wird der letzte sein, an dem sie noch aufrecht sitzen kann. Und dann wird …«

»Halt die Klappe!«, schnauzte ich ihn an, wobei mir ein kleines Tröpfchen Spucke aus dem Mund und meinem Bruder ins Gesicht flog. »Warum tust du das? Warum redest du so?«

»Weil es so *ist*! Nur will sie das nicht glauben. Und du auch nicht. Aber es wird Zeit, dass dir jemand die Wahrheit sagt.«

Sein Ton schockierte mich. Kurz starrte ich Kai an, unfähig, mich zu bewegen. Dann kletterte ich in Windeseile aus dem Bett, stieß mir am hölzernen Rahmen das Knie, schrie auf.

»Anne!«

Ich tat, als hätte ich ihn nicht gehört. Aber ich hätte sowieso nichts antworten können, der Kloß in meinem Hals war viel zu groß. Ich warf mich in mein Bett, drehte mich zur Wand und zog die Decke bis ans Kinn hoch.

»Nun komm zurück. Ich hab es nicht so gemeint.«

Wie denn dann? Ich presste meine Lippen aufeinander, rollte mich zusammen und lauschte den Wellen der Ostsee, die weniger als einen Kilometer entfernt am Geröllstrand der Förde leckten – drückte mein Ohr ins Kissen und hörte das vertraute, gleichmäßige Rauschen, das in Wahrheit gar nicht vom Meer kam, sondern vom Blut, das in mir zirkulierte. Auf der Straße fuhr etwas Großes vorbei und ließ die gläsernen Figürchen in meinem Setzkasten leise klirren. Ein Lkw, unterwegs zum Flensburger Fleischkontor um die Ecke oder Richtung Dänemark. In Kruså, gleich hinter der Grenze, stand die große Molkerei von Arla, dort arbeiteten die Eltern einiger Klassenkameraden in der Butter- und Käseherstellung. Es hieß, man verdiene richtig gut dort, weil in Dänemark die Löhne höher seien. Vielleicht konnte ich mich auch dort bewerben, später. Wenn ich die Schule statt mit dem Abitur mit der Mittleren Reife abschloss, hätte ich von jetzt an nur noch fünf Jahre vor mir und könnte anschließend gleich in der Fabrik anfangen. Das hieße, dass Kai dann auf jeden Fall zum Studieren nach Berlin, Hamburg oder München ziehen könnte – an eine der bekannten Musikhochschulen, deren Flyer an seiner Pinnwand hingen –, da für mich und unsere Mutter gesorgt wäre. *Ich* würde für uns sorgen. Und in meiner Obhut würde sie weiterhin vor die Tür gehen und laufen und sitzen und überhaupt, mit ein bisschen Hilfe, alles andere auch können. Warum Kai das auf einmal anders sah, war mir schleierhaft. Die Bitterkeit, die ich vorhin aus seiner Stimme herausgehört hatte, war so neu und kalt gewesen, dass er mir wie ein Fremder vorkam.

Da spürte ich, wie die Decke angehoben wurde und mein Bruder zu mir ins Bett kletterte.

»Anne«, sagte er. »Es tut mir leid.«

»Hm«, machte ich.

Fünf Minuten lang waren wir ganz still. Ich widerstand dem Drang, der Wärme entgegenzurücken, die von seinem Körper ausging, für etwa die Hälfte dieser Zeit.

»Ich habe heute bei Mamas Krankenkasse angerufen«,

hörte ich Kai hinter mir flüstern. »Ihr steht ein Pflegedienst zu. Sie müsste eine offizielle Pflegestufe beantragen, dann wäre das gar kein Problem.«

»Was ist eine Pflegestufe?«, flüsterte ich zurück.

»Damit wird festgelegt, wie – na ja, wie schwierig der Alltag für jemanden ist. Da kommt dann jemand zu uns nach Hause und guckt sich das an und schreibt das auf. Und dann bekommt Mama Hilfe. *Wir* bekommen dann Hilfe.«

»Aber Mama wird sich doch nicht freiwillig dabei zusehen lassen, was sie alles nicht mehr kann!«

»Doch. Doch, sie muss. Ich werde sie überreden.«

Wie stellte er sich das denn vor? Unsere Mutter hatte immer noch Angst davor, dass jemand eine Behörde einschalten könnte, die mich ihr wegnähme. Und ich, ich hatte diese Angst auch. Es würde nämlich bedeuten, dass ich in eine Pflegefamilie oder in ein Kinderheim käme. War ihm das egal, weil er jetzt achtzehn war und es ihn nicht mehr betraf? Mir wurde richtig übel bei diesen Überlegungen, und ich versteifte mich.

»Niemand findet dich«, beschwichtigte mich Kai, als hätte er bereits erraten, was ich dachte. »Wir passen auf. Wir verstecken dich im Kleiderschrank oder oben bei Herrn Aurich.« Es klang nur halb nach einem Scherz.

»Nein! Ich will das nicht! Sag denen, dass Mama in Ruhe gelassen werden will und dass wir allein zurechtkommen!«

Er gab keine Antwort.

»Kai?«

»Ja«, sagte er zögernd. »Sicher. Wie du meinst.«

In dieser Nacht schlief mein Bruder bei mir.

7

Ich ziehe die Autotür zu, die mit einem eleganten, satten *Klack* schließt – ein Ton, den ein Sounddesigner in einem Hightech-Studio für genau dieses Modell entworfen hat, genauso wie den des Blinkers und des Fensterhebers –, und lasse meinen Anschnallgurt einrasten. Ich wage nicht, einen Blick auf meinen Bruder auf dem Beifahrersitz zu werfen; ich kann mir denken, dass er hier drin deplatziert aussieht, und möchte mir das Unbehagen darüber ersparen. Ich weiß nicht, was ich sagen soll. Wie beginnt man ein Gespräch nach so langer Zeit, wenn man nichts voneinander weiß? Das Letzte, woran ich mich erinnere, ist, dass Kai keine feste Adresse hatte. Das hatte er mir mal, ebenfalls über Facebook, geschrieben, »nur für den Fall«. Welchen Fall, hatte ich damals gedacht – für den, dass ich ihn spontan besuchen und selbst gebackenen Kuchen mitbringen wollte, oder wie? Ich hatte die Nachricht gelöscht und den Inhalt vergessen, bis jetzt.

»Willst du Sitzheizung?«, versuche ich, eine Unterhaltung zu beginnen.

Was natürlich Quatsch ist. Es ist Sommer.

Doch Kai lacht nicht, er schüttelt einfach den Kopf.

Ich steuere den Wagen runter vom Parkplatz und auf die abzweigende Landstraße. Nieselregen landet auf der Windschutzscheibe, die Wolken sind zurück, so nah an der Küste ändert sich das Wetter schnell. Das war auch in Flensburg so: Wir radelten bei strahlendem Sonnenschein zum Baden nach Wassersleben oder Solitüde und mussten eine Stunde später bei fünfzehn Grad und Hagel wieder nach Hause fahren.

Ich schalte den Klassiksender ein. Sie spielen »Una donna a quindici anni«, die Arie der Despina aus *Così fan tutte*. Der Stimmfarbe nach ein Mezzosopran, eventuell Cecilia Bartoli, allerdings nicht vollkommen geeignet für das Fach der Soubrette. Ihre Version des »Stabat Mater« von Agostino Steffani dagegen – wir hörten es oft in der Adventszeit, und unsere Mutter hatte dabei regelmäßig feuchte Augen. Oder, wie hieß dieses andere von Vivaldi, das sie ebenfalls liebte, dieses grotesk Schwierige der Griselda? »Agitata da due venti«. Auch damit konnte die Bartoli brillieren. Ich weiß das alles erstaunlicherweise noch so genau, als hätte unsere Mutter uns erst gestern die einzelnen Rollen- und Stimmfächer abgefragt und passende Stücke auf CD vorgespielt, konzentriert und mit dem Zeigefinger an den Lippen, weil wir ruhig sein und nicht einfach nur zuhören, sondern verstehen sollten: Was erzählt uns die Sängerin oder der Sänger hier? Wie unterscheiden sich die Stimmfarben? Was wird über das Tempo, das Zusammenspiel von Gesang und Instrumenten und schlussendlich über die Komposition als *ein* Kunstwerk vermittelt? Ich gab mir immer große Mühe, nachzuvollziehen, wovon sie so leidenschaftlich sprach. Die strenge Regelhaftigkeit der Musik fand ich tatsächlich interessant; die Gesetze, denen sie in ihrem Innersten folgte. Doch es gelang mir nicht, von selbst eine übergeordnete, symbolische Ebene in ihr zu entdecken. Ich fand, dass es ausreichte, wenn mir ein Stück gefiel. Noch besser war natürlich, wenn es sich um ein Lied handelte, das unsere Mutter, Kai und ich zusammen singen konnten, und wenn sich dabei dieses warme, schwebende Gefühl in mir ausbreitete. Aber das war's dann auch. Meine Begabung lag woanders, im methodischen Lösen von Problemen und darin, Ordnung zu schaffen im Chaos. Das war, was mich wirklich zutiefst befriedigte. Denn dann breitete sich eine innere Ruhe, eine Geräusch*losigkeit* in mir aus, die ich genoss, für die ich mich vor meiner Familie jedoch schämte. Unsere Mutter freute sich über die Einsen, die ich in den naturwissenschaftlichen Fächern ziemlich mühelos einheimste. Aber Mathe, Physik, Chemie blieben kalte, hässliche und einengende Disziplinen für sie: »Kein Raum für Interpretation, kein Raum für Fehler, kein Raum für schöpferische Kraft!« Letzteres war so was wie ihr Lieblingsbegriff. Ich befürchte, ich weiß bis heute nicht, was genau damit gemeint ist.

Kai dagegen … Endlich riskiere ich einen Seitenblick auf meinen Bruder, der geradeaus auf die Straße sieht und in dessen Kiefermuskeln es arbeitet, der aber insgesamt weniger angespannt wirkt als vorhin beim Einsteigen. Kai verstand alles, fühlte alles. Erfasste die Musik – jeden Ton und auch jede Pause – mit Körper und Seele. Angeblich ließ er, kaum dass er freihändig laufen konnte, freiwillig sein Spielzeug liegen, nur um auf den Klavierhocker klettern und auf den Tasten klimpern zu dürfen. Wenig später kam die Gitarre dazu, erst die klassische und zu seinem dreizehnten Geburtstag die elektrische, da komponierte er längst selbst. Sein damaliger Gitarrenlehrer schlug ihn für ein Stipendium vor, das Kai kurz darauf tatsächlich zugesprochen wurde und das einen Ferienaufenthalt an einer Musikakademie speziell für begabte Kinder beinhaltete, von dem er noch Jahre später sprach. Denn mein Bruder hatte sie: die schöpferische Kraft. Unsere Mutter war immer sicher gewesen, dass er eines Tages eine große Nummer in der europäischen Klassikszene werden würde, mit Tourneen und eigenen CDs und allem Drum und Dran. Ich kann mir das Cover seines erfolgreichsten Albums lebhaft vorstellen: *Christmas On Strings – Weihnachtsklassiker neu interpretiert* steht da in goldener Schnörkelschrift und darunter sein Name. Ein dunkler Studiohintergrund. Kai in einem eleganten Kaschmirpullover Marke Schwiegermuttergeschenk. Er sitzt auf einem Barhocker und beugt sich leicht vor, sein Gesicht ist perfekt ausgeleuchtet, zu seinen Füßen lehnt sein Instrument. Aber nun. Jeder ist seines eigenen Glückes Schmied.

»Bartoli«, sagt mein Bruder auf einmal und macht eine Kinnbewegung zum Radio; ich zucke zusammen, als er so plötzlich das Wort ergreift.

»Möglich.«

»Bartoli«, beharrt er. »Passt nicht zu Mozart.«

Ich bin genervt, schaue aufs Navi. Wir sind acht Kilometer gefahren und haben noch hundertsiebzig vor uns. Er wird jetzt hoffentlich nicht bis Lübeck durchplappern.

»Und – wie geht es dir so? Bist du verheiratet, hast du Kinder? Erzähl mal. Wir haben uns so lange nicht gesehen.«

Wie unaufgeregt und ohne Vorwarnung er sich auf das Glatteis derart persönlicher Gesprächsinhalte begibt. Es irritiert mich so sehr, dass ich erst einmal überlegen muss: Will ich antworten? Und wenn ja, was? Auf jeden Fall sollten wir an der Oberfläche bleiben.

»Nein.«

»Und jobmäßig?«

Ich spüre, wie er mich von der Seite ansieht, auf diese besondere, provokante Art. Seine Art.

»Vertrieb«, antworte ich, etwas atemlos, als hätte ich zwischenzeitlich die Luft angehalten.

»Vertrieb«, wiederholt mein Bruder. »Aha. Und da vertreibst du was genau?«

»Echt jetzt? Das hältst du angesichts der Situation für relevant?«, platzt es aus mir heraus. »Verrat mir lieber, wie du es hingekriegt hast, in eine Entzugsklinik zu kommen, und dass ausgerechnet ich die Einzige bin, die dir zum Anrufen geblieben ist!«

Scheiße. Ich habe mich bislang so gut im Griff gehabt und jetzt doch kurz die Nerven verloren. Ich beschleunige stark, obwohl nur 70 km / h erlaubt sind, und schalte fahrig hoch in den nächsten Gang. Falls er jetzt irgendwas über meinen Fahrstil sagt, kann er sofort aussteigen.

»Ich weiß, Anne«, sagt Kai. »Du musst das alles nicht verstehen. Ich bin dir dankbar, und ich hoffe, du kannst es annehmen. Aber wenn du schon so fragst: Was glaubst du denn, unter welchen Voraussetzungen man in eine Entzugsklinik kommt?«

Sein Tonfall ist keine Spur defensiv, was mir nicht gefällt. Er soll sich schlecht fühlen. So wie ich.

Ich überlege.

»Ich kann einfach nicht glauben, dass du es damit so weit hast kommen lassen«, bastle ich schließlich als Antwort zusammen.

»Womit? Wovon redest du?«

»In Eimsbüttel damals …«, deute ich an. »Oder weißt du das nicht mehr? Sternhagelvoll warst du. Deswegen wollte ich auch nicht mit dir reden. Und dafür werde ich mich auch nicht entschuldigen!«

»Okay, wow, geh mal ein bisschen runter vom Gas«, sagt er und hebt beschwichtigend die Hände.

Ich verstehe zuerst nicht, was er meint, und nehme den Fuß tatsächlich kurz vom Gaspedal.

»Wenn es dich beruhigt«, sagt Kai, »ich habe kein Problem mit Alkohol. Mehr.«

»Womit dann?«

»Würde es für dich einen Unterschied machen, es zu wissen?«

Aha. Dass die Zigaretten, die er früher auf dem Schulweg oder hinter unserem Haus geraucht hat, in Wahrheit Joints waren, ist mir ja schon länger klar; normale Zigaretten hätten nicht so gestunken. Und es passt auch. Das Suchtpotenzial von THC wird landläufig unterschätzt. Dabei kann da alles Mögliche passieren, bis hin zu Psychosen, richtig übel.

»Ein Medikament«, antwortet Kai plötzlich, als hätte er mein Schweigen als passiv-aggressive Aufforderung verstanden, doch noch mit der Sprache rauszurücken. »Ein

Schmerzmittel. Also nicht so was wie Ibuprofen oder Paracetamol, sondern etwas viel Stärkeres, das man eigentlich nur im Extremfall im Krankenhaus bekommt.«

»Aha.«

»Vielleicht hast du mal in der Zeitung davon gelesen, von Opiaten. Nee, Opioide. Ich sage das einfach immer falsch. Opioide – so ist es richtig.«

»Hm.«

»Fentanyl.«

»Hm«, mache ich erneut, umklammere das Lenkrad und bin kurz davor, rechts ranzufahren.

Denkt er, ich kapiere nicht, was hier läuft? Offensichtlich hat er mich im Vorfeld gegoogelt. Meine Profile auf LinkedIn und XING gefunden, sich durch die Beiträge geklickt, die ich gelikt habe, und eins und eins zusammengezählt, um sich eine rührselige Geschichte auszudenken, damit ich ihm helfe. Das ist alles ein Trick, von langer Hand geplant. Er braucht gar keine Mitfahrgelegenheit, und das mit dem Wohnheim stimmt auch nicht. Wahrscheinlich geht es um Geld. Wozu sonst hätte er diesen Aufwand betreiben sollen? Ich bin selbst schuld. Ich hätte während unseres Telefonats schon beim Wort »Entzug« hellhörig werden müssen. Habe ich von ihm wirklich etwas anderes erwartet als Enttäuschung?

Ich werfe einen Blick auf das Navi, denn bald müssten wir die Autobahn erreichen. Soll ich das Ganze abbrechen? Noch kann ich. Andererseits, wenn ich ihn jetzt rauswerfe und es doch stimmt, was er erzählt? Nur mal angenommen, Fentanyl-Abhängigkeit ist ja kein Ding der Unmöglichkeit. Aber wie um alles in der Welt ist ihm das passiert? Hat er von irgendwelchen vermeintlichen Freunden mal eine Tablette oder etwas Pulver zum Austesten für die Wochenendentspannung bekommen? Hat er dann bald am Hamburger Hauptbahnhof rumgehangen, war er einer von denen, die weggetreten vor dem Drob Inn sitzen und keinen Meter mehr gehen können? War er am Ende so fertig, so blöd oder so kaputt, dass er es geraucht beziehungsweise gespritzt hat? Unauffällig versuche ich, einen Blick auf Kais Unterarme zu werfen. Sie sehen normal aus. Keine frischen Einstichstellen und auch keine vernarbten, soweit sich das unter den teils sehr flächigen Tätowierungen erkennen lässt. Immerhin. Mit zerstochenen Armen hätte er es schwer, sich da draußen wieder ein sogenanntes bürgerliches Leben aufzubauen. Falls er das will. Ich weiß ja nicht, was er will. Habe ich das je gewusst? Habe ich meinen Bruder je gekannt, oder habe ich lediglich geglaubt, ihn zu kennen, weil ich als Kind leicht zu täuschen war? Es spielt keine Rolle. Er ist einmal alles für mich gewesen – alles, worauf ich mich verlassen und woran ich glauben konnte. Für mich hat er die ganze Welt zusammengehalten. Und dann ist er aus ihr herausgefallen und auf einem fremden Planeten gelandet, während ich zurückgeblieben bin. Das ist die ganze triviale Geschichte.

»Was ist?«, fragt Kai.

»Nichts.«

Ruhig bleiben. Ruhig und gefasst. Fentanyl-Sucht: Glauben wir das mal für den Moment. Das heißt aber noch lange nicht, dass ich deswegen zu irgendeiner Reaktion verpflichtet bin. Es existieren verdammt viele Pharmaunternehmen da draußen, die Arzneimittel mit synthetischen Opioiden wie Fentanyl vertreiben; es werden nicht ausgerechnet welche von Palmerston & Hendricks gewesen sein. Außerdem ist er ein erwachsener Mann und für sich selbst verantwortlich. Es wird ihn wohl kaum jemand zur Einnahme gezwungen haben. Ruhig bleiben. Ruhig und gefasst. Sonst rutscht mir noch irgendwas raus, das hier nichts zu suchen hat.

Schwitzend starre ich auf das Navi-Display. Der Autobahnzubringer, der hier irgendwo sein müsste, wird einfach nicht auf der Karte angezeigt. Tatsächlich bewegt sich auch das kleine rote Autosymbol nicht. Gar nichts bewegt sich. Ich tippe das Display an, doch das System scheint sich aufgehängt zu haben, was ziemlich sicher bedeutet, dass wir die Autobahn verpasst haben. Wie lange fahre ich schon in die falsche Richtung? Fünf Minuten? Zehn? Gerade befinden wir uns auf einer Landstraße zwischen zwei Ortschaften, rechts und links Felder. Ein Haufen Pferdeäpfel liegt exakt in der Straßenmitte. Ich fahre mitten hindurch, statt auszuweichen. Ist jetzt auch egal.

»Mit dem Navi stimmt was nicht«, informiere ich Kai. »Weißt du, wo wir hier sind?«

»Keine Ahnung«, sagt er. »Ich hab keinen Führerschein.«

»Hätte ja trotzdem sein können, dass du dich hier auskennst«, erwidere ich, und mir gefällt nicht, wie schnippisch ich dabei klinge.

Mein Gott, es muss doch möglich sein, ein neutrales Gespräch mit ihm zu führen? Was ist denn los mit mir? Ich kneife die Augen zusammen. Am Horizont schimmert etwas Helles. Nebel? Kann eigentlich nicht sein bei den Wetterverhältnissen. Es sieht eher aus wie eine Welle, die sich träge in unsere Richtung bewegt und deren Schaumkronen jetzt über den kleinen Hügel vor uns schwappen.

»Was ist das?« Kai beugt sich auf dem Beifahrersitz vor, bis seine Nase fast die Frontscheibe berührt. »Ich glaube, das sind Schafe, Anne. Ja, Schafe, kein Zweifel! Bestimmt hundert! Eher zweihundert! Krass!«

Krass? Meine Güte, da vorne trampeln ein paar Schafe rum, jetzt sehe ich es auch, aber mein Bruder ist auf einmal aufgeregt wie ein kleines Kind.

»Das sind Fjordlandschafe! Die haben nicht alle weißes Fell, sondern auch mal beige, braun, schwarz, siehst du? Eine ganz alte nordische Rasse, die auf die Wikinger zurückgeht. Superrobust, nur bisschen stur. So welche gab's auch auf Pellworm, in der Klinik. Wir haben die gefüttert, geschoren, den Stall ausgemistet, wir haben auch Seife aus der Milch gemacht …«

Ich will antworten, dass ich das weiß, dass ich mir die Webseite angesehen habe, aber ich komme nicht dazu, weil sich die Viecher schneller als erwartet auf uns zubewegen und ich die Geschwindigkeit drosseln muss.

»Du solltest wenden«, sagt Kai. »Solange du kannst.«

»Was soll das heißen? Die werden mir doch ausweichen. Da ist ja auch immer jemand dabei.«

Kai lässt die Fensterschreibe runter und steckt seinen Kopf heraus.

»Ich sehe keinen Schäfer. Aber die sind manchmal sehr weit hinten. Lassen ihre Hunde die Arbeit machen.«

»Ich sehe keine Hunde.«

»Stimmt. Die sind überhaupt irgendwie chaotisch unterwegs.«

»Ich fahr da einfach durch. So blöd werden die wohl nicht sein, dass sie mir nicht aus dem Weg gehen. Das schaffen selbst Tauben. Ich kann ja einfach ganz langsam …«

Das erste Schaf ist nun deutlich zu erkennen, es trottet an der Spitze der Herde.

»Jetzt HALT an!«, ruft Kai.

Die Kühlerhaube schiebt sich im Schritttempo durch die wolligen Körper und teilt die Herde wie ein Meer. Stelle ich mir vor. In Wahrheit muss ich bremsen, weil eine Handvoll der Tiere einfach direkt vor uns stehen bleibt und irritiert blökt, als wären sie im Recht und nicht ich. Ich hupe.

»Das wird nicht helfen«, sagt Kai.

Ich hupe ein weiteres Mal, ein Schaf hüpft erschrocken zur Seite, sonst passiert nichts. Im Gegenteil. Die Herde, es sieht tatsächlich eher nach zweihundert Tieren aus, verteilt sich langsam, aber gleichmäßig um uns herum. Einige Schafe staksen neugierig zum Grünstreifen am Straßenrand und beginnen dort zu grasen.

»Die sind sicher ausgebüxt. Schätze, wir müssen abwarten, bis der Schäfer kommt«, sagt Kai.

Ich fasse ihn am Arm, seinem Gesichtsausdruck nach zu urteilen, drücke ich mit einer Kraft zu, die er nicht erwartet hat.

»Du steigst jetzt aus und scheuchst die weg!«, befehle ich.

»Mann, ich krieg die Tür überhaupt nicht auf! Guck doch mal!«

Er demonstriert es, indem er den Riegel betätigt und die Wagentür einen Zentimeter weit aufspringen lässt. In dem senkrechten Spalt ist nur braunes, lockiges Fell zu erkennen, so nah stehen die Viecher.

»Schieb es halt weg, das dumme Schaf!« Meine Stimme überschlägt sich, halb vor Frustration, halb vor Fassungslosigkeit.

Kai öffnet die Tür ein wenig mehr, so weit, wie es eben geht. Ich sehe zu, wie er mit beiden Händen das Schaf, das am dichtesten am Auto steht, beiseiteschubst, auch ein zweites kann er einen Meter weit wegschieben, doch dahinter stehen zehn andere. Die entstandene Lücke schließt sich, bevor Kai Gelegenheit hat, auch nur einen Fuß nach draußen zu setzen. Sie scheinen ganz bewusst so eng zu stehen, scheinen das jeweilige Nebenschaf an mindestens einer Körperstelle berühren zu wollen. Jetzt schnuppern ein, zwei Mutige an Kais Kleidung, seinen Händen. Erhoffen sie sich Futter von uns? Da haben sie sich aber geschnitten.

Ich drücke den Fensterknopf und lasse die Scheibe herunter.

»Weg da! Haut ab!«

Ich betätige die Hupe noch einmal extralange, bis mir die Ohren klingeln. Es passiert nichts. Fluchend schnalle ich mich ab. Möglicherweise kann ich an den hinteren Türen etwas ausrichten. Ich drücke mich durch den Spalt zwischen den beiden Vordersitzen, wobei mein rechtes Knie unsanft über die Handbremse rumpelt und das andere nur auf Kais Oberschenkel Halt findet.

»Autsch«, sagt er.

Endlich lande ich auf dem Rücksitz neben Kais Sporttasche und der IKEA-Tüte. Dort greife ich nach dem Türriegel. Die Wagentür springt auf, ich drücke, schiebe, presse. Sie öffnet sich vielleicht zehn Zentimeter weit. Aber das war es auch schon.

Schafe.

Ich rutsche rüber zur anderen Seite. Dasselbe Spiel. Es sind einfach zu viele üppige, schwere Leiber, die im Weg sind und längst alle Ausstiegsmöglichkeiten blockieren. *Wir sind umzingelt.* Was für ein Satz. Als Kind habe ich ihn beim Spielen gerufen, wenn ich mir vorstellte, eine Actionheldin zu sein oder wenigstens so was wie Robin Hood. Aber das hier ist nicht annähernd so spaßig. Mehr und mehr Schafe knicken ihre Beine ein und lassen sich an Ort und Stelle nieder. Fressen oder genießen einfach die willkommene Pause. Mir ist nicht gut. Das hier war die schlechteste Idee aller Zeiten.

»Das war's, ich rufe jetzt die Feuerwehr.«

Ich nehme mein Handy und tippe 112 ins Display. Das Freizeichen ertönt. Mein Mund ist trocken.

8

Im Mai ließ Kai uns wissen, dass er ab sofort an zwei Abenden pro Woche in der Küche des Shamrock aushelfen würde, einem Irish Pub am Hafen; ein Freund, der dort ebenfalls arbeitete, hatte ihm die Stelle verschafft. Bis zum Ende des Monats sprachen unsere Mutter und er, der jetzt häufig nach Frittenfett und kaltem Rauch roch, nur das Nötigste miteinander. Das Geld, das Kai in bar heimbrachte, wollte sie auch nicht annehmen, nicht einmal anfassen. Stattdessen stand sie in der Küche, die Hände mit den weiß durchschimmernden Fingerknöcheln auf der Stuhllehne abgestützt, und starrte die Scheine auf der Tischplatte an, als wären sie schmutzig. Als hätte mein Bruder ein Virus in unsere Wohnung gebracht. Doch irgendwann gab sie klein bei, weil ihr nichts anderes übrig blieb; Kais Schulnoten litten nicht, wie sie zunächst befürchtet hatte, unter dem Job. Auch seine Musik nicht, er ging nach wie vor zur Bandprobe und zur Gitarrenstunde und übte nahezu täglich, was sein Lehrer Juri ihm aufgab. Wobei ich das mit dem vielen Üben komisch, nämlich völlig übertrieben fand, schließlich war Kai ja schon richtig gut. Doch unsere Mutter sagte, nur mit Übung *bleibe* man auch gut – die Übung mache den Unterschied zwischen Amateur und Profi. Es war eines dieser Dinge, die ich mal wieder nur vom Kopf, aber nicht vom Bauch her verstand und für die man wahrscheinlich ein Instrument lieben und perfekt beherrschen wollen musste.

Sie selbst sang zwar noch ab und zu, hatte das Klavierspiel aber aufgegeben, da das Händezittern in eine regelrechte Verkrampfung ihrer Finger übergegangen war. Ihre linke Hand erinnerte an eine Kralle, wobei es frühmorgens, wie ich in mein Heft notierte, am schlimmsten war. Und wenn ich mir die Entwicklung seit der neuen Medikamenteneinstellung ansah, musste ich feststellen, dass es auch sonst keine nennenswerten Verbesserungen gab, im Gegenteil. Am 12. Mai zum Beispiel fiel es unserer Mutter schwer, den Gehstock festzuhalten, und wir überlegten bereits, ihn ihr auf irgendeine Art am Handgelenk festzubinden, was die Angelegenheit aber auch nicht stabiler gemacht hätte. Am 24. Mai musste Kai ihre Finger reiben und massieren, bevor sie sich die Bluse zuknöpfen konnte. Am 30. Mai knöpfte ich ihr die Bluse zu. Das sei jetzt leider so, sagte unsere Mutter, das sei diese Spastik, und Kai und ich warfen einander einen Blick zu. Und dann kam mit einem Mal die bleierne Müdigkeit zurück, die wir zwar kannten, mit der sie aber lange nicht mehr auf diese Art hatte kämpfen müssen. Sie verbrachte viele Stunden im Bett und auf der Couch. Ihr Körper zwang sie, sich von kleinsten Tätigkeiten auszuruhen oder diese erst gar nicht aufzunehmen. Kai besorgte neue Kopfhörer, die klein und ergonomisch geformt waren, sodass sie unserer Mutter im

Liegen nicht so leicht aus den Ohren rutschen konnten. Wir teilten die täglichen Aufgaben unter uns auf, wechselten uns mit Kochen, Putzen, Wäschewaschen und Einkaufen ab, mein Bruder übernahm zusätzlich das Sortieren und Abheften der Post. In der Schule erzählte ich Wiebke, wie viele wichtige Dinge ich bei uns zu Hause tun durfte. Ich konnte ihr die Bewunderung an der Nasenspitze ansehen. Daher lud ich sie ein, nach der Schule einmal mit zu uns zu kommen und dabei zuzusehen, wie ich die Waschmaschine befüllte, programmierte und anschließend alles zum Trocknen auf den Dachboden brachte. Sie versprach, ihre Eltern um Erlaubnis zu bitten, aber es wurde nichts daraus.

Unsere Mutter fühlte sich nicht gut, Hunger hatte sie auch keinen. Sie wollte ins Bett. Da sie Schmerzen bekam, wenn sie zu lange lag, stopften wir ihr die kleinen, bonbonfarbenen Satinkissen von der Wohnzimmercouch zwischen die Knie und unter die Fußgelenke. Zuletzt bat sie uns, die Rollos herunterzulassen und ihr auf dem Discman »Lascia ch'io pianga« aus *Rinaldo* auf Repeat einzustellen. Doch kaum dass wir die Schlafzimmertür hinter uns zugemacht hatten, war sie eingeschlafen, und ich holte schnell mein Heft hervor, notierte das Datum und darunter: *Müde + R.*

Eigentlich war Kai mit Kochen dran, aber er hatte keine Lust. Stattdessen schlug er vor, bei Hassan's in der Neustadt einen Döner zu holen. Wir spazierten mit dem Essen zur Feldstraße und setzten uns auf eine Bank auf dem Parkplatz des Købmandsgården, wo die Dänen Süßigkeiten und billiges deutsches Bier kauften und dafür mit der ganzen Familie anreisten, mit Pkw-Anhängern oder gleich im Wohnmobil. Was wir allein auf diesem Parkplatz an dänischen Ausdrücken gelernt hatten: *Hurtig, Hold fast, Kom nu, Pas på*. Kai reichte mir sein Handy, ein silbernes Nokia, das er gebraucht von einem Kollegen aus dem Irish Pub bekommen hatte und auf dem er mich manchmal Snake spielen ließ. Aber heute war ich nicht in Stimmung dafür. Stattdessen zupfte ich Kai am Pulloverärmel, denn ich spürte, dass ihn etwas bedrückte. Als er nicht reagierte, zupfte ich erneut, etwas fester.

Er räusperte sich. »Ich habe Mamas Krankenkasse noch mal angerufen«, sagte er. »Ich wollte wissen, wie das genau aussieht mit der Hilfe.«

»Aber …«

»Lass mich ausreden, bitte.« Seine Lippen verwandelten sich in einen Strich. »Die würden jemanden zum Waschen und Anziehen schicken. Einmal am Tag, höchstens zweimal, jeweils eine Viertelstunde. Dabei kriegen wir das mit dem Waschen und Anziehen gerade noch selber hin. Das Wichtigste wäre doch, dass Mama tagsüber nicht allein ist, falls sie hinfällt und sich wehtut. Oder dass jemand da ist, der regelmäßig mit ihr aufs Klo geht, wenn wir in der Schule sind, damit sie nicht irgendwann auch zu Hause Windeln tragen muss. Weißt du, was die gesagt haben? ›Das gibt es nicht, so was muss die Familie machen.‹ Ansonsten müsse sie halt in ein Pflegeheim. Die spinnen doch.«

Er hielt seinen Döner mit beiden Händen fest, als könnte er ihm davonfliegen wie ein Vogel.

»Ich weiß auch nicht. Ich habe wohl nicht richtig nachgedacht über das alles. Ich wollte nur – also, ich dachte, jemand kommt und hilft uns, wenn wir darum bitten.«

Aus seinem Döner tropfte Soße auf den Asphalt zu seinen Füßen. Ich hielt ihm meine Serviette hin. Kai ignorierte sie.

»Einen Tipp haben sie mir noch gegeben«, fuhr er fort. »Es gibt wohl Krankenschwestern, die bei kranken Menschen zu Hause einziehen und dann vierundzwanzig Stunden zur Verfügung stehen und alles machen. Aber rate mal: Die muss man selbst bezahlen. Wer hat so viel Geld? Wir nicht, da kannst du Gift drauf nehmen!«

Er grunzte.

»Wir haben auch gar kein Gästezimmer«, gab ich zu bedenken.

Kai stutzte, dann strich er mir über den Kopf und nickte. »Pragmatisch wie immer.«

»Was heißt das?«

»Das heißt, dass du dir überlegst, wie man eine Idee am einfachsten in die Tat umsetzen kann und ob die Voraussetzungen dafür überhaupt gegeben sind. Das ist wichtig. Viele Menschen können das nicht gut. Du schon.«

Mir wurde warm. Mein Bruder konnte Dinge sagen, die den ganzen Tag über mir leuchteten – genau da, wo bei Comicfiguren manchmal diese Regenwolke über dem Kopf hing und sie auf Schritt und Tritt verfolgte, nur dass bei mir dort eben eine kleine Sonne war, mit rosa-goldenem Licht.

»Bist du jetzt traurig?«, fragte ich.

»Ich bin nicht traurig«, antwortete er. »Ich glaube, es gibt kein richtiges Wort für das, was ich gerade bin.«

Ich rückte näher, ganz nah, bis sich unsere Oberschenkel berührten. Kai krümmte seinen Rücken, um sich kleiner zu machen, und legte seinen Kopf vorsichtig an meine Schulter. Er roch gut, nach zu Hause.

Er war aber sehr wohl traurig. Da konnte er mir nichts vormachen, ich kannte ihn zu gut.

»Adagio«, sagte ich in seine Haare hinein, eines unserer Reisespiele aufgreifend, um ihn auf andere Gedanken zu bringen.

»Vivace«, erwiderte er, und ich konnte ein Lächeln in seiner Stimme hören.

»Nein, nicht wild durcheinander«, forderte ich, »alphabetisch!«

»Okay, okay. Also dann: Adagietto.«

»Allegro.«

»Allegretto.«

»Andante.«

»Andantino.«

»Grave.«

»Largo.«

»Larghetto.«

»Komm«, sagte Kai auf einmal und stand auf.

Hand in Hand liefen wir Richtung Norden, nach Galwik. Galwik bedeutete »Galgenbucht«. Ich wusste schon länger, dass Kai eine Faszination für diesen Ort hatte, und er konnte die Geschichte der Galgenbucht so gut und gruselig erzählen, dass ich ihn auch diesmal darum bat. Denn dort, wo die schneeweißen Segeljachten des Wassersportvereins in der Sonne blitzten, hatten vor vielen Hundert Jahren Hinrichtungen stattgefunden. Diebe, Schmuggler,

Mörder, meuternde Matrosen, Giftmischerinnen und angebliche Hexen waren hier gehängt worden. Und, jetzt kam das Allergruseligste: Kai war sich sicher, dass er in einem früheren Leben einer von ihnen gewesen war. Da er sich von seinem Geschichtslehrer ein Buch über Flensburg im 18. Jahrhundert ausgeliehen hatte, hatte er eine ganz genaue Vorstellung von seiner Hinrichtung: Früh am Morgen, keine sechs Uhr; noch waren keine Fuhrwerke mit Rumfässern unterwegs, donnerten keine Wagenräder übers Kopfsteinpflaster, auch auf den Werften und an den Ladeplätzen hatte die Arbeit noch nicht begonnen. Diese Tageszeit war absichtlich gewählt worden, denn niemand hatte Interesse daran, ein Spektakel zu machen, im Gegenteil: Er sollte so still verschwinden, als hätte es ihn nie gegeben. Also drei Stufen hoch, rauf aufs Podest, man schubste ihn, gab ihm einen Tritt, weil er nicht schnell genug war. Und dann der Ostseewind, der unerbittliche, der ihm mit kalter Hand ins Gesicht schlug. Zitternd und zähneklappernd stand er unter dem riesigen Galgen, der besonders groß sein musste, damit die Besatzungen der einlaufenden Schiffe ihn bereits aus der Ferne erkennen konnten und Fremden gleich klar war, dass in dieser Stadt Recht und Ordnung herrschten. Jemand entrollte das Urteil und las es im Beamtentonfall vor, auf dem Papier prangte ein rotes Wachssiegel, an dem eine goldfarbene Quaste flatterte, und schließlich wurde ihm die Schlinge um den Hals gelegt; ein armdicker, faseriger Strick, der die Haut aufritzte. Das Geräusch der Wellen, die gegen die Pfähle rollten, sich für Sekundenbruchteile darum zu winden schienen, sich wieder zerteilten. Der Geruch der

Innenförde, eine Mischung aus Fischabfall, Algen und den Jauchebächen, die das steile Stadtufer hinab ins Hafenbecken flossen. Ein letzter Blick über steingraues Wasser. Dann der Fall.

Wie immer saß ich nach dieser Beschreibung ein paar Augenblicke vollkommen still und mit einer Gänsehaut da; einer von den guten, die man bekam, wenn man sich fürchterlich gruselte, aber gleichzeitig wusste, dass in echt nichts passieren konnte. Ich warf die Reste meines Döners den Möwen hin, die uns schon vor Minuten in Augenschein genommen und ihre Trippelkreise um uns herum immer enger und enger gezogen hatten. Als sie sich endlich darauf stürzen konnten, wirkten sie geradezu erlöst. Auf dem Rückweg überlegte ich, wie ich Wiebke doch noch überreden konnte, mich besuchen zu kommen. Vielleicht, wenn ich ihr das mit der Galgenbucht erzählte. Es war ja möglich, dass sie die Geschichte gar nicht kannte. Sie würde aber unter uns bleiben müssen, denn ihre Eltern, die ihr sowieso kaum was erlaubten, waren auch streng, was ihre Freundschaften anging. Hatten sie den Eindruck, dass jemand ein schlechter Umgang für Wiebke war, durfte sie in der Schule nicht mehr mit der Person sprechen.

Zu Hause trat ich mir im Flur die Schuhe von den Füßen und ging direkt ins Bad, um mir die von der Dönersoße klebrigen Hände zu waschen. Ich hörte, wie Kai die Schlafzimmertür öffnete, um nach unserer Mutter zu sehen.

»Scheiße!«

Ich ließ das Wasser laufen und rannte durch den Flur, von meinen Händen spritzten Tropfen. Ich stolperte ins

Schlafzimmer. Kai stand über unsere Mutter gebeugt am Bett und rüttelte an ihr. Sie hatte die Augen geöffnet, schien aber weggetreten.

»Sie ist total heiß, und ich krieg sie gar nicht richtig wach«, sagte Kai, griff nach meinem Arm und zog mich heran. »Ich muss die Rettung rufen, mach du hier weiter! Gib ihr eine Ohrfeige, wenn's sein muss, egal!«

Er stürmte aus dem Schlafzimmer.

Ich setzte mich und umklammerte eine Hand unserer Mutter. Während mein Bruder im Wohnzimmer telefonierte, redete ich auf sie ein, dicht an ihrem Ohr.

»Du musst jetzt wirklich wach werden, Mama.« Dann, lauter: »Wenn du nicht wach wirst, sagt Kai, soll ich dir eine runterhauen. Ich will das aber nicht.«

Tatsächlich drehte sie daraufhin den Kopf und sah mich an. Ihre trockenen Lippen rissen auf, als sie sie öffnete, um etwas zu sagen, daher reichte ich ihr das Wasserglas, das immer auf dem Nachttisch stand, und half ihr beim Trinken. Ein kleiner Schluck, dann noch einer.

»Das lass mal schön bleiben, das mit dem Hauen«, flüsterte sie schließlich und brachte sogar so etwas wie ein Lächeln zustande.

»Sie kommen!«, rief Kai.

Eine Viertelstunde später klingelte es an unserer Wohnungstür.

»Anne!«, sagte unsere Mutter, sie deutete auf mich, sah dabei jedoch meinen Bruder an.

»Du weißt Bescheid. Jetzt geh schon«, sagte mein Bruder zu mir. »Und sei leise.«

»Weiß ich doch«, erwiderte ich patzig, ließ die Hand

unserer Mutter widerwillig los und ging in Kais und mein Zimmer, wo ich mich bäuchlings auf den Teppich legte, dicht an der Tür. Ich hörte, wie mein Bruder die Sanitäter in die Wohnung ließ und sie ins Schlafzimmer führte. Sie traten fest auf und trampelten herum wie die Elefanten, ich spürte die Erschütterungen unter mir. Es folgte ein Gespräch, dessen Inhalt ich nicht verstand, zwischendrin sagte mit schwacher Stimme auch unsere Mutter etwas. Dann wurde sie mutmaßlich auf die Transportbahre gehoben und festgeschnallt, und alle trampelten wieder zurück in den Flur.

»Und dein Vater?«, fragte jetzt eine freundliche, tiefe Stimme.

»Ist auf Arbeit«, antwortete Kai.

»Ruf den besser mal an«, sagte die Stimme. »Bei solchen Fällen hat der Chef sicher nix dagegen, dass er ins Krankenhaus fährt. Familie geht immer vor.«

Als sich die Wohnungstür schloss, herrschte für einen Moment Stille. Ich stellte mir vor, wie mein Bruder regungslos im Flur stand und mit den Tränen kämpfte, so wie ich hinter der Tür, dass er ganz flach atmete, um kein verräterisches Geräusch zu machen. Das sähe ihm ähnlich. Er heulte nie. Ich zählte ganz langsam bis hundert, dann traute ich mich heraus.

Kai saß im Schlafzimmer auf dem lederbezogenen Hocker, der zum Schminktisch unserer Mutter gehörte. Der Hocker war zu niedrig für ihn, seine Knie ragten spitz in die Luft. Ich setzte mich neben ihn auf den Boden.

»Was haben die gesagt?«

»Nichts Konkretes. Es könnte eine Infektion sein, also

eine Entzündung, dazu würde das hohe Fieber passen«, antwortete er. »Das wird jetzt im Krankenhaus überprüft. Vielleicht ist sie morgen auch schon wieder zu Hause, wenn man es schnell in den Griff bekommt. Die meinten, vielleicht braucht sie nur ein Antibiotikum.«

»Also ist es nicht gefährlich?«

»Es ist nicht gefährlich, weil sie jetzt im Krankenhaus ist und man sich dort um sie kümmert«, sagte Kai. »Aber es ist gut, dass wir zwei nicht noch länger weg waren.«

»Sind wir schuld?«

»Wie kommst du darauf?«

»Vielleicht hätten wir früher was merken können. Ihr ging es doch den ganzen Tag schon schlecht.«

»Wir müssen jetzt auf jeden Fall eine Tasche für Mama packen«, sagte Kai, meinen Kommentar ignorierend. »Du kannst aussuchen, was wir ihr zum Lesen mitgeben. Ein Buch oder eine Zeitschrift. Oder du schreibst ihr einen Brief und malst was dazu. Okay?«

»Okay.«

»Und dann machst du deine Hausaufgaben.«

»Ich hab gerade keine Lust auf Hausaufgaben. Echt nicht.«

»Das ist mir egal.«

»Nein. Du kannst mir nichts befehlen.«

»Anne, mach es nicht schwerer, als es sein muss, okay?«, seufzte er und wollte aufstehen, doch ich hielt ihn fest, zog ihn mit aller Kraft zu mir herunter, sodass er sich am Schminktisch festhalten musste, um nicht umzufallen.

Er gab auf und setzte sich wieder; ließ zu, dass ich auf

seinen Schoß kletterte. Dann heulte ich in seine Schulter hinein.

Der Befund aus der Notaufnahme lautete Nierenbeckenentzündung. Unsere Mutter war übers Wochenende im Krankenhaus geblieben, und als sie nach Hause kam, gab es zwischen ihr und Kai einen Riesenstreit. Er warf ihr vor, uns nicht Bescheid gegeben zu haben, dass sie Fieber und, wie sich herausstellte, andere Symptome gehabt hatte: pochende Schmerzen, Beschwerden beim Pinkeln und Blut im Urin. Ob sie noch alle Tassen im Schrank habe, uns das zu verheimlichen, schrie Kai, und unsere Mutter schrie zurück mit ihrer perfekt ausgebildeten, kräftigen, sich in schrillste Höhen schraubenden Stimme, sodass ich praktisch nichts mehr verstand.

»Wir müssen uns unterhalten«, sagte sie ein paar Tage später zu Kai und mir und hatte dabei wieder einen ihrer Spickzettel in der Hand.

Ich schielte darauf. Selbst verkehrt herum und in der Krakelschrift unserer Mutter konnte ich meinen Namen sofort entziffern und bekam ein flaues Gefühl im Magen. Daher bestand ich darauf, zunächst unsere Höhle zu bauen. Kai half. Zum Schluss war ich aber doch die Einzige, die unter die Decken kroch, denn er war zu groß, und unsere Mutter konnte nicht mehr auf dem Fußboden sitzen, weswegen sie auf einem Stuhl Platz nahm. Sie raschelte mit dem Zettel in der Hand, und Kai lehnte sich auf der Couch zurück, wo er die Arme vor der Brust verschränkte und energisch am Band seines Kapuzenpullis kaute.

»Ihr erinnert euch, dass mir Anfang des Jahres meine

Reha bewilligt wurde?«, begann sie. »Es ist so: Die geht drei Wochen. Und fällt in den Zeitraum eurer Sommerferien. Ganz zu Anfang. Das kann man sich nicht aussuchen, das wird einem zugeteilt.«

Ihr Blick sprang zwischen Kai und mir hin und her. Es war ein sorgenvoller Blick. Im Gesicht meines Bruders spannten sich nach und nach überall kleine Muskeln an, es sah aus, als grabe sich etwas ganz langsam unter seiner Haut durch.

»Ja?«, fragte er. »Und weiter?« Er fixierte unsere Mutter. »Ich sehe hier kein Problem. *Du* gehst in deine Reha; *Anne* fährt zu Klaus nach Berlin, und *ich* …«

»Ich will nicht zu Klaus!«, protestierte ich aus der Höhle.

»Sie will nicht zu Klaus, da hörst du es«, sagte unsere Mutter. »Ich werde sie nicht zwingen, wenn sie nicht möchte.«

»Das war anders abgemacht!«, fauchte Kai.

Jetzt war ich diejenige, die zwischen den beiden hin- und herschauen musste. Wann hatten sie darüber geredet? Und warum ohne mich?

»Komm schon, sie ist elf. Du wirst sie nicht vierundzwanzig Stunden am Tag babysitten müssen«, sagte unsere Mutter und riss mich aus meinen Gedanken. »Kai, bitte. Ich brauche deine Hilfe. *Wir* brauchen deine Hilfe. Es geht nur zusammen.«

Ihr Tonfall war flehend, was ihr nicht leichtfallen konnte. Es war still zwischen uns dreien. Ich kroch aus der Höhle und setzte mich zu den Füßen meines Bruders. Von so weit unten wirkte er echt riesig. War er in den vergangenen Monaten etwa noch mal gewachsen? Unsere Mutter hatte kurz nach der Pisa-Reise aufgehört, seine Körpergröße mit Bleistift am Türrahmen zu markieren, weil sie einfach nicht mehr bis an seinen Scheitel heranreichte.

»Ja«, knurrte Kai, »dann ist das wohl so.«

Er stand auf.

»Wo gehst du hin?«, fragte unsere Mutter.

»Nirgendwohin!«, rief er, seine Stimme hatte einen aggressiven Unterton, den ich gar nicht von ihm kannte. »Wo soll ich deiner Meinung nach schon hingehen, Elli?«

Er verließ den Raum und knallte die Tür zu. Eine Sekunde später ging sie noch mal auf.

»Und tu nicht so, als würdest du das allein wegen Anne machen. Du schiebst sie bloß vor. In echt hast du Angst vor Klaus. Du hast Angst, dass er rausfindet, wie schlecht es dir geht, und dass er sich einmischt!«

Wieder warf er die Tür zu, diesmal blieb sie geschlossen. Unsere Mutter atmete tief ein und wieder aus.

»Ich hab Hunger«, sagte ich schnell, um sie abzulenken und ihr etwas zu tun zu geben.

»Du hast recht, es ist eigentlich schon Abendbrotzeit. Worauf hast du denn Lust?«

»Suppe.«

Das stimmte zwar genauso wenig wie das mit dem Hunger, aber Suppe konnte unsere Mutter ohne Hilfe zubereiten, und ich spürte, dass sie das gerade brauchte. Sie ging in die Küche, und obwohl sie die Tür hinter sich schloss, hörte ich alles ganz genau, weil ich den Ablauf im Detail kannte: wie sie sich einen Stuhl vom Tisch an den Herd schob, den Wasserkocher einschaltete und die oberste

Schublade mit den Fertigsuppen aufzog. Wie sie die Tüten, eine nach der anderen, herausnahm, begutachtete und wieder zurücksteckte wie Karteikarten: Buchstabensuppe. Kartoffelcremesuppe. Frühlingssuppe. Hühnersuppe. Die Schublade wurde wieder geschlossen, offensichtlich hatte sie sich für eine Sorte entschieden. Papier wurde aufgerissen. Während der nächsten halben Stunde würde ich sie nun nicht stören, sondern sie dort sitzen und mit dem Holzlöffel im Topf rühren lassen, bis sie mich bitten würde, schon mal den Tisch zu decken. Ich wusste nicht, wie sie sich einreden konnte, dass ich keine Ahnung von der Existenz der Tütensuppenschublade hatte oder dass ich nicht in der Lage war, Instantpulver mit heißem Wasser von echter Suppe zu unterscheiden, aber darum ging es mal wieder nicht. Es ging bei uns *nie* um das, worum es *wirklich* ging. Gern hätte ich Kai gefragt, ob das seiner Meinung nach bei anderen Familien auch so war, aber ich traute mich nicht, zu ihm zu gehen. Stattdessen machte ich vorsichtshalber eine Faust.

9

Sechzehn Uhr dreißig, sechzehn Uhr fünfundvierzig, siebzehn Uhr. Bis wir erlöst werden, kann es im schlechtesten Fall noch eine weitere Stunde dauern. Zuerst wollte die Feuerwehr überhaupt nicht kommen. Von »Schafe? Ach was, die gehen schon wieder weg« bis »So ist das eben auf dem Land« war jedes blöde Argument vertreten, um nicht ausrücken zu müssen. Ich blieb hartnäckig. Schließlich hieß es, okay, aber es könne dauern, sie kämen aus der Nähe von Wesselburen, und es gäbe die ein oder andere Baustelle auf dem Weg. Das »Sie hysterische Gans« zum Schluss konnte sich der Mann, mit dem ich sprach, gerade noch verkneifen. Ich werde nie verstehen, warum man manche Leute praktisch zwingen muss, einfach nur ihren beschissenen Job zu machen. Von meinem neuen Platz auf der Rückbank beobachte ich die fressenden Schafe. Das Gras leuchtet sattgrün im Sonnenlicht. Eine Szenerie wie aus einem Nordfriesland-Wandkalender für Touris, fehlt nur noch der Leuchtturm im Hintergrund. Aber ich glaube, den photoshoppen sie eh nachträglich überall rein; so viele Leuchttürme gibt's in echt gar nicht. Ich greife nach meinem Handy und mache Fotos von den Tieren, dem Gras, dem Himmel. Ich weiß nicht, warum. Kann sein, dass ich irgendwann in der Zukunft einen Beweis dafür will, dass das alles hier tatsächlich passiert ist und ich nicht einfach schlecht geträumt habe. Eine große, bläulich schimmernde Fliege, die in Nordstrand ins Wageninnere gelangt sein muss, prallt wieder und wieder gegen das Glas der Frontscheibe; ihr zorniges Brummen ist das einzige Geräusch hier drin.

Irgendwann räuspert sich Kai. »Das mit der Sucht ist nicht von jetzt auf gleich passiert, das war ein schleichender Prozess, weißt du«, sagt er. »Fentanyl ist wie Heroin, aber viel stärker, so etwa fünfzig Mal. Das wusste ich anfangs nicht. Ich meine, wer kann das wissen?«

Ich weiß das. Ich, die alle Zahlen kennt, die es in diesem Zusammenhang gibt, bis hin zur Summenformel von Fentanyl, $C_{22}H_{28}N_2O$. Mein Bruder scheint aber sowieso eher mit sich selbst zu sprechen.

»Ich dachte, okay, es ist ja keine *echte* Droge, es ist ein Medikament, das Ärzte verschreiben und Leute auch im Krankenhaus bekommen – wie schlimm kann es sein?«, macht er weiter. »Jahrelang habe ich gehört, dass ich vom Alkohol wegmuss, dass ich nicht so viel kiffen soll und so weiter. Und das habe ich geschafft, Anne. Ich hab zwar selber nicht mehr daran geglaubt, aber ich hab es mithilfe meiner Freundin … also, meiner Ex … hingekriegt, die hat mir so was von den Arsch gerettet. Nur, den Druck und die Anspannung, die bin ich nicht losgeworden, das kam alles wieder. Der Druck, die Anspannung, die schlechten Gedanken. Alles, was mich irgendwie immer schon von innen aufgefressen hat …«

Er scheint mein Auto mit einem Beichtstuhl zu verwechseln, was zu dem Kai, den ich von früher kenne, gar nicht passt. Womöglich Nachwirkungen der Therapie. Kann sein, dass er dort einer dieser Menschen geworden ist, die, um halbwegs stabil zu bleiben, zwanghaft immer auf Sendung sein, das Geschehene bei jeder Gelegenheit rekapitulieren müssen. Meinetwegen, wenn's hilft. Nur möchte ich da nach Möglichkeit herausgehalten werden.

»Na ja, und da habe ich es eben probiert. Fentanyl. Eine Mischung von einem Kumpel, also Pulver, zum Schnupfen. Das war richtig gut. Ich konnte endlich entspannen, durchschlafen, sogar wieder arbeiten. Es war wie so eine Rüstung, die nichts Negatives durchgelassen hat. Aber irgendwann habe ich gemerkt, dass ich wieder süchtig bin. Das war ein beschissenes Gefühl. Du Versager, du Loser, das habe ich jeden Tag gedacht, wenn ich in den Spiegel geschaut habe.«

Er sollte sich, sobald er in seinem Wohnheim angekommen ist, rasch wieder einen Therapeuten suchen, denen bluten so schnell nicht die Ohren. Immerhin habe ich mittlerweile den Eindruck, dass er mir keinen Quark erzählt. Dass er wirklich in dieser Klinik war. Was mich überzeugt hat, ist weniger seine Suchtgeschichte, sondern sein vorhin enthusiastisch vorgetragenes Wissen über diese Schafe – Fjordschafe, oder wie er sie genannt hat. Ich traue ihm schlichtweg nicht zu, sich das extra angelesen zu haben, nur um mich zu verarschen.

Ich massiere mir den Punkt zwischen Augenbrauen und Nase, hinter dem sich ein unangenehmer Druck aufgebaut hat.

»Gib mir mal die Wasserflasche, die müsste bei dir liegen«, unterbreche ich seinen Redefluss.

Mein Bruder kramt im Fußraum des Beifahrersitzes herum, fördert die Flasche zutage und reicht sie mir nach hinten. Ich nehme sie entgegen und trinke in großen Schlucken.

»Entschuldige«, sage ich, als mein Durst gestillt ist, »was hast du zuletzt gesagt?«

»Dass ich mich wie ein Versager gefühlt habe.«

»Nee. Das davor. Was mit einer Rüstung.«

»Ach so. Das war nur so ins Blaue hinein, ich kann es nicht besser beschreiben. Ich meinte damit, dass Fentanyl gemacht hat, dass ich mir unverwundbar vorkam. Eine Zeit lang zumindest. Das Problem war nur, irgendwann waren alle Gefühle weg, nicht nur der Druck und die Anspannung und die Traurigkeit und die Angst, sondern auch die Freude und alles, was gut ist. Es hat mir nichts mehr Spaß gemacht. Ich hab nicht mal mehr was geschmeckt oder gerochen. Ich war wie innerlich tot. Und dann brauchte ich täglich meine Dosis, um überhaupt aufstehen zu können. Und wenn ich dann mal aufgestanden war, wenn ich dann mal geschafft hatte, Zähne zu putzen, hat trotzdem nichts Sinn gemacht. Manchmal dachte ich, ich nehm jetzt einfach eine Überdosis und gut.« Er schnauft. »Aber der kurze Zeitraum davor – der unverwundbare, der mit der Rüstung – war schön. Davon habe ich immer geträumt.

Von, ja, von Frieden irgendwie. Auch wenn das für dich wahrscheinlich kitschig klingt.«

»Wieso?«

Er zuckt mit den Schultern. »Würde zu dir passen.«

»Mit Verlaub, du hast keinen blassen Schimmer, was zu mir passt«, entgegne ich ärgerlich. »Lass uns jetzt einfach nur auf die Feuerwehr warten, ich habe eh noch ein paar ungelesene E-Mails.«

Ich zücke demonstrativ mein Handy. Kai beißt sich auf die Lippen, dreht sich weg und sagt nichts mehr. Gut. Ich tippe auf meine Mail-App, doch ich komme nicht dazu, die Nachrichten zu öffnen, weil ich abgelenkt bin. Ich muss nämlich an Helga denken – eine der wenigen niedergelassenen Neurologinnen in meinem Zuständigkeitsbereich –, die ich für meinen Vortrag interviewt habe. Helga, die in ihrer Praxis auf das Du besteht, vom Patienten über die Arzthelferin bis zur Reinigungskraft; die niemals Kittel trägt, sondern bodenlange Röcke und eine mit Nadeln festgesteckte Zopfkrone; deren Gesicht vom Ketterauchen immergrau ist, mit Falten, so tief wie mit dem Messer gezogen, sodass ihr Alter unmöglich zu erraten ist. Auf jeden Fall könnte sie in Rente sein. Längst. Macht aber weiter. Eines Tages wird sie am Schreibtisch ihres nikotinbraunen Sprechzimmers kollabieren und mit dem Stift in der Hand sterben. Sie imponiert mir. Helga jedenfalls hat in unserem Gespräch etwas gesagt, das sich mit Kais Erfahrung deckt – etwas in die Richtung, dass man Gefühle nicht selektiv unterdrücken könne. Betäube man die schlechten, fühle man auch die guten irgendwann nicht mehr, und eine Abwärtsspirale setze ein.

»Das ist so ein Alles-oder-nichts-Prinzip«, hatte sie es zusammengefasst, sich in ihren Rattansessel fallen lassen und sich einen Zigarillo angezündet. »Gemein, nicht?«

Ich hatte mit den Schultern gezuckt. »Es wird schon einen Sinn dahinter geben.«

»Welchen Sinn haben denn negative Gefühle deiner Meinung nach überhaupt? Welchen Sinn hat Schmerz?«

»Den Sinn, etwas zu lernen?«

»Das ist richtig. Aber irgendwann hat man ja ausgelernt, oder? Irgendwann weiß man, dass Feuer heiß ist. Was ist mit Schmerz, der immer wiederkommt? Oder der einfach nicht aufhört?«

»Was soll das, Helga?«

»Ich bin einfach neugierig!«

»Sag du es mir.«

»Na gut.« Sie hatte kryptisch gelächelt und abgeascht. »Tja, wo fangen wir an. Am Anfang vielleicht. Im Studium – das ist zwar ein paar Jahrzehnte her, stimmt aber immer noch – haben wir folgenden Merksatz gelernt: ›Schmerz ist die Summe aus der Wahrnehmung der physischen Verletzung plus die emotionale und kognitive Reaktion darauf.‹ Es ist wichtig, diese Kopplung bei der Behandlung von Patienten nicht zu übersehen. Denn sie bedeutet, dass Schmerz nicht nur ein Lehrmeister ist, sondern auch selbst erlernt wird. Daraus kann man einiges ableiten. Man muss sich natürlich Zeit dafür nehmen und unterschiedliche Methoden … Was ist los? Du schaust so komisch.«

»Verzeih. Aber das klingt, als wäre einfach alles psychosomatisch erklärbar. Damit kommst du bei mir nicht weit.«

»Ach, Anne.« Sie zog ungeduldig und heftig an ihrem Zigarillo. »Es geht mir lediglich darum, dass Schmerz ein unheimlich komplexes, sehr individuell ausgeprägtes Phänomen ist, das längst nicht abschließend erforscht ist. Auch manche meiner Kollegen vergessen das oder haben es erst gar nicht auf dem Schirm, was dazu führt, dass sie zu schnell zu starke Analgetika verschreiben. In akuten Situationen mag das gerechtfertigt sein, aber nicht in chronischen Fällen; schon gar nicht bei so etwas wie länger anhaltenden Rückenschmerzen. Schmerz auf lange Sicht zu unterdrücken und nicht an die eigentliche Ursache zu gehen, kann wegen der Herabsetzung der Toleranzgrenze sehr gefährlich sein. Der Körper verlernt, den Schmerz von sich aus zu bewältigen. Das ist der Hauptgrund, warum einige Wirkstoffe in Schmerzmitteln so schnell und so massiv abhängig machen.«

Sie kam jetzt komplett auf Betriebstemperatur.

»Außerdem kann nicht jede Art von Schmerz mit Betäubung bekämpft werden. Man muss sich auch mit ihm beschäftigen, und dafür muss man ihn erst einmal zulassen. Er will immer etwas sagen. Um ehrlich zu sein, ich bin dafür, den Schmerz zunächst reden zu lassen. Sein Hauptzweck ist eben doch, ein Warnsignal zu sein. Da sollte man hinhören.«

Helga lehnte sich zurück, streckte den Arm aus und fuhr mit dem Finger die Buchrücken in ihrem Regal entlang. Der Finger stoppte. Sie zog ein dickes Taschenbuch heraus, in dem wie in fast allen ihrer Bücher eine Fülle bunter Markierungen klebte. Sie hielt es in die Höhe.

»Wenn du etwas Erfrischendes dazu lesen willst, empfehle ich dieses hier, ich leihe es dir gern aus.« Sie wartete meine Antwort nicht ab, sondern schlug das Buch auf, blätterte. »Ah, hier: ›Der Schmerz ist die Grenzfläche, an der Psyche und Körper aufeinandertreffen. Er ist Trennungsschmerz, Wundschmerz und psychische Verletzung durch Zurückweisung. Er ist ein Phänomen, welches das ganze menschliche Leben umfasst. Er ist die Grundlage vieler Religionen und Motor der Kultur. Ohne Schmerz keine Kunst, keine Sprache und kein Denken.‹«

Sie legte den Finger auf die letzte Zeile und sah auf.

»Entschuldige bitte«, sagte ich. »Aber das klingt alles etwas romantisierend. Kultur, Kunst, Sprache. Das ist doch für Geisteswissenschaftler.«

Helga lachte kehlig, inhalierte versehentlich zu viel Rauch und hustete.

»Ich glaube einfach, dass das nicht der richtige Ansatz ist, um Schmerz effektiv zu behandeln«, erklärte ich weiter und versuchte, mir meine Irritation nicht anmerken zu lassen. »Damit kann doch niemand etwas anfangen, der im Labor steht und über Jahre versucht, ein neues Medikament zu entwickeln. Da wird mit Mäusen und anderen Tieren gearbeitet. Das ist nun mal die Realität. Und Schwerkranke, Krebspatienten und so weiter, werden ihren Schmerz auch nicht *reden* lassen wollen. Zu Recht.«

»Du wärst verblüfft, wie viele Menschen ihre Schmerzen nicht oder nicht vollständig behandeln lassen, weil sie durch sie immerhin noch spüren, dass sie lebendig sind. Oder weil sie sie als spirituelle Prüfung sehen. Schmerz stiftet auch Sinn, so seltsam das in deinen Ohren klingen mag.«

Kaum hatte sie den letzten Satz ausgesprochen, ertappte ich mich dabei, wie ich mit Daumen und Zeigefinger an meinem Ohrläppchen zupfte. Schnell zog ich die Hand weg.

»Nun …« Helga wurde ernst. »Es gibt jedenfalls kein Leben ohne Schmerz. Und er ist wichtig für den gesellschaftlichen Fortschritt. Wo wären wir, wenn wir nicht anerkennen würden, wie verletzlich wir sind? Wahrscheinlich ausgestorben.«

»Das kann man so nicht sagen«, grätschte ich noch mal rein. »Das ist zu schwarz-weiß gedacht.«

»Findest du? Ich halte es für eine Herangehensweise, die ganz im Gegenteil alle Grauschattierungen berücksichtigt. Eben das ganze Spektrum der menschlichen Existenz.«

»Ich glaube, ich muss jetzt los zu einem Folgetermin«, sagte ich und scharrte mit den Füßen, wie um meine Aussage zu bekräftigen.

Auf der Fahrt zurück nach Hause ärgerte ich mich. Warum hatte ausgerechnet Helga, einer der klügsten Köpfe, die ich kannte, an diesem Tag dazu geneigt, ins nahezu Esoterische abzudriften? Kurz überlegte ich, die Aufnahme von meinem Handy zu löschen, brachte es dann aber doch nicht übers Herz und tippte am Abend alles sauber ins Protokoll. Dabei, das weiß ich noch, markierte ich den Ausdruck »Herabsetzung der Toleranzgrenze« im Text farbig – als hätte mein Unterbewusstsein geahnt, dass ein Paradebeispiel dafür bald neben mir auf dem Beifahrersitz Platz nehmen würde. Ich sehe zu Kai, doch er sitzt weiterhin von mir abgewandt, schaut aus dem Fenster.

Sein linkes Knie wippt unkontrolliert und schlägt von unten rhythmisch gegen das Gehäuse des Handschuhfachs.

Ich öffne die Notiz-App und klicke mich durch die Dokumente, die dort abgespeichert sind, suche das Helga-Protokoll. Vielleicht kann ich dieses Thema – die Herabsetzung der Toleranzgrenze als Gefahr bei der längerfristigen Einnahme von Opioiden – heute Abend noch schnell als Fußnote in meinen Vortrag einarbeiten, der Vollständigkeit halber. Heute Abend, das klingt sehr weit weg. Wie ich mich nach meinem Hotelzimmer sehne. Ich scrolle und scrolle und halte inne, als der Ordner mit dem Titel »Risiken« vorbeihuscht. Stimmt. Den habe ich bereits vor Monaten angelegt und mit Inhalt befüllt, dann aber ignoriert. Es schien mir einfach kontraproduktiv, mit negativen Aspekten womöglich die Stimmung im Plenum runterzuziehen. Das kann ich mir nicht leisten, zumal ich bei den Kollegen sowieso nicht beliebt bin. Einen Stein im Brett habe ich nur bei Petersen, und auch das wahrscheinlich nicht mehr lange. Von meinen Plänen, bei der nächsten Gelegenheit in den Innendienst zu wechseln, weiß er nämlich nichts; allerdings wird er sich spätestens morgen, nach meinem Vortrag, seinen Reim darauf machen können. Ich hätte es ihm früher beibringen sollen. Bloß hätte er dann versucht, mich umzustimmen. Sollte er mich morgen enttäuscht fallen lassen, muss ich das eben hinnehmen. So etwas wie Nibelungentreue gibt es nicht bei P&H. Nur kleine Seilschaften, die zwei, drei Leute über einen gewissen Zeitraum näher ans Ziel bringen und die sich in Windeseile wieder auflösen können. Warum sollte ausgerechnet ich die Ausnahme sein? Wir müssen alle sehen, wo wir bleiben.

Trotzdem. Sobald ich im Innendienst angefangen habe, werden schon die Ersten darauf lauern, dass ich einen Fehler mache oder anderweitig unterperforme, damit sie nachrücken können. Aschmann und Adler, klar. Aber ich traue dergleichen auch Bertel, Voss und Bruckner zu. Um das zu verhindern, werde ich möglichst schnell zeigen müssen, dass ich nicht so leicht zu ersetzen bin, gerade weil ich über den Tellerrand gucke. Dass ich mich so gut auskenne und so fest im Sattel sitze, dass ich nicht mal kritische Untertöne scheuen muss. Es könnte daher sogar eine kluge Strategie sein, morgen das Suchtpotenzial von Opioiden, insbesondere das von Fentanyl, anzusprechen. Zumal ich die Bilder aus den YouTube-Dokus, die ich mir angesehen habe, nicht vergessen habe: die bewusstlosen Konsumenten auf amerikanischen Supermarktparkplätzen und in den Hinterhöfen von Fast-Food-Restaurants. Die älteren Frauen, die an Ampelkreuzungen Broschüren unter Scheibenwischer klemmen oder Pappschilder hochhalten, auf denen *Don't start!* oder *We can help you!* steht, neben Fotos ihrer an einer Überdosis verstorbenen Enkel. Fast eine Million Menschen inzwischen – das Wort Epidemie ist in diesem Zusammenhang gar nicht falsch. Klar, das ist Amerika; da ist immer alles größer. Aber erst vor Kurzem hat mein Google Alert einen *Mopo*-Bericht angezeigt, in dem erwähnt wurde, dass Fentanyl insbesondere in der Hamburger Drogenszene immer häufiger auftauche. Den online wiederzufinden, dürfte nicht so schwer sein.

Groteskerweise wäre Kai, ausgehend von den Bruchstücken, die ich aus seinem Monolog aufgeschnappt habe, ein anschaulicher Worst Case. Statt ihn nach Lübeck zu kutschieren, müsste ich ihn eigentlich nach Hamburg mitnehmen, dem Kollegium vorstellen und meine Einleitung entsprechend ergänzen, etwa so: »Synthetische Opioide wie Fentanyl werden bei starken bis sehr starken Schmerzen eingesetzt. Sie sind für Schwerstkranke gedacht und für den Palliativbereich sogar unersetzlich, außerhalb dessen jedoch maximal noch für Frauen unter der Geburt, für Frischoperierte und Frischverunfallte. Die Behandlungsdauer sollte aufgrund des Abhängigkeitspotenzials in diesen Fällen wenige Stunden bis Tage nicht überschreiten.« Dann ein kurzer inhaltlicher Schlenker zu der diesbezüglich teils haarsträubenden Unwissenheit innerhalb der Ärzteschaft, vor allem in ländlichen Gegenden. Denn hier hat Helga recht: Manchmal ist auch ein unprofessioneller Umgang mit den Patienten der Grund des Übels. Es gibt Mediziner, oft Allgemeinärzte, die sich aus falsch verstandenem Mitgefühl dazu breitschlagen lassen, Rezepte auszustellen, die es eigentlich nicht bräuchte. Und selbst wenn jemand den Wirkstoff in einer Praxis nicht mehr bekommt, geht er eben zur nächsten und versucht es dort. Am Ende beziehen die Abhängigen den Stoff auf dem Schwarzmarkt oder im Darknet, weil ihnen niemand mehr was verschreiben will und selbst die Apotheken die jeweiligen Kandidaten schon kennen.

Und genau hier, an dieser Stelle, würde ich mich an Kai wenden, ihn den Faden aufnehmen und seine Geschichte erzählen lassen, die Geschichte einer Opioidsucht: wie die Substanz die in seiner Haut, seinen Gelenken und seinen inneren Organen sitzenden Nozizeptoren desensibilisierte, wie der Stoff dann aufgrund wiederholter Anwendung zur Toleranzentwicklung und infolgedessen zur Abhängigkeit führte und bereits wenige Wochen später nur noch konsumiert wurde, um die Entzugssymptome in Schach zu halten. Applaus, Händedruck, Aufwandsentschädigung von hundertfünfzig Euro. Aber ich werde meinen Bruder selbstverständlich nicht derart vorführen. Ich mag ehrgeizig sein, ohne Anstand bin ich nicht. Der Aspekt der Aufklärungsarbeit kommt mir jetzt aber dennoch sehr viel relevanter vor als noch heute Morgen oder auch nur vor zehn Minuten. Hat Helga nicht auch dazu etwas gesagt? Ich scrolle weiter, und endlich finde ich ihn, den Ordner mit der Gesprächsaufzeichnung und dem dazugehörigen Protokoll. Ich öffne das Dokument und überfliege es. Da erinnere ich mich wieder ganz plastisch.

»Ich habe gehört«, hatte sie gesagt, »dass ihr bei Palmerston & Hendricks plant, ein transdermales Pflaster mit Fentanyl auf den Markt zu bringen.«

»Das ist richtig. Es ist für den Einsatz in der Palliativmedizin gedacht.«

»Versteh mich nicht falsch, aber – ernsthaft ein Pflaster? Das schreit geradezu nach Missbrauch, so einfach, wie das von Laien angewandt werden kann. In Amerika kochen sie diese Pflaster aus und spritzen sich den Sud …«

»Das Pflaster ist, wie ich schon sagte, für Palliativpatienten mit unfassbar starken Schmerzen gedacht. In dieser Verabreichungsform ist es praktischer und schonender als Tabletten oder Spritzen. Natürlich müssen gewisse Präventionsmaßnahmen getroffen werden. Aber unsere Verantwortung liegt in erster Linie bei den Patienten, nicht bei missbräuchlich Konsumierenden.«

»Das sehe ich anders.«

»Was denn?«, entfuhr es mir ungeduldig. »Sollen wir Vorhängeschlösser für die Medikamentenschränke mitliefern, oder was?«

»Anne«, sagte Helga streng, »ich spreche von Aufklärung. Rigoroser, flächendeckender Aufklärung. Eure Verantwortung geht wesentlich weiter, als ihr euch weismachen wollt!«

Ich verstand zu dem Zeitpunkt nicht, wie sie darauf kam, mich für konzernstrategische Entscheidungen, mit denen ich nichts zu tun hatte, in die Zange zu nehmen. Aber mir dämmert allmählich, dass ihre Forderungen durchaus Sinn ergeben. Sollte das Pflaster tatsächlich im großen Stil missbräuchlich verwendet werden, wäre das nicht nur für die Betroffenen katastrophal, sondern auch für die Reputation von P&H. Das Pflaster müsste eventuell sogar vom Markt genommen werden. Damit wäre den Menschen in den Hospizen nun wirklich nicht geholfen. Also gut. Wahrscheinlich könnte ich zunächst mal mit dem Marketing sprechen, das Ganze ein bisschen schillernd verpacken. *Because we care.* Könnte darauf pochen, dass man den Claim doch am besten umsetzt, indem man Vertrauen in der Ärzteschaft und unter den Patienten erzeugt und proaktiv über die Risiken von Fentanyl-Missbrauch informiert. P&H könnte Plakatkampagnen sponsern, Leaflets in Druck geben und in Praxen, Kliniken und Jugendzentren verteilen, entsprechende TV-Dokumentationen mit Fördergeldern unterstützen. Das Unternehmen würde damit Flagge zeigen, sich positiv abheben und beweisen, dass ihm das Wohl der Patienten über alles geht. Und ich könnte mich störungsfrei darauf konzentrieren, das Fentanyl-Pflaster innerhalb der Palliativmedizin zu pushen, da, wo es hingehört. Möglich, dass dann auch einige Suchtbiografien einen anderen Verlauf nähmen oder gar nicht erst entstünden. Ich werfe einen Blick auf Kai, der an seinem Daumennagel knabbert. Er beißt die Spitze ab und spuckt sie in seine hohle Hand, dann macht er mit dem Zeigefinger weiter. Er wirkt wie ein Teenager, angestrengt um Gleichgültigkeit bemüht.

10

Es war ein Sammeltaxi in Form eines silbernen Kleinbusses, das unsere Mutter am ersten Tag der Sommerferien morgens um acht an der Haustür abholte. Einige Sitzplätze im Bus waren bereits belegt, hinter den Fenstern sah ich mehrere alte Frauen mit eisengrauen und weißen Dauerwellen und einen Mann, dem ein dünner Plastikschlauch unter der Nase saß. Der Fahrer nahm Kai die Reisetasche unserer Mutter aus der Hand und wuchtete sie ins Gepäckfach, sichtlich überrascht von ihrem Gewicht. Wir grinsten und blickten zur Seite. Unsere Mutter hatte darauf bestanden, eine ganz bestimmte Musikauswahl mitzunehmen – abgesehen vom Werk ihres geliebten Georg Friedrich Händel waren die Klavierkonzerte von Brahms und die Orgelsonaten von Mendelssohn Bartholdy darunter; das goldene Callas-Doppelalbum, diverse Belcanto-Arien, geistliche Chormusik –, und sich am Ende mit sich selbst auf etwa dreißig CDs samt Kunststoffhüllen einigen können. Eine Plastikmappe, in die man zum leichteren Transport nur die Scheiben hätte stecken können, kam für sie nicht infrage, da sie Kratzer befürchtete. So war in ihrem

Gepäck letztlich kaum Platz für Kleidung und Toilettenartikel geblieben. Aber das war unserer Mutter egal. Sie fand, ein Bademantel würde an den meisten Tagen wohl genügen, sie fahre schließlich nicht nach St. Tropez, sondern nach Büsum.

Kaum dass wir ihr in den Bus geholfen und sie zu einem Platz am Fenster gebracht hatten, packte sie die Tupperdosen mit dem Proviant aus, Butterbrote, Müsliriegel und eine Capri-Sonne.

»Ich kann nicht anders, das ist die Nervosität«, sagte sie entschuldigend, während sie in eins der Brote biss.

»Sie sagt, sie muss jetzt schon ihre Butterbrote essen, weil sie so nervös ist«, wiederholte ich betont langsam und, wie ich hoffte, ausreichend vorwurfsvoll in Kais Richtung, der neben uns mit seinem Handy beschäftigt war.

»Hm?«

»Du tippst die ganze Zeit!«, sagte unsere Mutter. »Seit wir aufgestanden sind, hast du das Ding überhaupt nicht aus der Hand gelegt.«

»Ach, komm, du übertreibst.«

»Wenn ich ein eigenes Handy habe, werde ich auch den ganzen Tag mit Wiebke SMS hin- und herschreiben und nicht mehr mit dir reden!«, fügte ich hinzu.

Kai sah von mir zu unserer Mutter und wieder zurück, dann steckte er seufzend sein Telefon ein.

»Pass auf Anne auf!«

Kai nickte. »Klar.«

Er drückte mir einen Kuss aufs Haar. Dann stiegen wir aus. Der Bus fuhr los. Stumm winkten wir unserer Mutter nach, mutmaßlich in dieselben Gedanken versunken: Hoffentlich waren die Pflegekräfte und Ärzte und die anderen Patienten nett zu ihr. Hoffentlich hatte sie ein bequemes Bett und hoffentlich half ihr jemand dabei, die Knöpfe auf dem Discman zu drücken, damit sie ihre Lieblingslieder hören konnte. Hoffentlich hörte sie nicht so viel, dass die Batterien zu schnell leer waren, denn dann konnte sie sehr schlechte Laune kriegen.

»Und jetzt?«, fragte ich.

»Erst mal einkaufen«, antwortete Kai.

Im Supermarkt lief ich zielstrebig los, fühlte in meiner Jackentasche nach dem Plan, den unsere Mutter für die Lebensmitteleinkäufe der kommenden Wochen geschrieben hatte. Am Abend zuvor hatte sie bis kurz vor zehn Uhr vor diversen Supermarktbroschüren mit aktuellen Sonderangeboten gesessen und mit Kugelschreiber und Taschenrechner günstige Rezepte zusammengestellt, die wir mit den einzelnen Posten auf der Liste kochen sollten. Erwartungsgemäß hatte sie darauf geachtet, dass bei jedem Gericht Gemüse dabei war, und ich überlegte, ob wir wohl die Zwiebeln, den Sellerie und einiges andere zufällig vergessen konnten. Kai, der den Einkaufswagen geholt hatte, legte mir auf Höhe der Backwaren die Hand auf die Schulter und hielt mich fest.

»Vergiss das«, sagte er und nahm mir den Zettel unserer Mutter aus der Hand. »Wir kaufen jetzt, worauf wir Lust haben. Pizza, Eis, deine Dings, wie heißen die? Milky Ways. Haben wir uns verdient.«

Er zwinkerte mir zu. Offensichtlich hatte er Spaß daran, sich über die Regeln unserer Mutter hinwegzusetzen, und ich bildete mir ein, nein, ich hätte schwören können, dass seine Ohren dabei wuchsen und spitz wie die eines Fuchses wurden.

»Sie wird verdammt sauer sein, wenn das rauskommt.«

»Wird es ja nicht.«

Er meinte es wirklich ernst.

»Okay. Aber es war deine Idee.«

Kai nickte. »Absolut.«

Ich grinste zaghaft.

Womit wir den Einkaufswagen innerhalb der nächsten Stunde befüllten, bildete ziemlich genau das ab, was in meinem Bio-Buch beim Thema Ernährung auf der »Ungesund«-Seite stand. Immer, wenn ich dachte, es müsste jetzt eigentlich bis zum nächsten Einkauf reichen, sagte Kai, der Wagen sei noch nicht richtig voll, und ob ich nicht mehr Cola oder Chips haben oder etwas Neues ausprobieren wolle wie tiefgefrorene Salzbrezeln oder American Cheesecake. Ich fragte mich, ob wir das alles tatsächlich aufessen konnten, bis unsere Mutter wieder nach Hause käme. Andererseits wären Unmengen an Chips und Cola und anderen guten Sachen eine hervorragende Gelegenheit, nochmals Wiebke zu uns nach Hause einzuladen. Sie könnte die letzten Folgen von *Big Brother* mitbringen, die ihre große Schwester auf Video aufgenommen hatte, und dann könnten wir den Nagellack ausprobieren, den ich bei Schlecker in der Reduziert-Kiste gefunden hatte. All die Dinge machen, die die anderen Mädchen in unserer Klasse machten. Es waren nicht unbedingt die, die ich auch gern machen wollte, aber ich wusste, dass sie Wiebke gefallen würden, und das reichte mir. Ich würde sie fragen, sobald sie aus dem Familienurlaub auf Sylt zurück war. Kommenden Sonntag schon.

Kai und ich packten die Einkäufe in unsere Rucksäcke und in den Trolley, mussten an der Kasse aber noch zwei Extratüten dazukaufen, um alles unterzubringen. Schnaufend kamen wir vor unserer Wohnung an, wo wir Herrn Aurich und seinem Hund begegneten, der aufgeregt an meiner Tüte schnüffelte. War es wegen der Bockwürstchen, die sich darin befanden? Aber wie konnte er das wissen? Die Würstchen waren doch eingeschweißt und lagen ganz unten. Es war, als könnte er durch die Tüte sehen. Ehrlicherweise traute ich diesem Hund sogar zu, durch die Wände in unserem Haus sehen zu können. Was natürlich bedeutete, dass er auch durch Decken und Fußböden sah. Womöglich stand er regelmäßig direkt über Kais und meinem Zimmer oder über dem Schlafzimmer unserer Mutter und beobachtete uns. Ich schob den Hund mit meinem nackten Bein zur Seite, etwas fester, als nötig gewesen wäre; durch die ruckartige Bewegung riss einer seiner langen Speichelfäden, flog durch die Luft und blieb kalt an meiner Haut kleben. Kai und Herr Aurich lachten.

»Da kann er nix für, dass er so sabbert«, sagte Herr Aurich und streichelte seinen Hund, wie nur alte Männer ihre Hunde streichelten; nämlich, indem er ihm mit einem Klatschgeräusch zwei, drei Mal die flache Hand gegen die Rippen schlug.

»Wir müssen weiter«, sagte ich mit einem Blick in Richtung Kai und drängelte an unserem Nachbarn vorbei zu unserer Wohnungstür.

Zu Hause räumten wir das Essen in die Vorratskammer und in den Kühlschrank. Ab und zu trat ich einen Schritt zurück und ließ den Anblick der proppenvollen Regale auf mich wirken. Auch wenn wir nicht viel Geld hatten, hatten wir immer noch genug, um uns so viele leckere Sachen zu kaufen. Das bedeutete, dass es uns gut ging. Also ging es auch mir gut. Und ich freute mich tatsächlich sehr auf die kommenden drei Wochen, zumal unsere Mutter Kai gebeten hatte, ein paar Ausflüge mit mir zu machen, zum Strandbad, auf den Museumsberg oder in die Dänische Zentralbibliothek, wo es eine große Leselandschaft gab und Computer, die man kostenlos zum Surfen im Internet benutzen durfte. Ich wollte endlich mal einen dieser Chatrooms ausprobieren, von denen mir Wiebke erzählt hatte.

»Anne.« Kai zog einen Stuhl vom Küchentisch weg und drehte ihn um, sodass die Sitzfläche in meine Richtung zeigte.

»Was ist?«

»Setz dich mal, bitte. Ich möchte etwas mit dir besprechen.«

Ich setzte mich und schob die Handrücken unter meine Oberschenkel. Mein Bruder nahm mir gegenüber Platz und legte seine Hände auf dem Tisch ab, die Finger weit auseinandergespreizt. Ich sah rote Male, die das spritzende Öl in der Küche des Irish Pub auf seiner Haut hinterlassen hatte.

»Eigentlich weiß ich nicht, wie ich es dir am besten sagen soll. Ich sage es einfach so, wie es ist, okay?« Er holte Luft. »Ich fahre heute Abend weg. Nach Kiel.«

»Hä, wieso denn Kiel? Was willst du denn da?«

»Ich gehe morgen früh an Bord eines Schiffs. Eines Kreuzfahrtschiffs. Ich werde dort in der Kombüse arbeiten. Den Job hat mir ein Freund vermittelt, ein Kollege aus dem Shamrock, der auch mitfährt. Es ist gut bezahlt, man bekommt viel Trinkgeld, und man sieht die norwegischen Fjorde, superschön. Das wollte ich schon immer mal machen. Reisen und gleichzeitig Geld verdienen und … na ja, einfach mal für eine Weile hier raus.«

Seine Augen huschten über mein Gesicht, als versuchte er zu deuten, was ich dachte. Ich dachte aber nichts. Weil ich noch nichts von dem, was er gerade gesagt hatte, begriff.

»Also, ich habe da fest zugesagt, und ich will diese Reise unbedingt. Mama wusste davon. Wir hatten das so abgemacht, sie und ich …«

In seiner Stimme vernahm ich ein Zittern. Er biss auf seiner Unterlippe herum, ein kleiner Fetzen löste sich, das Fleisch darunter war dunkelrot mit einem Stich Lila. Sein Handy vibrierte, und er holte es aus der Hosentasche, warf einen Blick auf das Display und wandte sich dann wieder mir zu.

»Du kannst doch … du kannst doch alleine hier bleiben in der Zeit, nicht? Es sind ja nur drei Wochen.«

»Was? Wovon sprichst du?«

Es war, als würde ich unsanft aus dem Schlaf gerissen; ich hatte das Gefühl, mich erst mal im Raum orientieren zu müssen, und sah mich, Kai, die ganze Küche einen Augenblick lang aus der Vogelperspektive. Denn ich war selbstverständlich davon ausgegangen, dass er mich auf dieses Schiff mitnehmen würde. Es war einfach nur natürlich, dass etwas, was ihn betraf, gleichzeitig auch mich betraf. Dass er zwar »ich« sagte, aber mich mitmeinte. Das war doch bislang immer so gewesen.

»Schau mal. Wenn weder Mama noch ich da sind, kannst du hier machen, was du willst! Die ganze Nacht fernsehen. Oder den ganzen Tag über im Schlafanzug rumlaufen.«

Ich schüttelte den Kopf. »Nein. Ich bleibe nicht allein hier, das kannst du nicht machen!«

»Anne.«

»Nein!«

»Aber mein Freund, der wartet doch auf mich.«

»Ist das dieser Alex?«, fragte ich. »Der Name steht immer auf deinem Handy, wenn du eine Nachricht bekommst.«

Kai leckte sich nachdenklich über die Lippen. Der kleine Hautfetzen hing immer noch daran und stand jetzt ein bisschen ab. Am liebsten hätte ich ihn abgerissen.

»Ja, stimmt«, sagte mein Bruder dann. »Aber wo wir gerade von Freundschaften sprechen: Diese Wiebke aus deiner Klasse, die könnte dich doch besuchen kommen, dann wärst du nicht allein. Die könnte quasi hier einziehen. Stell dir mal vor.«

»Das erlauben ihre Eltern nicht, wenn kein Erwachsener hier ist«, sagte ich.

»Davon müssen sie doch nichts wissen.«

»Nein!«

»Anne!«

»Jetzt hör endlich auf mit deinem *Anne*!«, schrie ich.

Kai legte sich die Hände vors Gesicht. Für einen Moment sah es aus, als würde er weinen; doch dann wirkte es eher, als wollte er mich einfach ausblenden, während er nachdachte.

Nun schnaufte er. »Ich habe nur diese drei Wochen. *Wir* haben nur diese drei Wochen. Versteh das doch. Wenn Mama von der Reha zurück ist, geht alles wieder von vorne los.«

Er meinte: das Kümmern. Ich wollte widersprechen. Irgendetwas in der Richtung sagen, dass es doch unsere Mutter war, um die es hier ging, und dass wir ihr versprochen hatten, immer zusammenzuhalten. Aber ich wusste nicht, wie genau ich es hätte sagen müssen, um ihn umzustimmen.

»Anne, schau«, sagte mein Bruder. »Wir haben nur ganz kurz mal so richtig frei. Und das möchte ich nutzen. Ist das denn so falsch?«

»Aber ...«

»Weißt du, ich hätte dir auch einfach einen Zettel hinlegen und abhauen können, während du schläfst!«, fauchte er auf einmal.

»Was?«

Die Vorstellung, eines Morgens allein in einer leeren Wohnung aufzuwachen, jagte mir einen Schauer über den Rücken. Mir schossen die Tränen in die Augen.

Kais Stimme wurde sofort wieder sanft. »Okay, okay, das hätte ich nicht getan! Beruhige dich. Ich hätte es nicht getan!«

Er legte mir eine Hand auf den Arm, doch ich stieß sie weg.

»Ich werde Mama davon erzählen!«

Das war der letzte Trumpf, den ich hatte. Und der einzige.

»Davon kann ich dich nicht abhalten. Ich kann dich nur darum bitten dichtzuhalten, und ich muss darauf vertrauen, dass du es tust.«

Da begriff ich, dass er die Sache durchziehen würde, ganz egal, was ich davon hielt. Ich starrte ihn mit offenem Mund an. Meine Wut auf ihn war riesig, aber genauso groß, das musste ich zugeben, war meine Bewunderung. Dass er eine Entscheidung einfach nur für sich getroffen hatte und die Konsequenzen dafür in Kauf nahm. Dass seine Freiheit ihm wichtiger war als das, was unsere Mutter wollte. Komisch. Die Idee von Freiheit war mir selbst in diesem Zusammenhang noch nie gekommen. Es hätte ja im Umkehrschluss bedeutet, dass wir nicht frei waren, solange unsere Mutter uns brauchte. Wir waren aber doch keine Gefangenen. Oder kam es ihm so vor?

»Weißt du«, Kai strich mir jetzt doch wieder über den Arm, und ich ließ es zu, »wenn etwas sein sollte oder du Hilfe brauchst in dieser Zeit, gehst du einfach hoch zu Herrn Aurich.«

»Auf keinen Fall.«

»Doch! Glaub mir, der ist eigentlich ganz nett.«

Kai stand auf.

»Wo gehst du hin?«

»Packen. Es tut mir leid, aber ich muss mich beeilen.«

»Kai.«

»Was?«

Ich musste schlucken. »Du kommst aber wieder von deiner Reise, oder?«

»Anne! Natürlich komme ich wieder, was ist das für eine Frage? Meinst du, ich lasse dich und Mama im Stich?«

Ich sprang von meinem Stuhl auf, rannte auf ihn zu und umarmte ihn. Ich drückte, so fest ich konnte. Er war eine Flasche Ketchup, aus der ich noch den allerletzten Rest rauskriegen musste.

Er streichelte mir über den Kopf.

»Alle paar Tage duschen und Haare waschen ist aber Pflicht, okay?«, sagte er.

»Du hast gesagt, ich kann machen, was ich will, wenn du nicht da bist«, nuschelte ich gegen sein T-Shirt.

»Na gut, einverstanden.«

Während er packte, saß ich daneben und merkte mir jedes Kleidungsstück, das er aus dem Schrank nahm, zusammenfaltete und in die Reisetasche legte. Die alten, teils schon löchrigen Shirts mit Bart Simpson oder Beavis und Butt-Head vornedrauf würde er wohl beim Arbeiten in der Küche tragen; die Kapuzenpullover nach Feierabend. Die Jeans immer. Vor meinem inneren Auge sah ich meinen Bruder auf dem luxuriösen Schiff, das ich mir mangels Vergleichsmöglichkeiten ein bisschen wie Wiebkes Barbie-Traumschiff vorstellte, nachts rauchend an der Reling stehen und ins pechschwarze Meer aschen. Dabei würde er Musik hören – Nirvana und Queens of the Stone Age oder, wenn er Lust auf Klassisches hatte, seinen Lieblingsgitarristen Pepe Romero – und auf die Küste schauen. Auf winzige Lichtpunkte in würfelgroßen Häuschen.

»Du, warte mal«, sagte ich und holte meinen Schulatlas.

Skandinavien hatte eine eigene Doppelseite. Es war insgesamt sehr grün, die Farbe bedeutete, dass es dort viel Wald gab. Norwegen hatte auch einiges an braunen Flecken, das bedeutete bergiges Gebiet. Die norwegische Küste sah lustig aus, wie ein Fransenteppich.

»Das sind alles Fjorde. So nennt man das, wenn ein Meeresarm ins Landesinnere reicht. Seitlich sind da dann riesige Klippen und Felsen. Es gibt auch einen Felsen, der sieht aus wie ein Troll.« Die Augen meines Bruders glänzten. »Und stell dir vor, ich fahre bis Kirkenes, das liegt an der Grenze zu Russland, schon fast am Polarkreis. Hey …«

Er berührte mich an der Schulter.

»Du musst doch nicht schon wieder weinen.«

»Ich weine nicht.«

Kai stand auf, ging an seinen Schreibtisch und kam mit einer Packung Tempos zurück. Ich fummelte eins heraus und wischte mir übers Gesicht.

»Da hängt noch was.«

Er nahm mir das Taschentuch aus der Hand und rieb mir damit über die Stelle zwischen Nase und Mund.

»Wenn du nicht zurückkommst …«, begann ich.

»Hör auf, so einen Unsinn zu reden!«

»Und wenn du ins Wasser fällst und ertrinkst?«

»Ich kann schwimmen.«

»Aber im kalten Meer?«

»Mir passiert nichts. Ich verspreche es. Ich schwöre auf dich, mich und Mama, dass mir nichts passieren wird und dass ich heil zurückkomme.«

Ich zog die Nase hoch. »Okay.« Mein Blick fiel auf

seine Gitarren, die neben dem Bett an der Wand lehnten. »Nimmst du die eigentlich mit?«

»Die akustische, ja. Alex meinte, die Crew macht oft Musik zusammen, und am letzten Tag gibt es immer ein kleines Abschiedskonzert für die Passagiere. Ich hab schon eine Liste mit Liedern zusammengestellt.« Kai sah auf seine Uhr. »Hm. Ich sollte langsam los, zum Bahnhof.«

»Und wo übernachtest du?«

»Alex und ich schlafen bei einem Kumpel von ihm in Kiel.«

Mein Bruder nahm mich in den Arm, und ich versuchte, seine Körperwärme, seinen Geruch noch einmal in mir aufzunehmen und abzuspeichern.

»Ich kann dich aber auf deinem Handy anrufen, oder?«

»Ja, natürlich. Wenn ich nicht rangehe, rufe ich bei nächster Gelegenheit zurück. Ehrenwort.«

»Okay.«

Kai ließ mich los und nahm mein Gesicht in beide Hände. »Ich hab dich lieb, das weißt du, oder?«

»Ja.«

»Und hast du mich auch lieb?«

»Nein!«, antwortete ich und streckte ihm die Zunge raus.

»Dann ist ja alles gut«, sagte Kai.

Ich brachte ihn bis zur Bushaltestelle vor der Werft. Es war gerade Schichtende, und viele Arbeiter warteten mit uns; Männer mit breiten Schultern und Schaufelhänden. Sie nickten Kai zu, und ich verstand, dass sie ihn als ebenbürtig ansahen. Als Erwachsenen. Denn das war er ja auch.

Niemand konnte ihm jetzt noch etwas vorschreiben, nicht mal unsere Mutter. Der Bus hielt, die Linie 7. Sieben, sieben, sieben, sagte ich gedanklich vor mir her; das war die Zahl, nach der ich in den nächsten Wochen Ausschau halten würde, denn sie wäre wie ein Gruß von Kai.

»Wir machen das jetzt ganz schnell, ja?« Mein Bruder legte den Arm um mich. »Alles wird gut, Anne. Du wirst eine tolle Zeit haben und ich auch. Und wenn Mama von der Reha zurückkommt, wird es ihr besser gehen, und wir fahren in den Herbstferien zusammen nach Italien.«

Ich nickte.

»Ich weiß, dass du das kannst. Du bist schon richtig groß. Drei Wochen sind auch total schnell vorbei.«

Er drückte mich. Fest. Jetzt war ich die Ketchupflasche. Kai ließ mich los, stieg ein, und die Tür schloss sich hinter ihm. Das Letzte, was ich von ihm sah, waren seine abstehenden Locken, die beim Losfahren zwischen den vielen fremden Köpfen auf und ab wippten. Dann sah ich nur noch die Ziffer 7 auf der digitalen Anzeige am Heck des Busses. Sie wurde immer kleiner und verschwommener. Dann war sie weg. Ich schloss meine Finger um den Haustürschlüssel in meiner Hand und ging langsam zurück in unsere Wohnung, wo ich mir eine Flasche Cola aus dem Kühlschrank nahm. Ich setzte mich hin und machte eine Faust.

11

Damit, wie schwierig es sein würde, hier einfach eine Weile nebeneinanderzusitzen, hatte ich nicht gerechnet. Das Schweigen zwischen Kai und mir wird mit jeder Minute unangenehmer. Es dröhnt mir geradezu in den Ohren. Ich überlege hin und her, wie ich den Gesprächsfaden von vorhin wieder aufnehmen soll und ob das überhaupt eine gute Idee ist. Einstweilen beobachte ich die Fliege, die sich vorhin noch so entschlossen gegen das Fenster geworfen hat, seit einiger Zeit jedoch auf dem Armaturenbrett sitzt und sich nicht regt. Womöglich muss sie sich erholen, bevor sie den nächsten sinnlosen Ausbruchsversuch unternimmt. Ob sie sich irgendwann selbst zertrümmern und tot zu Boden fallen wird? Ich möchte sie vorsichtig nehmen, die Scheibe runterlassen und sie rauswerfen, in die Freiheit. Aber sie wird sich nicht einfangen lassen, wird nicht kapieren, dass ich ihr nur helfen will. Trotzdem drücke ich den Knopf in der Wagentür, das Fenster fährt langsam herunter. Vielleicht findet sie den Weg nach draußen ja selbst. Dann stecke ich mein Smartphone weg und räuspere mich.

»Sag mal. Du hast vorhin etwas von einer Arbeit gesagt«, probiere ich es in der Hoffnung, halbwegs neutrales Terrain zu betreten. »Was für ein Job war das?«

»Was soll diese Frage?« Kai schaut sichtlich genervt zu mir rüber.

»Ich versuche nur …«

»Gar nichts versuchst du. Ich hab dir so viel von mir erzählt, und du hast überhaupt kein Ohr dafür gehabt. Also komm jetzt nicht an und heuchle Interesse.«

»Ich hab dich ja nicht gebeten, mir dein Herz auszuschütten. Das hast du ganz von allein gemacht.«

»Weil ich endlich mal reinen Tisch machen wollte mit dir.«

»Reinen Tisch …«

»Ja. Es ist wichtig, dass man nach der Entlassung wieder Anknüpfungspunkte mit den Leuten aus seinem Leben findet.«

»Ist das eine Art Hausaufgabe, die sie dir in der Klinik mit auf den Weg gegeben haben?«

Es kommt unabsichtlich spöttisch und gemein rüber, was mir leidtut.

Kai schüttelt den Kopf, er lacht trocken. »Weißt du was? War es. Aber das heißt nicht, dass ich es nicht auch selber für eine gute Idee halte. Bloß, du gibst mir ja keine Chance.«

»Doch, Mensch! Ich geb mir Mühe. Jetzt sag halt einfach, als was du gearbeitet hast.«

Er seufzt. »Ich war Koch. Bin Koch.«

Will er mich veräppeln?

»Ja, das findest du jetzt komisch, nicht? Dass *ich* was Ordentliches gelernt habe.«

»Hab ich das gesagt?«

»Dein Gesicht hat laut genug für dich gesprochen.«

»Ich hatte einfach erwartet, dass du was mit Musik machst, im engeren oder weiteren Sinne.«

Erst jetzt fällt mir auf, dass er gar keinen Gitarrenkoffer dabeihatte, als er von der Fähre an Land kam, und wie seltsam das ist.

»Du machst aber noch Musik, oder?«, bohre ich nach.

»Nein. Schon lange nicht mehr.«

»Das glaube ich dir nicht. Das kann ja wohl nicht sein.«

»Warum sollte ich denn lügen?«

»Du spielst *gar* nicht mehr? Gitarre, Klavier? Irgendwas?«

Ich kann es mir wirklich nicht vorstellen, und ich will auch nicht darüber nachdenken, weil es mich so fassungslos macht. Er hat ernsthaft die Musik aufgegeben, um in irgendwelchen schmierigen Küchen zu stehen? Und warum kann mir das nicht einfach egal sein? Ich muss geschnauft oder ein anderes Geräusch der Anstrengung von mir gegeben haben, denn Kai sieht zu mir herüber. Auch wenn ich mich maßlos darüber ärgere, dass ich anscheinend nicht aufhören kann mit der Fragerei, muss ich noch eines wissen. Dieses Eine noch. Ich muss einfach, oder mein Kopf platzt.

»Du singst aber noch ab und zu, oder?«

Der Beifahrersitz knarzt, als mein Bruder sich mit einem Ruck zu mir herumdreht.

»Was *willst* du eigentlich von mir, Anne?!«

Erst mal bin ich sprachlos. Dann werde ich wütend. Glaubt er ernsthaft, dass er mich so anblaffen, so mit mir umspringen kann, nachdem ich hier angetanzt bin, um seinen

Arsch im gottverdammten Niemandsland einzusammeln und nach Lübeck zu chauffieren? Der spinnt doch. Meine Stimmung ist auf dem Tiefpunkt, eisig, fast rechne ich damit, trotz der einundzwanzig Grad im Auto Atemwölkchen zu produzieren, als ich endlich den Mund aufkriege.

»Ich möchte, dass du aussteigst. Sofort.«

Das sitzt, damit hat er nicht gerechnet. Kai sieht aus, als hätte ich ihm eine gescheuert: die Pupillen geweitet, die Lippen vor Schreck leicht geöffnet. Doch er fängt sich schnell.

»Ach ja? Wie denn?« Er deutet mit einer Kopfbewegung auf die Schafe.

»Das ist mir egal. Streng dich halt an, du findest schon einen Weg.«

»Ich werde sicher keine Gewalt gegen die Tiere anwenden, nur damit du mich rausschmeißen kannst.«

»Ich habe nicht gesagt, dass du *Gewalt* anwenden sollst, Herrgott noch mal! Jetzt sei nicht so melodramatisch.«

»Ich hab dir vorhin schon gezeigt, dass ich hier nicht rauskomme.«

»Du gehst jetzt, oder ich rufe die Polizei, ganz einfach!«

»Du hast schon die Feuerwehr verständigt, wenn ich dich erinnern darf«, sagt Kai. »Jetzt noch die Bullen, das ist ein bisschen drüber, findest du nicht?«

Ich muss mir das hier nicht antun, absolut nicht. Wenn er nicht geht, dann gehe eben ich. Die Heckklappe. Die Heckklappe des Wagens öffnet natürlich auch nach außen, aber im Gegensatz zu den anderen Türen nach oben. Man müsste bloß –

Rasch beuge ich mich zwischen den Sitzen durch nach vorne, ziehe den Zündschlüssel ab und klaube meine Handtasche aus dem Fußraum.

»Was soll das?«

Ich ignoriere Kais Frage und nehme den Bereich zwischen der Rückbanklehne und dem Autodach in Augenschein, durch den ich mich irgendwie quetschen muss. Breit genug scheint mir der Abstand zwischen den beiden Kopfstützen schon, ich bin schlank und habe den flachsten Hintern der Welt. Aber ist der Spalt auch in der Vertikalen ausreichend? Auf halbem Weg stecken zu bleiben, ist keine Option. Doch erst mal muss ich sowieso die Laderaumabdeckung losmachen. Ich rüttle daran. Irgendwann schaffe ich es, sie auszuhaken, sie schnellt zurück und rollt sich automatisch ein.

»Anne, was hast du denn jetzt vor?«

Ich inspiziere den Kofferraum. Einige Kisten müssen weg, andernfalls lande ich sehr unsanft oder beschädige am Ende noch die Schachteln und ihren Inhalt. Ich hieve meinen Oberkörper zwischen den Kopfstützen durch, so weit ich kann, strecke den Arm aus und bekomme eine Box zu fassen, die ich auf die daneben staple. Dasselbe mache ich mit zwei anderen. Der entstandene Platz muss reichen. Also schiebe ich mich Zentimeter für Zentimeter weiter.

»Sorry, aber das ist lächerlich, was du da machst«, kommentiert mein Bruder ein letztes Mal vom Beifahrersitz.

Ich gebe keine Antwort. Er kann mich mal. Und dann stoße ich mich ab und rutsche bäuchlings in den Kofferraum meines Wagens.

12

In den ersten Stunden meines Alleinseins trank ich nicht eine, sondern ganze zwei Literflaschen Cola. Dann machte ich mir eine Tiefkühlpizza und aß sie am offenen Küchenfenster sitzend. Möwen trippelten auf dem Dach des angrenzenden Garagenkomplexes herum und beobachteten mich; als ich mit dem Essen fertig war, warf ich ihnen die übrig gebliebenen Pizzaränder rüber. Anschließend tappte ich ein wenig ziellos durch die Wohnung, die mir irgendwie größer vorkam. Ich bildete mir ein, dass meine Schritte wie ein Echo durch die Räume hallten. Doch auch die Geräusche aus den Nachbarwohnungen kamen mir auf einmal übermäßig laut vor, Herr Aurichs Toilettenspülung, zum Beispiel. Er ging ziemlich oft aufs Klo. Auch das kam mir seltsam vor, so wie einfach alles an diesem Mann.

Am Nachmittag rief unsere Mutter an.

»Hier neben mir steht Schwester Almuth, die für mich das Telefon bedient hat«, sagte sie. »Ist das nicht nett?«

»Ja«, sagte ich. »Sehr nett.«

»Wie geht es euch? Was gab's zu essen?«

»Pizza.«

»Ach, Mann. Ich hab euch doch extra die Einkaufsliste gemacht! Ihr sollt doch nicht so viel Ungesundes essen. Das enttäuscht mich jetzt!«

»War nur eine Ausnahme. Versprochen. Bist du denn gut angekommen?«

»Ja. Unser Busfahrer hat zwar die ganze Zeit deutsche Schlager gehört, aber sonst hat alles geklappt.«

»Das heißt, es ist schön da?«

»Na ja. Schön, was heißt das schon, ich bin ja erst ein paar Stunden hier. Die Behandlungen fangen morgen früh an. Aber das Mittagessen war ganz in Ordnung, und das Zimmer ist sauber. Morgen sehen wir weiter.«

»Rufst du dann wieder an?«

»Mache ich. Gibst du mir jetzt bitte deinen Bruder?«

»Der ist nicht da.«

»Wieso, wo ist er denn?«

»Unterwegs. Weiß nicht, wo genau. Er kommt aber wieder.«

Es entstand eine Pause. Mein Herz klopfte.

»Hm. Okay. Vielleicht habe ich später noch mal Gelegenheit, ihn auf seinem Handy anzurufen. Wenn ich jemanden finde, der mir beim Telefonieren hilft, na, du weißt ja …«

»Ja, ich weiß.«

Wir verabschiedeten uns.

Sie hatte keinen Verdacht geschöpft. Kein Wunder, sie vertraute uns ja. Ich hatte ein unheimlich schlechtes Gewissen, weil ich sie angelogen hatte. Kai zu verraten, kam jedoch noch immer nicht beziehungsweise jetzt erst recht nicht infrage. Außerdem, und das stand ja über allem, musste sie sich auf ihre Behandlungen konzentrieren. Was hätte es geholfen, ihr die Wahrheit zu sagen? Sie hätte sofort alles stehen und liegen lassen, wäre zurückgekehrt und hätte dann wieder auf eine neue Reha warten müssen. Das durfte ich nicht riskieren. Aber sie fehlte mir. Und Kai fehlte mir auch. Ich konnte mich nicht erinnern, wann ich zum letzten Mal komplett allein gewesen war. Vermutlich noch nie.

Am Abend ging ich in das Schlafzimmer unserer Mutter und öffnete den Teil des großen Einbauschranks, in dem sie ihre Auftrittskleider und die hohen Schuhe aufbewahrte. Im Schrank duftete es intensiv nach Parfüm, und als ich die Nase tiefer in einen bauschigen Unterrock aus Tüll steckte, auch nach Zigarettenrauch und Bohnerwachs, nach Blumen und etwas, das in meiner Fantasie nur Champagner sein konnte. Ich strich über den knisternden Stoff und wünschte, ich wäre in der aktivsten Bühnenzeit unserer Mutter nicht so klein gewesen, hätte mehr Auftritte von ihr miterlebt, so wie Kai, den sie, weil er lange still sitzen und sich überhaupt gut benehmen konnte, öfter zu Konzerten mitgenommen hatte, während ich bei meinem Vater gewesen war oder eine Babysitterin auf mich aufgepasst hatte. Ich streifte ein Kleid nach dem anderen vom Bügel und legte sie übereinander auf den Schlafzimmerteppich, bis ein voluminöser Haufen entstanden war, der mir bis zum Bauchnabel reichte. Erst wollte ich mich mit ausgebreiteten Armen hineinfallen lassen. Dann entschied ich mich um und wühlte mich stattdessen hinein, zog den Kopf ein, tauchte regelrecht ab. Das Konstrukt wackelte.

Einige Kleider rutschten zu Boden, aber es blieben noch genug übrig, um für mich das Gefühl eines Dachsbaus zu erzeugen. Nein, das war zu klein gedacht. Das hier war kein Bau, sondern ein richtiger Berg, und ich befand mich in seinem Inneren, viele Kilometer tief. Dort, wo Berge eben so aus der Erde herauswuchsen. Ich zog meine Beine an und kugelte mich zusammen. Es wurde schnell warm hier unten. Der Geruch der Kleider war jetzt betäubend stark, er umhüllte mich. Meine Wange lag auf etwas, das sich hart und kühl anfühlte wie Pailletten oder Strasssteine. Es störte mich nicht.

Unsere Mutter würde diese Kleider und auch die hochhackigen, bunten Schuhe nie wieder tragen, das begriff ich jetzt. Selbst wenn sie nach ihrer Rückkehr aus der Reha wieder besser stehen und laufen könnte und ihre Hände weniger zitterten – es würde nicht reichen. Ihr Leben als Sängerin war vorbei. Sie selbst wusste es wahrscheinlich schon länger, und ich fragte mich, wie sie damit zurechtkam. Wo ihre Enttäuschung und ihre Wut darüber blieben. Ich an ihrer Stelle hätte vermutlich alles kurz und klein geschlagen; es war so ungerecht. Aber so tickte unsere Mutter nicht. Sie suchte aus Prinzip nach dem Guten im Schlechten. Deshalb hatte sie wohl ihr Versprechen, das sie uns damals in Berlin gegeben hatte, halten können: »Solange ihr bei mir seid, kann ich alles aushalten, so lange habe ich vor gar nichts Angst.« Ich hätte auch gern so viel Ausdauer gehabt wie sie. Manchmal, wenn unserer Mutter etwas aus der Hand fiel, der Löffel, die Lesebrille, die Fernbedienung, ließ ich ihr keine Chance, es aufzuheben, sondern erledigte es rasch selbst, um ihre in neun von zehn Fällen erfolglosen Versuche, sich danach zu bücken, nicht mitansehen zu müssen. Deshalb steckte meinerseits viel, viel Hoffnung in dieser Reha. Und überhaupt in diesem Sommer. Dem Sommer 2000. Das klang schon so besonders, so cool. Vielleicht würden diese Wochen nicht nur für unsere Mutter und Kai, sondern auch für mich zu einer außergewöhnlichen Zeit werden. Da waren Wiebke und das Strandbad und die neue Eisdiele, die dänisches Softeis mit Zuckerstreuseln, Schokosoße und knallrosa *Guf* verkaufte. Da waren das Ferienprogramm für Kinder im Museum und das Stadtfest an der Hafenspitze. Wiebke und ich würden uns schon nicht langweilen, im Gegenteil: Wir würden unsere Freundschaft festigen. Ich musste sie wirklich dringend fragen, ob sie hier einziehen wollte; da hatte mein Bruder eine richtig gute Idee gehabt. Sonntag. Am Sonntag würde sie aus dem Urlaub zurückkommen. Am besten ging ich am Samstag noch mal einkaufen, damit ich auch alles vorrätig hatte, Gäste musste man schließlich anständig bewirten, wenn man wollte, dass sie wiederkamen. Während ich überlegte, was wir aus dem Supermarkt brauchen würden, fielen mir die Augen zu.

Am nächsten Morgen frühstückte ich auf der Couch eine weitere Pizza und leerte dazu die letzte Flasche Cola, während im Fernseher ein paar alte Folgen Bax Banni liefen. An die korrekte Schreibweise *Bugs Bunny*, die einfach nur falsch aussah, wollte ich mich nicht gewöhnen; für mich würde der Hase immer so heißen und geschrieben werden, wie ich es ursprünglich von Kai gelernt hatte. Mehr aus

Neugier wählte ich seine Nummer, aber er nahm nicht ab. Ich sah auf die Uhr. Kurz nach acht. Wahrscheinlich ging er gerade erst im Kieler Hafen an Bord, warf noch schnell eine angerauchte Kippe ins Wasser. Betrat jetzt das Schiff. Um auf das Klingeln seines Handys zu reagieren, war er sicher viel zu aufgeregt. Kurz überlegte ich zu duschen, denn unter dem Kleiderberg hatte ich in der Nacht geschwitzt. Aber ich entschied mich dagegen.

Bis in den Nachmittag hinein spielte ich auf dem Gameboy. Dann sah ich wieder fern. Gerade, als ich mir im Flur die Schuhe anziehen wollte, um zum Kiosk zu gehen – Kai und ich hatten zwar unfassbar viele Süßigkeiten gekauft, aber ausgerechnet Lakritz-Weingummis vergessen –, hörte ich ein Kratzen. Es gehörte zu einem Schlüssel, der von außen in unser Türschloss gesteckt wurde. Ich erstarrte, einen Fuß halb im Schuh. Jemand versuchte, unsere Tür zu öffnen, schaffte es jedoch nicht, da mein eigener Wohnungsschlüssel von innen steckte, ganz so, wie Kai es mir eingebläut hatte – ganz, ganz wichtig sei das.

Ein erfolgloses Rütteln an unserer Klinke, ein energisches Klopfen. Es lief mir eiskalt den Rücken herunter.

»Kai? Anne? Wieso steckt der Schlüssel? Macht mir auf!«

Erst nach einem weiteren Augenblick, der mir wie eine Ewigkeit vorkam, gelang es mir, mich zu bewegen und unsere Mutter in die Wohnung zu lassen. Abgestützt auf ihren Gehstock stand sie da, eine schweißnasse Haarsträhne klebte ihr an der Stirn. Sie sah verärgert, aber auch erschöpft aus. Hinter ihr im Treppenhaus stand ein Junge mit einem Kinnbärtchen, ungefähr in Kais Alter. Er hielt die Reisetasche unserer Mutter in der Hand und lächelte mich an.

»Lass uns mal rein«, sagte unsere Mutter und schob sich an mir vorbei. »Das ist Sebastian, er ist Zivi in der Klinik in Büsum. Kannst du ihm mal ein Glas Wasser holen? Es war furchtbar warm im Zug! Keine Klimaanlage!«

»Nein, danke, Frau Kupper, ich muss auch gleich wieder los«, sagte der Junge, der Sebastian hieß, und stellte die Reisetasche auf den Boden. »War schön, Sie kennengelernt zu haben. Alles Gute noch für Sie!«

Er gab unserer Mutter die Hand, dann war er weg.

»Netter Kerl«, sagte sie.

Dann setzte sie sich mit einem Stöhnen auf ihren Platz in der Küche. Der Gehstock glitt ihr aus der Hand, ich fing ihn auf und lehnte ihn an den Tisch.

»So.« Sie strich sich über das vor Anstrengung gerötete Gesicht. »Was ist hier los?«

»Was ist bei *dir* los?«, platzte es aus mir heraus. »Warum bist du hier?«

Unsere Mutter seufzte, nahm eins der Geschirrtücher vom Haken und tupfte sich damit über die Stirn.

»Es war einfach nichts für mich.«

»Wie meinst du das?«

»Na, dass es eben nichts für mich war. Ich bin zu Hause viel besser aufgehoben. Bei euch.«

»Aber …«

»Der Arzt dort war sehr arrogant, richtig von oben herab. Was der alles mit mir vorhatte! Ich habe ihm gesagt, ich kann dieses und jenes nicht, und er wollte mir das einfach nicht glauben. Herr Doktor, habe ich gesagt, ich brauche Pausen! Ich bin doch keine Leistungssportlerin! Aber er hat so getan, als wüsste er besser Bescheid über meine Krankheit als ich.« Sie schüttelte den Kopf. »Und weißt du, ich habe euch auch einfach zu sehr vermisst. Ihr seid doch mein Ein und Alles.«

»Aber …«

»Immerhin, ich hab was mitgebracht aus der Klinik. Das lag da so rum, und ich fand es ganz praktisch. Guck mal in meine Sachen.«

Widerwillig hievte ich die Tasche auf den Küchentisch und öffnete den Reißverschluss.

»Liegt ganz oben. Das Metallene da. Weißt du, was das ist? Eine Greifzange! Damit kann ich sehr gut Dinge packen und vom Boden aufheben.«

Sie nahm das Ding und betätigte begeistert einen kleinen Hebel, woraufhin sich die Greiffinger an der Spitze des Metallstabs öffneten und wieder schlossen. »Ist das nicht genial? So eine hätten wir viel früher anschaffen sollen.«

»Aber …«, versuchte ich es noch einmal.

»Ich weiß, was du jetzt denkst.«

»Lass mich doch mal ausreden, Mama!«, rief ich und stampfte mit dem Fuß auf. »Was nützt uns denn so eine blöde Zange? Es soll dir doch besser gehen! Was machen wir denn jetzt?«

Sie zuckte mit den Schultern.

»Nichts. Es geht mir gut genug, wenn ich bei meinen Kindern sein kann«, sagte sie. »Das ist alles, was ich brauche. Das habe ich immer gewusst. Ich brauche keine Mediziner in weißen Kitteln und keine teuren Pillen und Spritzen, nur meine Familie. Zusammen schaffen wir das.«

Ihre Gelassenheit löste eine Verzweiflung in mir aus, für die ich keine Worte fand. Ich konnte unsere Mutter nur anstarren. Und sie war zu beschäftigt, um irgendwas zu merken. Sie balancierte die Zange in ihrer rechten Hand, die – das hatte ich über die letzten Monate hinweg anhand meiner Beobachtungen analysiert – insgesamt stärker zu sein schien und weniger krampfte als die linke. Die Zange näherte sich mir, und die Greifer fassten vorsichtig den Stoff meines T-Shirts und zupften daran. Es kitzelte. Doch mir war nicht nach Lachen zumute.

»Hal-lo, An-ne«, sagte unsere Mutter mit Roboterstimme und zog bei jeder Silbe an meinem Shirt.

Als ich noch immer nicht reagierte, ließ sie die Greifzange sinken.

»Sag mal, wo ist denn dein Bruder schon wieder?«

Ich saß auf Kais Bett, hatte seine Decke um mich gewickelt und hielt die Zipfel unter dem Kinn zusammen. Aus der Küche hörte ich einige Wortfetzen. Unsere Mutter war furchtbar böse. Ich hatte sie noch nie so erlebt, nicht mal, als mir in der Schule ein Junge von hinten den Rock hoch- und die Unterhose heruntergezogen hatte und sie am Telefon erst den Rektor und dann die Eltern des Jungen zur Sau gemacht hatte, wofür sie fast eine Anzeige wegen Beleidigung bekommen hatte. Man konnte Angst vor ihr kriegen, wenn sie so war; entsprechend beklommen hatte ich mich gefühlt, als ich Kais Nummer eingetippt und ihr den Hörer überreicht hatte.

Unsere Mutter rief etwas. Ich stellte mir vor, wie Kai, Hunderte von Kilometern entfernt an der Reling des

Kreuzfahrtschiffes lehnend, das Handy vom Ohr nahm und sich die schmerzende Ohrmuschel rieb. Ob er jetzt bitte mal käme, rief in diesem Moment ein Kollege aus der Küche, die Kartoffeln würden sich nicht von selbst schälen, und Kai antwortete, dass er gleich fertig sei, und hielt das Handy wieder ans Ohr, doch das Schiff schwankte, die Wellen schlugen donnernd gegen den Bug. Dieses tückische Meer. Die ruckartigen Bewegungen rissen Kai das Handy aus der Hand. Im Vergleich zum Meer war es so klein und nichtig; man hörte es nicht mal platschen, als es auf der Wasseroberfläche aufkam. Aber nein, das würde mein Bruder nicht zulassen. Mein Bruder würde sein Handy umklammern und festhalten und sich anhören, was unsere Mutter ihm zu sagen hatte.

»Kai!«, brüllte sie, ich hörte sie jetzt klar und deutlich. »Ich schwöre dir, wenn du jetzt nicht kommst, brauchst du gar nicht mehr zurückkommen! Hast du mich verstanden? Dann ist diese Tür für immer zu!«

Meine Zehen krümmten sich, für Sekundenbruchteile zog sich alles zusammen. Und nicht nur in mir. Auch die Wohnung, das Haus und die Straße, nein, das ganze Viertel hielt die Luft an. Kurz darauf rumpelte etwas, gefolgt von einem Klirren. War sie gestürzt? Ich sprang vom Bett und lief los, die Decke hinter mir herschleifend. Ich fand unsere Mutter in der Küche, zwischen den Scherben eines Tellers stehend, der Telefonhörer lag in einer Ecke auf dem Boden. Das Gesicht unserer Mutter war tomatenrot bis unter die Haarwurzeln. Mit der einen Hand stützte sie sich auf den Tisch, mit der anderen umklammerte sie die Greifzange und stieß sie mit aller Kraft ins Geschirrregal.

»Mama!«

Sie erwischte den nächsten Teller. Er fiel und ging auf den Fliesen zu Bruch; die Scherben flogen einige Meter weit bis vor meine Füße.

»Mama, was *machst* du da?«

Sie hörte mich nicht. Oder wollte mich nicht hören. Der dritte und der vierte Teller fielen. Ich warf die Decke von mir, machte einen Satz auf sie zu und riss ihr die bescheuerte Greifzange aus der Hand.

»Was soll das?«, keuchte unsere Mutter.

»Du spinnst ja!«, rief ich.

Ich fasste sie an den Hüften und schob sie in Richtung des nächsten Stuhls, um sie dort auf die Sitzfläche zu drücken, doch sie wehrte sich. Im Taumeln griff sie nach dem Ärmel meines T-Shirts, um sich festzuhalten, erwischte den Stoff gerade noch, stürzte aber trotzdem und riss auch mich zu Boden.

Sie fluchte. »Das hast du jetzt davon! Lass mich los, Anne!«

»Lass *du* doch los!«

Ich löste ihre Hand von meinem T-Shirt und schubste sie weg. Dann rappelte ich mich auf und blickte hinunter auf unsere Mutter, die mir sehr klein vorkam, wie sie da ausgestreckt auf dem Küchenboden inmitten der Scherben lag. Wie ein Vogel, der aus dem Nest gefallen war. Normalerweise hätte ich ihr jetzt auf die Beine geholfen und dann die kaputten Teller aufgeräumt und in den Müll geworfen. Aber ich konnte nicht. Ich musste erst wissen, was hier eigentlich los war.

»Was ist jetzt mit Kai?«

Unsere Mutter stützte sich mit den Ellbogen ab und reckte ihr Kinn in die Luft. Sie hatte Schweißperlen auf der Stirn.

»Was soll mit ihm sein?«, zischte sie. »Er hat dich hier allein gelassen! Dir hätte sonst was passieren können! Das ist absolut unverzeihlich!«

»Mir ist aber nichts passiert.«

»Darum geht es nicht!«

»Und kommt er jetzt?«

»Nein, Anne! Er kommt gar nicht mehr. Wir brauchen ihn nicht, und ich will ihn auch nicht mehr sehen.«

»Doch, Mama! Wir brauchen ihn!«

»Jemanden, der dich im Stich lässt und in Gefahr bringt? Der seinen Fehler nicht einsieht und sich nicht mal entschuldigt? Glaub mir, so einen Bruder brauchst du nicht!«

Ich klaubte das Telefon vom Fußboden auf und reichte es ihr wütend. »Wir rufen ihn jetzt noch mal an, und du sagst, dass du es nicht so gemeint hast!«

Unsere Mutter schnaufte. Ihre Augen wurden hart. Sie rührte sich nicht.

»Mach du doch. Ich bin fertig mit ihm.«

Ich war so perplex, dass ich mich setzen musste. Und dann machte ich für die nächste halbe Stunde erst mal eine Faust.

13

Ich falle wie ein nasser Sack. Aufrichten kann ich mich nicht, sondern muss einen Buckel machen und mich zusammenkauern, während ich meine Oberschenkel reibe, die vom Rutschen über das Polster der Rücksitzlehne brennen. Etwas pikst mir in den Po. Es ist ein einzelner Kugelschreiber, einer von denen, die wie eine Spritze aussehen – ein furchtbar misslungenes Design, weswegen ich sie unter meinen Ärzten auch kaum verteile. Ich sortiere ihn zurück in die Box, aus der er irgendwann mal gefallen sein muss, verschließe diese und stelle sie weg. Dann schiebe ich weitere Kisten aus dem Weg, bis ich so viel Platz geschaffen habe, dass ich mich zur Heckklappe vorarbeiten kann. Hier. Hier muss irgendwo der Notfallgriff sein. Ich taste die Verkleidung ab. Petersen hat mal erwähnt, dass in seinem Wagen der Knopf für die Notentriegelung rot ist und eine Schnur zum Ziehen daran hängt. Aber mein Modell ist neuer als seins, da scheint der Notknopf versteckter eingebaut zu sein. Ich suche weiter. Eins der Schafe hebt den Kopf und schaut mich durch die Glasscheibe an. Kaut. Ich suche weiter. Am Horizont taucht ein Traktor auf, sein Motor rattert. Er wird langsamer und langsamer, hält schließlich an. Ein kahlköpfiger Mann in Gummistiefeln steigt aus, verschränkt die Arme vor der Brust und schaut sich das ganze Szenario genau an. Er scheint den Kopf zu schütteln. Nach einer halben Minute steigt er wieder ein, der Traktor wendet und verschwindet aus meinem Sichtfeld. Ich drehe mich wieder um und suche weiter nach dem Notfallgriff.

Vorne auf dem Beifahrersitz stöhnt Kai genervt auf.

»Mensch, Anne, die Feuerwehr kommt doch bald«, versucht er es noch einmal. »Die müssten gleich hier sein.«

»Halt die Klappe.«

Wo ist dieser beschissene Griff? Das darf doch wirklich nicht wahr sein.

»Du kannst jetzt nicht abhauen! Das ist nicht fair – einen Streit anzetteln und dann einfach gehen!«, sagt Kai.

Ich spüre, wie mir das Blut heiß in die Wangen schießt, und bin froh, jetzt nichts in der Hand zu haben, was man werfen oder anderweitig als Waffe benutzen könnte.

»Ich kann *was* nicht?«, rufe ich und bin mal wieder erschüttert darüber, dass ich wie unsere Mutter klinge, wenn ich mich richtig aufrege. »*Gehen?* Hast du allein das Patent darauf, dich zu verpissen, wenn es brenzlig wird? Hast du etwa Angst, dass ich dich hier im Stich lasse mit allem?«

Jetzt werfe ich doch etwas. Meinen Schuh. Ich habe nicht darüber nachgedacht, ihn einfach blitzschnell ausgezogen, und obwohl ich nicht gut gezielt habe, streift er noch Kais Kopf, bevor er gegen die Frontscheibe prallt. Scheint ordentlich wehgetan zu haben, so wie mein Bruder guckt. Dabei kann er froh sein, dass ich heute nur die schwarzen Schnürer mit dem kaum vorhandenen Absatz trage. Jetzt. Jetzt werden wir uns anschreien. Einander so richtig an den Kragen gehen. Ich mache mich bereit.

14

Normalerweise waren die großen Ferien immer zu schnell vorüber, doch diesmal waren die Tage zäh und kamen mir vor wie aus Honig. Seit der Rückkehr unserer Mutter war erst eine Woche vergangen. An den Abenden blieb es so lange hell, dass man bis kurz vor Mitternacht noch schmale Streifen von Rosa und Orange am Himmel entdecken konnte, aber ich war jetzt oft zu müde, um das Schauspiel von meinem Fenster aus zu verfolgen, und schlief um diese Uhrzeit längst. Schweinswale wurden in der Förde gesichtet, ein Weibchen mit Kalb, und unsere Mutter tippte auf die Seite des *Flensburger Tageblatts,* auf der das Foto mit den beiden aus dem Wasser ragenden Rückenflossen abgedruckt war, einer großen und einer kleinen, und sagte: »Schau doch, wie süß!« Aber ich hatte keine Augen für den Zeitungsartikel. Ich musste eine Faust machen. Außerdem war ich damit beschäftigt zu überlegen, wie ich einen Kasten Mineralwasser auf dem Gepäckträger meines Fahrrads zum Getränkemarkt und von dort wieder nach Hause bringen könnte. Im Hof experimentierte ich mit Paketschnur und dem dicken schwarzen Panzertape, das ich in Kais Sachen gefunden hatte. Sie könne doch Leitungswasser trinken, rief unsere Mutter mir aus dem Fenster zu, das mache ihr nichts aus. Aber *mir* machte es etwas aus – sie sollte auf nichts verzichten müssen, nur weil mein Bruder nicht da war, der den Kasten normalerweise mit reiner Muskelkraft transportierte. Ich klebte und klebte, das Leergut klirrte. Doch der Kasten hielt nicht, obwohl ich sicher zwanzig oder dreißig Streifen Klebeband benutzte, um ihn auf dem Gepäckträger zu fixieren. Irgendwann gab ich auf. Bis zu vier Flaschen konnte ich immerhin in meinem Rucksack verstauen, aber diese Methode bedeutete, dass ich mehrmals zwischen unserer Wohnung und dem Getränkemarkt hin- und herfahren musste. Ich versuchte es. Der Schweiß lief mir in Bächen den Rücken hinunter, und meine Haare klebten im Nacken. Egal. Ich würde das hinkriegen. Würde unsere Mutter und mich versorgen, bis Kai wieder da wäre. Das konnte nicht so kompliziert sein. Durfte nicht.

Doch die Sache mit dem Mineralwasser war eine Sache, der Alltag eine ganz andere. Die Verrichtungen im Schlafzimmer und im Bad und alles drum herum forderten mich. Überall fehlte ein zweites Paar Hände. Dass ich unserer Mutter nur meinen Arm oder meine Schulter zum Abstützen bieten konnte, statt sie auch einmal zu packen und anzuheben, wenn es nötig war, ärgerte mich zutiefst. Im Vergleich zu meinem Bruder war ich ein Schwächling, auch wenn unsere Mutter sich nicht beschwerte, mir stattdessen über den Rücken strich und mir sagte, dass sie stolz auf mich sei und dass wir Kai gar nicht bräuchten.

»Sie ist wirklich sehr, sehr sauer«, hatte ich ihm bei unserem letzten Telefonat erzählt. »Immer noch.«

Mein Bruder hatte nicht sofort geantwortet, sondern erst einmal Zigarettenrauch inhaliert und wieder ausgeblasen.

»Und du? Bist du auch sauer?«

»Ja, schon. Ein bisschen. Weil, jetzt muss ich so viel machen, und ich kann das nicht so gut wie du und habe oft Angst, dass ich was falsch mache.«

»Ja, da hast du recht.«

»Womit genau?«

»Mit allem.«

»Komm doch einfach wieder zurück.«

»Ich komme doch! Wenn die Tour vorbei ist und ich meinen Job hier erledigt habe. Das habe ich Mama auch gesagt …«

Er brach ab, weil jemand im Hintergrund etwas sagte und Kai, so klang es, das Handy umdrehte und gegen seine Brust drückte, sodass ich nicht verstand, was er der fremden Person antwortete. Es raschelte, als er das Telefon wieder ans Ohr nahm.

»Hör mal, Mama muss damit klarkommen, dass ich auch mal mein Ding mache. Das reißt uns schon nicht auseinander. Sie wird sich wieder beruhigen.«

»Und wenn nicht?«

»Glaub mir. Ich kenne sie länger als du. Sie beruhigt sich immer. Wahrscheinlich dauert es diesmal, okay, aber damit kann ich leben.«

»Und was ist mit mir?«

Mein Bruder machte ein undefinierbares Geräusch, ein bisschen so, als habe er sich den kleinen Zeh angestoßen und als sollte ich das aus irgendeinem Grund nicht wissen.

»Schau. Es ist doch nicht mehr lange. Ich weiß, du denkst, dass ich ein Arschloch bin, aber ...«

»Denke ich nicht.«

»Hör mir zu. Vielleicht bin ich sogar eins. Aber es ist wichtig für mich, das hier zu machen. Ich erzähle dir später alles ganz genau, wenn du willst.«

Wieder war da eine Stimme im Hintergrund.

»Ja, okay«, rief Kai und sagte dann zu mir: »Ich muss jetzt Schluss machen. Wir sprechen bald wieder, ja?«

In den Tagen darauf wählte ich jeden Abend vor dem Zubettgehen seine Nummer und hinterließ Nachrichten auf seiner Mailbox, in denen ich ihm in wenigen Sätzen erzählte, was tagsüber los gewesen war – dass ich Pfannkuchen mit Zimt und Zucker gemacht hatte oder dass die Möwen meinen Fahrradsattel zugeschissen hatten und wie lange es gedauert hatte, ihn sauber zu kriegen. Er schien die Nachrichten abzuhören, denn von Wiebke, die ein eigenes Handy besaß, wusste ich, dass eine Mailbox sonst irgendwann voll war und nichts mehr aufnahm. Das beruhigte mich, auch wenn er mich bisher kein einziges Mal zurückgerufen hatte wie angekündigt. Aber das war sicher, weil es auf dem Schiff viel zu tun gab und er wenig Zeit hatte. Er wollte wohl auch nicht versehentlich unsere Mutter an die Strippe bekommen, deren Zorn noch nicht verraucht war. Im Gegenteil, ihre Miene verfinsterte sich, sobald ich seinen Namen aussprach, und sie wechselte sofort das Thema. Diesmal, schien es, würden sie sich nicht so einfach wieder vertragen. Ich würde mir etwas einfallen lassen müssen. Die beiden in einem Raum einsperren, den Schlüssel abziehen und sie erst wieder rauslassen, wenn sie einander in die Augen sehen und die Hand reichen konnten oder so.

Am späten Sonntagnachmittag schwang ich mich noch einmal aufs Rad und fuhr zu Wiebke. Ich mochte den Weg zu ihr, auch wenn man sich dafür einen der steilen Hügel am Westufer der Förde hinaufquälen musste, die in der letzten Eiszeit durch einen riesigen, sich aus Skandinavien heranschiebenden Gletscher entstanden waren, wie wir im Erdkundeunterricht gelernt hatten. Das Stadtviertel hier oben, die Westliche Höhe, bestand zum Großteil aus kopfsteingepflasterten Alleen, gesäumt von Häusern aus rotem Backstein, die Erker und Wintergärten besaßen und deren Baujahr in glänzenden Lettern an die Fassade genagelt worden war. Ich kannte die Geschichte, dass Flensburg nach dem Krieg mal für drei Wochen so etwas wie die Hauptstadt von Deutschland gewesen war, und wenn man durch diese Straßen fuhr, die so viel breiter und sauberer waren als die unten am Hafen, wo wir wohnten, konnte man es sich beinahe vorstellen.

Ich hatte Glück. Wiebkes Familie schien schon wieder da zu sein, denn das Wohnmobil parkte in der Garageneinfahrt. Neben den vielen Stickern, die zeigten, wo sie schon überall in Urlaub gewesen waren, prangte auch ein großer Aufkleber in Form eines Kreuzes auf dem Heck, unter dem in verschnörkelter Schrift *Jesus ist der Weg, die Wahrheit und das Leben* stand. An einer Seite pellte sich der Rand ein wenig ab. Gerne hätte ich den Aufkleber ganz abgeknibbelt, weil Jesus letztlich der Grund dafür war, dass Wiebke und ich in der Schule zweimal wöchentlich getrennt waren – während ich mit ein paar anderen konfessionslosen Kindern in der Parallelklasse untergebracht war, damit wir unter Aufsicht standen, hatte Wiebke in dieser Zeit Religionsunterricht. Ich vermisste sie in diesen Stunden immer sehr.

Ich drückte auf den Klingelknopf. Wiebkes Schwester öffnete. Sie war in Kais Alter, Handballerin und sehr groß; ich musste an ihr emporsehen wie an einem Leuchtturm. Sie trug ebenfalls einen friesischen Namen, den ich jedoch nicht aussprechen konnte.

Daher sagte ich einfach: »Hallo.«

»Hallo. Wiebke kann jetzt leider nicht. Wir sind gerade erst angekommen.«

»Ach so. Kann sie später vielleicht noch rauskommen?«

»Glaube nicht. Wir müssen jetzt unsere Sachen auspacken, und danach gibt's Abendessen. Aber ich sage ihr, dass sie sich bei dir melden soll. Okay?«

»Okay.«

Ich wollte wieder auf mein Fahrrad steigen, als ich am Fenster im ersten Stock des Hauses etwas Helles sah: Wiebkes blonden Haarschopf, ihr rundes Gesicht, das zwischen den Gardinen hervorblitzte. Ich winkte ihr zu.

Am nächsten Morgen war ich gerade erst aufgestanden und hatte in der Küche, noch schlaftrunken, Wasser für Tee aufgesetzt, als ich unsere Mutter hörte.

»Du dummes Stück«, zischte sie. »Schlampe! Sau!«

Sie saß im Schlafzimmer auf ihrem Bett und rubbelte

über einen großen braunen Fleck auf dem Laken. Es stank fürchterlich. Als unsere Mutter mich in der Tür stehen sah, brach sie in Tränen aus. Ich drückte mich an ihr vorbei und riss erst einmal das Fenster auf. Was würde Kai jetzt tun? Er würde tun, was getan werden musste, und kein großes Theater machen, nicht wahr? Ich begutachtete den Fleck. Die Inkontinenzunterlage, auf der unsere Mutter schlief, schien in der Nacht verrutscht und aus dem Bett gefallen zu sein, sie lag zerknautscht auf dem Teppich.

»Das müssen wir neu beziehen. Geh mal ins Bad, ich mach das.«

Ich angelte nach dem Gehstock, der am Nachttisch lehnte, und hielt ihn ihr hin. Unsere Mutter nahm ihn wortlos entgegen und hielt den Kopf gesenkt.

»Mama, geh.« Ich versuchte, sie wegzuschieben. »Ich brauche Platz, du bist hier im Weg.«

»Anne«, unsere Mutter sah mich immer noch nicht an, »ich kann das nicht allein.«

Den letzten Satz quetschte sie zwischen schmalen Lippen heraus, während ihr immer noch Tränen übers Gesicht liefen.

Ach so. Daran hatte ich nicht gedacht.

Durfte ich mich ekeln? Spielte es überhaupt eine Rolle, was ich empfand, wenn unsere Mutter Hilfe brauchte und es nun einmal gemacht werden musste? Diese Gedanken gingen mir durch den Kopf, als ich ihr im Badezimmer die beschmutzte Unterhose und das Nachthemd auszog, alles zusammenknüllte – aber nicht mit zu spitzen Fingern, damit unsere Mutter nichts mitbekam – und in die Waschmaschine stopfte. Unsere Mutter war jetzt nackt bis auf die

Wollsocken, die sie zum Schlafen trug. Sie hielt sich am Rand des Waschbeckens fest. Ich riss einige Tücher aus der Packung mit dem feuchten Toilettenpapier. Sie griff danach. Langsam wischte sie sich den Po, den unteren Rücken und die Innenseiten der Oberschenkel ab. Doch die Kacke war teilweise angetrocknet und ging nur schlecht runter.

»Lass mich mal«, sagte ich ungeduldig.

»Nein!«

»Doch. So, wie du es machst, funktioniert es nicht.«

Gereizt entnahm ich der Packung eine weitere Handvoll Tücher; doch unsere Mutter versuchte, mich abzuwehren, und drehte sich weg.

»Was soll das, Mama?«, rief ich und gab ihr einen Schubs, so fest, dass sie danach endlich auf mich hörte.

Nein. Das stellte ich mir nur vor. Aber für einen flüchtigen Moment wollte ich es tun, war ich wütend genug. Warum arbeitete sie gegen mich, obwohl sie mich doch darum gebeten hatte, ihr zu helfen? Warum machte sie es mir so schwer?

»Mama, bitte.«

Bitten musste ich sie jetzt also auch noch. Aber es klappte. Sie ließ mich gewähren, und ich rieb mit den Feuchttüchern über die Haut an ihrem Po. Wie das klebte. In Gedanken zählte ich Wörter auf, die man anstelle von Kacke benutzen konnte und die feiner klangen: Kot. Stuhlgang. Fäkalien. Irgendwann waren auch die letzten braunen Krusten entfernt, zurück blieben die zornrot gerubbelten Stellen, von denen ich wusste, dass sie eingecremt gehörten. Aber ich war erschöpft. Ich warf die dreckigen Feuchttücher in den Mülleimer, holte frische Wäsche aus dem Schlafzimmer und half unserer Mutter beim Anziehen. Ihr linker Fuß verhedderte sich wieder und wieder in der Unterhose. Am liebsten hätte ich etwas gesagt. Etwas Gemeines, damit sie schneller machte. Dann schämte ich mich wieder, dafür, so eine schlechte Tochter zu sein. Dafür, wie oft ich sauer war, obwohl ich wusste, dass unsere Mutter nichts dafürkonnte. Schlimmer noch, gerade in Situationen, in denen es wichtig und auch anständig gewesen wäre, Rücksicht zu nehmen, Geduld zu haben, wollte ich am liebsten schreien oder davonlaufen. Und statt es beim nächsten Mal besser zu machen, konnte ich nur eins: mich schämen. Obwohl das unserer Mutter auch nichts brachte.

Aus meiner hockenden Position hob ich den Kopf, um sie anzusehen. Dabei streifte mein Blick ihre Scheide. So hieß diese Stelle nämlich, egal, was meine Biolehrerin erzählte, die sowieso aus dem vorigen Jahrhundert zu sein schien und die niemand in meiner Klasse leiden konnte. Außerdem hatte unsere Mutter Kai und mich doch durch diesen Teil ihres Körpers geboren. Wobei mir für diesen Vorgang der Ausdruck »zur Welt gebracht« besser gefiel. Ich stellte mir gern vor, wie unsere Mutter erst mit Kai und ein paar Jahre später mit mir im Arm durch die Schwärze des Alls auf einen kleinen blassblauen Punkt zugeschritten war, einen Punkt, der allmählich größer und größer und zu einer Kugel wurde, zu einem Globus, und das Blassblaue war Wasser, eine Unmenge Wasser, und die Kontinente trieben dazwischen so herum. Mit Schreien und Blut hatte das Zur-Welt-Bringen in meiner Fantasie jedenfalls nichts zu tun. Solche Dinge hätte ich Kai erzählt, wenn er hier gewesen wäre. Vielleicht hätte ich mich sogar getraut, ihn zu fragen, wie er es eigentlich fand, dass er, ein Junge, niemanden zur Welt bringen konnte, ich als Mädchen aber schon. Eines Tages. Theoretisch. Denn ich war mir ehrlich nicht sicher, ob es so eine gute Idee war, Kinder zu kriegen, wenn ich schon nicht in der Lage war, mich angemessen um unsere Mutter zu kümmern, der ich gerade die Unterhose bis über den Bauchnabel hochzog, damit sie nicht verrutschte, obwohl ich doch wusste, dass das Gummiband unangenehm einschnüren konnte. Als ich mir danach die Hände wusch, stellte ich mich wenigstens so hin, dass unsere Mutter sehen konnte, wie klein der Tropfen Seife war, den ich aus dem Spender drückte. Ich machte ganz schnell, so als ob ich mich nie geekelt hätte.

So tun, als wäre alles in Ordnung – wenigstens das gelang mir. Wahrscheinlich hätte ich das von Anfang machen und perfektionieren sollen, statt Extraschritte zu gehen oder Beobachtungen in ein Schulheft zu schreiben. Das nützte doch niemandem. Das war alles Kinderkram und peinlich, ein Beweis für meine Unfähigkeit. Kurz vorm Schlafengehen schlich ich mich noch einmal aus der Wohnung in den Hinterhof und warf das Heft, das ich unter meinem Bett hervorgeholt hatte, ins Altpapier zwischen Pizzakartons und Supermarktbroschüren. Der Container war jetzt, einen Tag vor der Leerung, jedoch so voll, dass das Heft nicht nach unten rutschte. Von der hüfthohen Mauer, die unseren Hinterhof von dem des Nachbarhauses trennte, stieg ich in den Container und trampelte auf den Pappen herum, bis ich zufrieden war.

15

Kai schreit nicht. Er sagt auch nichts. Stattdessen glänzen seine Augen feucht, und ich muss mich wegdrehen. Nicht, weil ich etwas gegen weinende Männer hätte oder gegen Weinen überhaupt. Tatsächlich bin ich während meiner Recherche ein, zwei Mal darüber gestolpert, im Kontext von körpereigener Schmerzlinderung. Weinen ist nützlich – das Cortisol sinkt, Endorphine und Oxytocin werden freigesetzt, die Anspannung lässt nach, und Emotionen können besser verarbeitet werden. Mal wieder sehr clever ausgedacht vom Körper. Gleichzeitig ist Weinen ein Kommunikationsmittel, indem es das Gegenüber dazu bringen soll, etwas zu tun. Helfen oder trösten. Und exakt das ist es, was es so schlimm macht. Also für mich, jetzt gerade. Die Tatsache, dass seine Tränen, ob bewusst oder unbewusst, an mich gerichtet sind.

»Im Handschuhfach sind Taschentücher«, sage ich.

Mein Bruder öffnet die Klappe und findet die Packung Tempos. Er schnäuzt sich. Es klingt eins zu eins so wie bei unserer Mutter, sogar die Art, wie er anschließend das Taschentuch zusammenknüllt und zwischen drei

Fingern hält, ist ihre. Das war doch nicht schon immer so, oder?

»Ich wünschte, ich könnte rückgängig machen, was passiert ist, okay? Aber es ist auch hart von dir, es mir heute noch vorzuhalten, Anne«, sagt er mit rauer Stimme. »Ich wollte mit dir reden. Ich bin so oft zu euch nach Berlin gefahren. Aber ich durfte nie zu dir. Klaus hat gesagt, du würdest mich nicht sehen wollen. Später hat er mich dann vor die Wahl gestellt: Entweder ich lasse euch in Ruhe, oder er zeigt mich an wegen Aussetzung Schutzbefohlener.«

»Wegen was? Aussetzung? Ich war doch zu Hause in Flensburg, während du weg warst.«

»Das ist juristisch dasselbe. Weil du minderjährig und dir selbst überlassen warst. Da ist dann egal, wo.«

»Ach, komm, das hätte Klaus nicht gemacht.«

»Und warum bist du dir da so sicher?«, fragt Kai bissig. »Der Typ hasst mich. Hat er immer schon.«

»Ja. Ist schon gut«, beschwichtige ich und fahre fort: »Du hättest eben einfach nicht gehen sollen.«

Immerhin das steht hier nicht zur Diskussion, das ist Fakt.

»Es wäre uns eine Menge erspart geblieben. Ich kann dich davon nicht befreien. Das musst du mit dir selbst ausmachen.«

»Das habe ich zum größten Teil«, entgegnet Kai. »Aber du bist noch nicht fertig damit, wie mir scheint.«

»Ach ja? Was interessiert dich das überhaupt?«

Langsam. So geht das nicht. Ich muss mich mehr zusammenreißen, soweit das eben möglich ist, eingesperrt in meinen eigenen Kofferraum, umringt von Schafen.

»Ich hatte nie die Chance, dir zu sagen, wie es wirklich war«, fährt mein Bruder fort. »Ich meine, warum ich damals in Wahrheit weg bin.«

»Was soll das heißen, *in Wahrheit*?«

»Ich war auf dem Schiff in Norwegen, das stimmt so weit. Um Geld zu verdienen, das stimmt auch. Aber es gab noch einen Grund, den du kennen solltest. Damit klar ist, dass es nie gegen dich gerichtet war. Oder gegen Mama.«

Ich schüttle den Kopf, presse die Hände gegen meine Wangen. »Will ich das wirklich hören?«

»Ich möchte eben, dass du es weißt.«

»Und das fällt dir jetzt ein? Als hättest du nicht Jahre Zeit gehabt dafür?«

»Wie ich schon sagte, mir hat die Gelegenheit gefehlt und dann der Mut. Weil ich mich geschämt habe, weil ich mir die Schuld gegeben habe für das, was passiert ist.«

»Du *warst* ja auch schuld!«

»Nein! Das ist nicht wahr. Mama hatte die Verantwortung. Nicht ich, nicht du«, verteidigt er sich. Uns?

»Mama war krank.«

»Körperlich, ja. Aber sie hatte nicht ihren Verstand verloren. Sie hätte ehrlich sein und sich Hilfe holen müssen.«

»Wie und woher denn? Du weißt genau, wie viel Angst sie davor hatte, dass jemand das Jugendamt einschaltet.«

Kai grunzt verächtlich. »Hast du eine Ahnung, was in Deutschland passieren muss, damit ein Kind aus seiner Familie genommen wird? Du bist naiv.«

»Ach, und du hättest es an ihrer Stelle drauf ankommen lassen? Sie hatte nur uns!«

»Es hätte auch Klaus gegeben. Oder Rasmus. Aber mit

denen wollte sie nichts zu tun haben, damit ihr keiner reinredet.«

Wir sind ein paar Augenblicke still und mit unseren Gedanken beschäftigt.

»Du scheinst nicht wütend auf sie zu sein«, stellt Kai fest.

»Weil mir das nichts bringt.«

»Ja, das kann ich mir vorstellen. Du konntest die Schuld schließlich immer auf mich schieben. Wie bequem!«

Was er sagt, trifft mich wie ein Nackenschlag. Ich weiß nicht, was mich mehr schockiert, seine Dreistigkeit – als hätte nicht *er* es verbockt, als hätte nicht *er* uns verlassen – oder das Gefühl, dass an seiner Feststellung etwas dran sein könnte. Nach und nach erreichen seine Worte eine unbekannte Tiefe in mir. Auf einmal spüre ich meinen Herzschlag überdeutlich, ein dumpfes Wummern, das keinen Platz zum Denken lässt. Ich will das nicht mehr. Ich will aus diesem Körper aussteigen, mich herausschälen und zusehen, wie die Hülle mit einem glitschigen Geräusch zusammenfällt; ich will mich durch einen offenen Fensterspalt ins Freie zwängen und in den Himmel verschwinden wie Zigarettenrauch, wie ein Geist.

»Wenigstens zu ihrer Beerdigung hättest du kommen können …«, beginne ich, ohne zu wissen, worauf ich eigentlich hinauswill.

Mein Bruder stöhnt wie getreten. »Wollte ich. Dann hab ich mir aber den Knöchel gebrochen und musste erst mal ins Krankenhaus. Aber ich bin hin. Auf den Friedhof, meine ich. Mit Krücken. Ich hab noch den Kranz von dir und Klaus auf dem Grab gesehen, den mit der roten

Schleife. Und ich war sauer, dass ihr nicht mal meinen Namen mit draufgeschrieben habt.«

»Wieso hätten wir das tun sollen? Wir hatten ewig nichts mehr von dir gehört. Seit Jahren.«

»Ja, weil ihr mich abgeblockt habt.«

»Ach, komm jetzt«, erwidere ich. »Wir drehen uns hier im Kreis.«

Doch er hat recht. Es stimmt, dass mein Vater nach dem Sommer 2000 nur noch schlecht, wenn überhaupt, über Kai gesprochen hat. Tief verletzt, wie ich war, erhob ich keinen Einspruch, im Gegenteil, ich sah mich bestätigt. Hätte ich anders reagieren können? Ich war so jung, musste mich mit einer Version der Geschichte arrangieren, so wie man das immer muss. Aber jetzt frage ich mich, wie Kais Sicht der Dinge klingt. Ob sie mehr Wahrheit beinhaltet als meine. Ob es so etwas in diesem Fall überhaupt gibt: die eine Wahrheit. Fakt ist, es gibt nur eine einzige Realität, in der wir alle leben; gleichzeitig sind unsere Erfahrungen so unterschiedlich, dass es genauso gut unendlich viele Realitäten sein könnten. Dass alles objektiv messbar, aber nichts objektiv bewertbar ist, muss so was wie die Urtragödie menschlichen Empfindens sein.

Ich lege meine Stirn an das Glas der Heckscheibe. Die plötzliche Kälte auf der Haut tut gut. Ich betrachte das Schaf, das von hier aus am dichtesten beim Wagen steht. Das Fell ist bei näherem Hinsehen sehr schmutzig, es hängen Kletten und trockene Blätter darin. Als es einen Schritt zur Seite macht, erkenne ich auf einmal einen zweiten, kleineren Körper. Die Löckchen des Lamms sind hell und noch kurz, an manchen Stellen scheint die Haut rosa durchzuschimmern. Sicher würde es sich unglaublich gut anfühlen, es zu berühren. Ich erinnere mich an einen Ausflug in einen Berliner Tierpark, den Kai und ich einmal mit unserer Mutter gemacht haben. Manche der Tiere durfte man füttern, aber ich traute mich nicht, den Ziegen und Schafen die Pellets aus dem Automaten auf der flachen Hand hinzuhalten. Jedes Mal, wenn sich ein Maul näherte und ich den warmen Atem auf der Haut spüren konnte, ließ ich das Futter mit einem kleinen Schrei fallen. Aber gestreichelt habe ich die Viecher gern. So gern, dass ich auf der Heimfahrt immer wieder an meinen Händen roch und mich möglichst lange davor drückte, sie zu waschen. Zeitlich gesehen muss das kurz vor der Diagnose unserer Mutter gewesen sein; wir waren mit unserem Auto unterwegs, sie am Steuer, Kai auf dem Beifahrersitz und ich auf der Rückbank neben Flitterkram fürs Musiktheater, Perücken, von der Sonne angeschmolzenen Lippenstiften und mehreren Packen Notenblättern, mit Haushaltsgummis zusammengehalten. Alle paar Minuten, wenn unsere Mutter mal wieder unvermittelt auf die Bremse trat oder eine Kurve zu scharf nahm, flog alles durcheinander, und ich klaubte die Sachen wieder auf. Rückblickend ist unsere Mutter wirklich keine besonders gute Autofahrerin gewesen. Irgendwie fuhr sie immer wie auf der Flucht. Aber so was fällt einem nicht auf, wenn man ein Kind ist und keine Vergleichsmöglichkeiten hat. Ich fand das Geruckel sogar lustig und lachte mich jedes Mal schlapp, wenn wir angehupt wurden und unsere Mutter selbstbewusst zurückhupte oder, ganz selten, mal jemandem den Vogel zeigte. Lediglich Kai sagte manchmal mahnend so was wie: »Hier ist Tempo dreißig!«, oder: »Da war ein Stoppschild, Mama!«, und wir machten dann Witze über ihn und nannten ihn scherzhaft »Die Stimme der Vernunft«.

»Was wolltest du mir noch erzählen?«, frage ich meinen Bruder.

»Hm?«

»Was du mir noch erzählen wolltest. Warum du damals in Wahrheit weg bist, oder wie du gesagt hast.«

»Ach so. Das.« Er räuspert sich. »Sagt dir der Name Alex noch was?«

16

Die zweite Woche ohne Kai brach an. Ich fuhr einmal nachmittags, als unsere Mutter schlief, zum Strandbad, in der Hoffnung, zufällig Wiebke über den Weg zu laufen, traf sie jedoch nicht an; nur einige Mädchen aus unserer Klasse waren da, bei denen mir die Fantasie für gemeinsame Gesprächsthemen fehlte. Also zog ich mir meinen Sonnenhut ins Gesicht und steckte die Nase in das Buch, das ich mitgebracht hatte, eines von Kais zerfledderten Fünfzig-Pfennig-Taschenbüchern aus dem Sozialkaufhaus, mit vergilbten Seiten und diesem Geruch nach dem Dachboden fremder Leute. Es ging darin um ein Auto namens Christine, in dem es spukte und das deswegen alle möglichen Leute überfuhr. Ich las das Buch vor allem deshalb, weil es voller Schimpfwörter war, die unsere Mutter mir nie erlaubt hätte zu sagen oder überhaupt zu kennen. Es fühlte sich gut an, diese Wörter zu sammeln; ein kleines Waffenarsenal. Für später, wenn ich es mal brauchte. Denn irgendwann brauchte man das, ganz sicher.

Zu Hause war ich mit meinem Kissen und meiner Decke in das Bett unserer Mutter umgezogen. Ich schlief auf der linken, fensternahen Seite, während sie auf ihrer türnahen blieb, von der aus es nur wenige Schritte bis ins Badezimmer waren. Wir hatten vereinbart, dass sie mich wecken sollte, sobald sie in der Nacht das leiseste Gefühl hatte, aufs Klo gehen zu müssen. Bislang klappte es gut. Meist musste sie zweimal, einmal gegen drei und dann wieder gegen sechs Uhr. Wenn ich sie zur Toilette begleitete, wendete ich einen Trick an, den mir Kai mal verraten hatte: Wenn man statt der Badezimmerlampe nur das Flurlicht anknipste, das noch ausreichend ins Bad hineinfiel, und wenn man dann noch die Augen halb geschlossen hielt, sodass man ein bisschen schielte, wurde man nicht so richtig wach und konnte schneller wieder einschlafen. Tagsüber schrieb ich alle Aufgaben, die erledigt oder vorgeplant werden mussten, auf Zettel und klebte sie überall in der Wohnung hin, aber ich kam trotzdem nicht hinterher. Außerdem verschwanden auch immer wieder einige, die ich im Mülleimer unter der Spüle entdeckte. Ich verstand zwar, dass unsere Mutter mir gegenüber ein schlechtes Gewissen hatte und dass sie nicht wollte, dass ich mehr im Haushalt machte, als sie für absolut notwendig hielt, aber ihr Verhalten machte alles nur komplizierter. Wenigstens um ihre Medikamente musste ich mich nicht kümmern; das Tablettenkästchen stand gefüllt und sortiert auf ihrem Nachttisch.

»Du brauchst mich nicht zu kontrollieren«, fauchte unsere Mutter, als sie mich dabei ertappte, wie ich es stichprobenartig in Augenschein nahm.

Ich presste die Lippen zusammen. Am liebsten hätte ich sie gebeten, mir eine Liste anzufertigen mit den Dingen, die sie allein machen wollte, mit denen ich ihrer Meinung nach nichts zu tun haben sollte, ein für alle Mal. Aber dann fiel mir ein, dass das Schreiben bei ihr nur noch an den guten Tagen klappte und dass wir also erst auf einen dieser Tage würden warten müssen. Und dann fiel mir ein, dass es sein konnte, dass diese Liste nicht lange aktuell bleiben würde. Und dann verdrängte ich den Gedanken und stellte die Waschmaschine an.

Zehn Tage noch bis zu Kais Rückkehr. Ich konnte es nicht erwarten. Aber erst einmal ging der Gehstock unserer Mutter kaputt, denn sie war im Flur damit gestürzt. Sie hatte sich zum Glück bis auf ein paar blaue Flecken nicht verletzt, doch der Handgriff ihres Derbys war abgebrochen, zurück blieb nur ein Stumpf, auf den man sich nicht mehr stützen konnte. Ich brachte den Stock ins Sanitätshaus, doch der Mann dort schüttelte den Kopf, als er ihn begutachtete.

»Da ist nichts mehr zu machen, das kann man nicht mehr stabil flicken. Deine Oma muss sich eine ärztliche Verordnung für einen neuen ausstellen lassen.«

Natürlich berichtigte ich ihn nicht. Ich hatte mich sogar mit einem falschen Nachnamen vorgestellt. Der Mann kannte zwar unsere Mutter vom Sehen, denn sie war ja seine Kundin; aber mich sollte er nicht zuordnen können, das war ihr wichtig, auch wenn ich ihre Vorsicht mittlerweile überflüssig fand. Zu Hause am Küchentisch bot ich an, dass ich den Zettel, den sie brauchte – die Verordnung –, für sie von der Arztpraxis abholen konnte.

Sie winkte ab. »Nein, besser nicht.«

»Aber ich bin doch nicht mehr klein. Dr. Hammerschmidt kann doch jetzt wissen, dass du neben Kai auch noch mich hast. Das ist doch nicht schlimm.«

»Ich gehe kein Risiko ein, Anne. Außerdem: Wenn ich das mache, dann weiß er doch, dass ich ihn die ganze Zeit über angelogen habe.«

»Dann such dir einen neuen Arzt, und dem kannst du es ja dann von Anfang an erzählen!«, forderte ich ungeduldig.

»So einfach, wie du denkst, ist das nicht. Und das würde mir jetzt auch nicht helfen, ich brauche so schnell wie möglich einen neuen Stock.«

Damit hatte sie natürlich recht. Ohne den Gehstock war sie kaum in der Lage, sich in der Wohnung zu bewegen; von außerhalb der Wohnung ganz zu schweigen. Stattdessen würde sie mich jedes Mal, wenn sie mehr als drei Schritte gehen wollte, um Hilfe bitten und sich auf mich stützen müssen – außer, sie bliebe im Bett oder auf der Couch liegen, bis Kai endlich zurück war. Unsere Mutter starrte aus dem Küchenfenster. Am Zucken der Stelle zwischen ihren Augenbrauen erkannte ich, wie intensiv sie nachdachte. Dann schien sie eine Entscheidung getroffen zu haben, denn sie setzte sich gerader hin.

»Ich werde Manuel fragen. Der hat mir seine Nummer gegeben für den Fall, dass ich eine Mitfahrgelegenheit brauche.«

»Wen?«

»Manuel. Der mit dem schwarzen Auto. Sein Sohn ist bei dir auf der Schule, glaube ich.«

»Das *Ekel*?«

»Der ist eigentlich nicht so schlimm.«

»Das kann nicht dein Ernst sein, Mama.«

»Doch, klar. Wieso soll ich sein Angebot ausschlagen, wenn ich es doch so gut gebrauchen kann?«

»Ich dachte, wir mögen den nicht!«

»Man muss jemanden auch nicht mögen, um seine Hilfe anzunehmen. Mal ganz davon abgesehen, dass der eigentlich ganz in Ordnung ist.«

»Ich erlaube das aber nicht!«

Unsere Mutter stutzte, dann entfuhr ihr ein Lachen. »Ich brauche deine Erlaubnis nicht! Ich kann ganz gut auf mich selbst aufpassen. Mach dir mal nicht so viele Sorgen, ich regle das schon.«

War das ihr Ernst? Verletzt stand ich vom Tisch auf und stapfte aus der Küche, wobei ich die Füße so laut aufsetzte, als wollte ich mit meinen Fersen Löcher in den Boden treten. In unserem Zimmer kroch ich in Kais Bett und unter die Decke, wo es noch nach ihm roch, vor allem, wenn ich die Nase in die Matratze drückte. So tun, als wäre alles in Ordnung, entpuppte sich allmählich als die schwerste Aufgabe von allen. Aber wenn unsere Mutter so partout nicht auf mich hören wollte, vielleicht musste ich sie dann einfach machen lassen? Ja. Warum nicht. Sie würde schon noch sehen.

»Anne?«

Ich stellte mich taub.

»Anne! Ich muss mal!«

Ich könnte so tun, als wäre ich eingeschlafen. Dann müsste sie selbst *regeln,* wie sie ins Badezimmer und aufs Klo käme. Sich an der Wand entlanghangeln. Das hatte sie ja auch früher schon geschafft; es dauerte, aber es ging, wenn sie sich konzentrierte. Wenn sie sich nur einmal richtig konzentrierte und sich nicht darauf verließ, dass ich schon kommen würde, um sie wieder aufzusammeln, wenn sie gefallen war. Oder dass es jemanden gab, der ihr an Tagen, wo ihre Finger besonders steif waren, das Frühstücksbrot in Häppchen schnitt. Jemand, der ihr beim Duschen half. Vorgestern hatte sie zum ersten Mal darum gebeten, dass wir die Rollen tauschten: dass ich sie einseifte, ihre Haare wusch und abbrauste, während sie sich aufs Festhalten und Nichtausrutschen konzentrierte. Dass sie sich in die Wanne setzte, war keine Option mehr. Sie hätte nicht wieder aufstehen und über den Rand steigen können, und hochheben konnte ich sie einfach nicht.

»Anne! Bitte!«

Ich presste die Hände gegen meine Ohrmuscheln und genoss die Stille. Obwohl es vollkommene Stille natürlich nicht gab, nirgends. Wenn man genau hinhörte, gab es immer noch die Geräusche des Körpers: das Rauschen des Blutes, das Ein- und Ausströmen des Atems, ein Gluckern im Magen.

Auf einmal ein dumpfer Schlag. Bevor ich richtig darüber nachdenken konnte, hatte ich mich schon aus Kais Bett geschält und war aufgesprungen. Unsere Mutter lag auf dem Küchenfußboden. Sie hatte versucht, aufzustehen und jetzt lag sie dort, denn ich hatte sie im Stich gelassen. Ich war so erschrocken über mich selbst, dass ich auf der Stelle zu heulen anfing.

»Ist okay. Schhh. Ist okay.«

Unsere Mutter versuchte, mir das Gesicht mit einem Geschirrtuch, das gerade noch in ihrer Reichweite hing, trocken zu wischen.

»Tut mir leid«, murmelte ich gegen ihre Brust und atmete ihren Duft ein, diesen schweren, süßen Duft, der, hätte er eine Farbe gehabt, dunkles Rosa gewesen wäre. Dunkles Rosa mit Sprenkeln von Karamellbraun.

Später machte ich uns Bandnudeln mit Käsesoße, und wir aßen im Wohnzimmer, während wir die *Tagesschau* sahen. Sie zeigten einen Bericht über den Weg der olympischen Flamme und die Vorbereitungen für die Sommerspiele, die diesmal in Sydney stattfinden würden.

»Schade, das hätte mich schon interessiert«, sagte unsere Mutter. »Aber das ist ja in den Herbstferien, da sind wir in Italien.«

Später brachte ich ihr eine der Kisten mit den Videokassetten aus der Schublade unter dem Fernseher. Unsere Mutter wählte *Bellini: Norma, Komische Oper Berlin, 1967* aus, und ich legte sie in den Videorekorder und drückte auf *Play*. Anschließend breitete ich die Wolldecke über ihre Beine, stopfte sie an den Seiten fest und ließ sie allein. Ich musste mit Kai sprechen, jeder Tag länger ohne ihn drückte mir die Kehle zu. Doch sobald ich seine Nummer gewählt hatte, wurde ich wieder direkt an die Mailbox geleitet. Er schien sehr, sehr beschäftigt zu sein auf diesem Schiff.

17

»Manchmal findet man jemanden, den man gar nicht gesucht hat. Eines Tages wird er dir angespült. Den wirfst du dann ja nicht zurück ins Wasser, den behältst du«, hatte Alex gesagt, einige Wochen, bevor sie am Kieler Norwegenkai an Bord der MS Königin Maud gegangen waren.

»Ja«, hatte Kai erwidert, und das war auch schon alles gewesen, was sie an Worten darüber verloren hatten; schließlich sprachen sie bereits seit einem Jahr nur mit Blicken, die sie einander durch den Proberaum der Schule oder die Küche des Shamrock zuwarfen, mit Blicken und mit den unauffälligsten Berührungen im Vorbeigehen; eine komplexe Choreografie.

Das zwischen ihnen hatte keinen Namen und brauchte auch keinen. Lediglich einen Ort und eine Zeit, nämlich wenn Kai seine Gitarrenstunde schwänzte. Dann fuhren Alex und er mit den Rädern zum Strand nach Solitüde, sowohl bei Sonnenschein als auch bei Nieselregen und einmal sogar bei Sturm. Sie legten die Klamotten ab und warfen sie auf einen unordentlichen Haufen, wo sich ihre Pulloverärmel und Hosenbeine ineinander verknäuelten, dann rannten sie mit einem Schrei in die olivgrünen Wellen. Unter Wasser griffen sie nach der Hand des anderen und ließen sie wieder los, sobald sie auftauchten. Aber mit jedem Mal versuchten sie, ein bisschen länger die Luft anzuhalten, ein bisschen länger dort unten zu bleiben, wo alles still war und das Gefühl nackter, fremder Haut zum Gefühl nackter, vertrauter Haut werden konnte. An dem Tag, als Alex Kai das Handy schenkte, erzählte er auch zum ersten Mal von der norwegischen Hurtigruten. Sein älterer Bruder habe das mit dem Küchendienst auf dem Schiff drei Jahre hintereinander gemacht und zusammen mit dem Trinkgeld richtig gut verdient, weil diese Fahrten vor allem von reichen Rentnern gebucht würden. Das könnten sie doch gebrauchen, für den Führerschein und so.

»Aber das ist nicht der Hauptgrund, warum ich mitkommen soll, oder?«, hatte Kai erwartungsvoll gefragt.

»Ja, stimmt«, hatte Alex geantwortet und die Nase in Kais Haare gesteckt und tief eingeatmet, »der Hauptgrund ist das wohl nicht.«

Hier bricht die Erzählung ab, auf der Stirn meines Bruders schimmert Schweiß.

»Er war meine erste große Liebe«, sagt er. »So war's einfach. Kann man nicht erklären.«

Er zuckt mit den Schultern.

Ich weiß nicht, was ich zu alldem sagen soll, außer: »Ich wusste gar nicht, dass du schwul bist.«

»Bin ich auch nicht. Das Geschlecht ist mir einfach nicht so wichtig. Ich mag Männer und Frauen.«

Interessant. Ich mag weder noch.

»Hat Mama davon gewusst?«

Kai schüttelt den Kopf. »Ich habe ihr viel erzählt, aber das nicht. Das war anders. Es gab gefühlt nie den richtigen Zeitpunkt. Vielleicht wollte ich auch endlich mal etwas nur für mich haben. Irgendwann war es jedenfalls zu spät.«

Ich nicke.

»Seid ihr noch zusammen? Du und dieser Alex?«

»Dann hätte ich ja wohl jemanden, zu dem ich gehen könnte dieses Wochenende.« Kais Mundwinkel sind angespannt, als er weiterspricht. »Nein. Das ist schon ewig vorbei. Es ging noch bis kurz nach dem Abitur. Also, Alex' Abitur, ich hab – aber das weißt du wahrscheinlich.«

»Ja. Klaus erwähnte mal, dass du danach irgendwann nicht mehr zur Schule gegangen bist. Und dass du bei deinem Vater gewohnt hast.«

»Das stimmt. Anfangs. Deswegen sind Alex und ich hin- und hergependelt zwischen Flensburg und Kopenhagen. Aber ich durfte immer nur abends bei ihm ankommen, nur bei Dunkelheit. Und am besten im Morgengrauen wieder abhauen, wegen seiner Familie. Die sollte nicht von mir wissen. Dabei wäre es mir egal gewesen. Aber ihm halt nicht.«

Kai räuspert sich. Das Räuspern wird zum Glucksen, zum Hüsteln.

»Alex wollte dann auf einmal in London studieren, International Business«, macht er weiter, als er sich wieder gefangen hat. »Er hätte zwei Studienplätze in Deutschland sicher gehabt, aber es musste trotzdem England sein. Ich habe das damals nicht verstanden. Ein Mal durfte ich ihn noch besuchen und beim Umzug helfen, dann war Schluss. Von einem Tag auf den anderen. Im Nachhinein glaube ich, dass er sich nicht entscheiden konnte, welches Leben er eigentlich führen will.«

Kai lächelt traurig und ein bisschen hilflos, und zum ersten Mal, seit wir hier sitzen und uns unterhalten, habe ich das Bedürfnis, ihm Trost zu spenden. Aber ich kann nicht. Ich muss diese ganze Alex-Geschichte erst verdauen, obwohl ich weiß, dass es kindisch und kleinlich ist, sie ihm übel zu nehmen. Denn auch wenn ich selbst keine romantischen Beziehungen habe, ist mir klar, dass Verliebtheit schon ganz andere als Kai unvernünftige Dinge tun hat lassen. Je mehr ich darüber nachdenke, desto mehr begreife ich, dass es mir in Wahrheit null Komma null um diesen Typen geht, sondern um etwas anderes: Dass mein Bruder anscheinend in erster Linie aus Liebe auf dieses blöde Schiff gegangen ist, stellt alles auf den Kopf, was ich zu wissen geglaubt habe. Er hat recht: Es lag nahe, ihn für alles verantwortlich zu machen. Es hat Sinn ergeben, keinen besonders schönen, aber immerhin Sinn. Und irgendwie fühle ich mich jetzt beraubt. Da ist nichts mehr, woran ich mich noch festhalten kann in dieser Geschichte. Sie fällt vor meinen Augen einfach auseinander.

Einem Vorwurf muss er sich aber noch stellen. Er muss einfach.

»Du hättest sie in ihrem Zustand – uns, meine ich – nicht allein lassen dürfen. Trotz allem. Es ging ihr wirklich nicht gut. Es war doch abzusehen, dass das schiefgeht.«

»Ja, und warum? Weil sie ihre Medikamente über Monate nicht genommen hat. Weil sie nicht mehr daran geglaubt hat.«

»So ein Schwachsinn. Ich weiß zufällig, dass die Medikamentenbox immer voll war.«

»Ja, genau: Sie war immer voll. Es hat nie was gefehlt. Weil sie die Box nicht mehr angerührt hat.«

»Das kann nicht sein.«

»Wieso nicht?«

»Weil ich – also, weil ich das kontrolliert habe. Ich habe alles mitgeschrieben. Alles!«

»Dein Heft meinst du? Dieses kleine Schulheft mit der Tabelle über Mamas Symptome?«

Das ist unmöglich. Er kann nicht davon wissen, ich habe es gewissenhaft versteckt gehalten und nie irgendwo herumliegen lassen.

Ich starre meinen Bruder an.

»Ihr habt darin gelesen?«

»Klar, du hast es uns doch gezeigt. Ganz stolz.«

»Sicher nicht.«

»Ach, Anne, du warst doch noch so klein …«, sagt er sanft.

Ich reibe mir übers Gesicht. Kann ihn nicht ansehen. Deswegen, und weil mir gerade schwindlig ist, schließe ich die Augen.

»Hast du Mama auf die Medikamentensituation damals angesprochen?«, schaffe ich nach einer kleinen Ewigkeit zu fragen.

»Ja. Sie hat abgeblockt. Aber die Tabletten lagen ohne Scherz immer an exakt derselben Stelle, und sie hat mich irgendwann auch nicht mehr zur Apotheke geschickt, um ein Rezept einzulösen. Ich war so enttäuscht von ihr, so wütend, ich habe irgendwann die Nerven verloren und gedacht, dann muss sie eben allein klarkommen. Aber ich habe dich dabei übergangen, und das tut mir leid. Das war falsch. Ich war überfordert, habe zu viel getrunken und zu viel gekifft, und ich wollte irgendwann einfach nur weg. Mit Alex.«

Meine Augen sind immer noch geschlossen. Ich nicke, im Sinne von: Ist schon gut, stopp jetzt, hör bitte auf zu reden. Dann lege ich den Kopf in den Nacken, so weit ich kann, und balanciere die Tränenflüssigkeit auf dem unteren Lidrand.

Hat sie das wirklich getan? Einfach im Alleingang ihre Medikamente abgesetzt und uns bewusst in die Situation, in alle folgenden Situationen gebracht? Es würde auf jeden Fall erklären, warum sich ihr Zustand so schnell so drastisch verschlechterte. Wenn das wirklich stimmt – mir fehlt die Kraft weiterzudenken. Das Gefühl, ein weiteres Mal verraten worden zu sein, ist überwältigend. Ich kann nicht sprechen, nur schlucken, immer wieder. Kai klettert zwischen den Vordersitzen durch auf die Rückbank. Er beugt sich zu mir in den Kofferraum und hält mir den Schuh entgegen, den ich vorhin nach ihm geworfen habe. Ich nehme den Schuh entgegen, schaffe es jedoch nicht, mit meinem Fuß hineinzuschlüpfen, so schlaff und kraftlos fühle ich mich auf einmal.

18

Am Mittwochmorgen stand um Punkt elf das große Ekel vor unserer Wohnungstür, roch nach Aftershave und klapperte wichtigtuerisch mit den Autoschlüsseln in seiner Hand. Unsere Mutter und ich waren noch im Flur beschäftigt, wo ich vor ihr kniete und ihre Schnürsenkel extralangsam zur Schleife band. Zum Schluss zupfte ich noch etwas an der Lederzunge des Schuhs herum, um sicherzugehen, dass keine Falte auf ihren Fußrücken drückte, aber auch, um Zeit zu schinden.

»Du musst keine Angst haben«, sagte das Ekel. »Ich bringe deine Mutter sicher hin und wieder zurück, versprochen!«

Er kniff verschwörerisch ein Auge zu, doch ich reagierte nicht, obwohl unsere Mutter sich räusperte, was wahrscheinlich »Sei bitte nicht so unhöflich!« heißen sollte.

Auf dem Parkplatz vor unserem Haus bestand ich darauf, ihm im Detail zu zeigen, wie er es anstellen musste, unsere Mutter sicher auf den Beifahrersitz und wieder aus dem Auto hinauszubugsieren. Ich beobachtete jeden seiner Handgriffe genau, konnte aber nur ein-, zweimal etwas korrigieren. Tatsächlich war er geschickt, stark sowieso. Er schaffte es ohne Mühe, unsere Mutter zu stützen, hob sie einmal sogar kurzerhand hoch, als sich eins ihrer Beine zu verkeilen drohte.

»Guck mal, wie das klappt!«, rief er und lachte.

Ich hasste ihn auf der Stelle noch mehr, wenn das überhaupt möglich war.

»Hier«, sagte unsere Mutter, kramte in ihrer Umhängetasche und förderte ein Fünfmarkstück zutage. »Für einen Eisbecher bei Danilo. In ein, zwei Stunden bin ich wieder da.«

Das Ekel schloss die Beifahrertür, lief um den Wagen herum und stieg ein. Sie fuhren los. Ich stand auf dem Parkplatz und befühlte das Geldstück, das warm und feucht in der Kuhle meiner Hand lag. Dann ging ich zurück in unsere Wohnung und wählte Kais Nummer. Die Mailbox schaltete sich ein.

»Ich will, dass du zurückkommst!«, sagte ich, dann holte ich tief Luft und hielt die Sprechmuschel ganz nah an meinen Mund und rief: »Komm! Jetzt! Zurück!«, während ich parallel mit dem Fuß stampfte.

Ich ließ mein Rad in Wiebkes Vorgarten fallen und klingelte. Diesmal war es ihre Mutter, die mir öffnete; eine Frau mit raspelkurzen grauen Haaren, die auf den Schulsommerfesten und Elternsprechtagen regelmäßig für Wiebkes Oma gehalten wurde, was Wiebke sehr ärgerte. Aber genau so hatte das ja im letzten Jahr angefangen mit uns: Ich war zu Wiebke gegangen und hatte gesagt, dass auch meine Mutter anders sei als andere Mütter, und sie hatte mich angelächelt und ganz offensichtlich verstanden.

»Ah. Du willst wahrscheinlich zu Wiebke?«

»Ja. Bitte, es ist dringend.«

»Mama?«, hörte ich Wiebke aus dem oberen Stock rufen.

»Ja, Schatz, hier ist jemand für dich!«, rief ihre Mutter zurück.

»Wieso, wer?«

»Ich bin's! Anne!«, rief ich in den Hausflur.

Ich erwartete, jeden Moment Wiebkes Füße die Treppe hinuntertrampeln zu hören. Doch es blieb still.

»Wiebke?«, rief ihre Mutter und lehnte sich weit in den Hausflur hinein. »Es ist nicht nett, einen Gast in der Tür stehen zu lassen! Außerdem möchte Anne doch sicher bei euch mitmachen. Komm jetzt bitte runter.«

Euch? Wer sollte das sein, wovon redete sie?

Ich erhielt die Antwort ein paar Sekunden später, als nicht nur Wiebke die Treppe heruntergestapft kam, sondern auch Svenja, Bettina und Jennifer aus unserer Klasse. Sie trugen Pyjamahosen und knielange T-Shirts, die mit Mickymäusen oder dem Blonden von den Backstreet Boys bedruckt waren. Bettina hatte noch Schlafdreck in den Augenwinkeln.

»Ist okay«, sagte Wiebke zu ihrer Mutter, »ich mach das.«

Ihre Mutter strich ihr über den Kopf und verschwand. Wiebke verschränkte die Arme vor der Brust und sah mich fragend an, auch Svenja, Bettina und Jennifer starrten.

»Ich brauche dein Handy, bitte«, begann ich. »Ich

muss eine SMS an meinen Bruder schreiben. Nur eine ganz kurze. Es ist wichtig. Ich kann ihn anders nicht erreichen, er geht nicht ran.«

Wiebke runzelte die Stirn. »Wieso, hast du kein eigenes Handy, mit dem du das machen kannst?«

»Nein, das weißt du doch.«

»Nee. Sicher nicht. Warum sollte ich so was denn wissen?«

»Weil ... na, weil ich dir das erzählt habe.«

»Ja und. Ich kann mir ja nicht alles merken.«

»Ähm.« Ich wusste nicht, was ich darauf sagen sollte, und sah mit flatternden Wimpern zwischen ihr und den anderen Mädchen hin und her.

»Also, ich kann dir jedenfalls nicht mein Handy leihen, da ist gerade der Akku alle.«

»Ich kann auch warten, bis du es aufgeladen hast.«

Wiebke stieß hörbar den Atem aus. Svenja, Bettina und Jennifer warfen einander Blicke zu.

»Das ist mir eigentlich nicht so recht. SMS sind voll teuer. Mach ich echt nur bei superengen Freunden.«

»Aber das sind wir doch!« Langsam wurde ich sauer. Was war denn los mit ihr?

Wiebke seufzte.

»Hör mal«, sagte sie. »Frau Jensen hat uns Anfang des Jahres nebeneinandergesetzt. *Die* wollte das. Und dass ich in den Pausen mit dir was mache, weil du immer allein in der Ecke rumstehst. Aber ich habe da keine Lust mehr drauf, wenn du immer so ...«

Sie machte eine kurze Pause; Svenja, Bettina und Jennifer kicherten.

»Na ja, also, wenn du immer so *stinkst*! So, jetzt hab ich es gesagt. Das ist echt schlimm. Und ich hab dir noch angeboten, mein Deo zu nehmen und alles. Sorry, aber das ist mir einfach zu blöd.«

Ich schluckte. Der Knoten in meinem Hals war riesig, hatte rasiermesserscharfe Stacheln und schien immer größer zu werden.

»Aber – du hast immer deine After Eights … ich durfte immer deine …«

»Mann«, sagte jetzt Bettina und sah mich kalt an. »Wiebke mag die doch gar nicht. Niemand mag die! Sie kriegt die bloß immer von ihrer Oma und nimmt sie dann halt in die Schule mit.«

Meine Augen begannen zu brennen, doch ich riss mich zusammen, um bloß nicht vor ihr und den anderen zu weinen. Auf gar keinen Fall. Ich würde ihnen nicht zeigen, wie sehr mich das alles traf. Wie traurig es mich machte. Stattdessen würde ich ihnen meine Wut zeigen. O ja. Ich würde …

Die Sirene eines Rettungswagens zwängte sich plötzlich in mein Bewusstsein. Wo genau der Heulton herkam, war nicht auszumachen. Das war aber auch egal, denn ich war mir ziemlich sicher, wohin er unterwegs war.

Mama.

Ich wusste, ich hätte sie nicht mit dem Ekel fahren lassen dürfen. Wahrscheinlich hatte er sie doch fallen lassen, beim Aussteigen oder auf dem Weg zur Tür. Weil er nämlich ein Idiot war.

Mama.

Ich drehte mich um, rannte über die Steinplatten im

Vorgarten zurück zu meinem Fahrrad und hatte im selben Augenblick vergessen, dass Wiebke oder Bettina oder eine der anderen existierte. Ich schwang mich in den Sattel und strampelte los. Der Heulton wurde etwas leiser. Das bedeutete, dass sie wahrscheinlich schon in der Nordstadt angekommen waren und jeden Moment bei uns zu Hause eintreffen mussten.

Der Hügel fiel jetzt ab, ich konnte die Füße von den Pedalen nehmen und mich rollen lassen, wurde ebenfalls immer schneller und schneller. Ein Auto schob sich langsam aus einer Einfahrt, ich konnte gerade noch einen Schlenker fahren, bevor ich die Motorhaube streifte. Die Ampel vor mir sprang auf Rot, doch ich ignorierte sie, Notfall war Notfall, auch ich war schließlich so etwas wie ein Rettungswagen. Ein Rettungsfahrrad.

Wie ein Pfeil schoss ich über die nächste Kreuzung, als der Lkw plötzlich vor mir auftauchte. Dunkelblaue Plane, gelbe Schrift: Nord-Schrott. Der bestürzte Blick des Mannes in der Fahrerkabine, als er mich auf sich zukommen sah. Ich kniff die Augen zusammen. Dunkel.

Mama.

Die Reifen des Lkws quietschten, ein lang gezogenes Hupen schrillte in meinen Ohren. Ich schien nur wenige Zentimeter vor dem riesigen Fahrzeug vorbeizurasen, denn für einen Sekundenbruchteil spürte ich die von der Karosserie ausstrahlende Wärme auf meiner Haut. Die Hupe ertönte noch einmal, doch ich hatte keine Zeit, mich umzudrehen.

Das Blut pochte in meinen Finger- und Zehenspitzen, als ich in unsere Straße einbog. Fröstelnd, entweder vor Schreck oder weil der Fahrtwind meine schweißnasse Haut abgekühlt hatte, kam ich vor unserem Haus zum Stehen, stieg mit weichen Knien aus dem Sattel und lehnte mein Rad gegen die Mauer. Kein Notarztwagen, nirgends. Hatten sie vielleicht im Hinterhof geparkt? Doch ich traute mich nicht nachzusehen. Auf den paar Metern bis zu unserer Wohnungstür konnte ich mir einbilden, es noch rechtzeitig geschafft zu haben. Dass sie noch da waren und auf mich warteten. Ich versuchte, meinen Schlüssel in unser Türschloss zu stecken, doch meine Hände zitterten so stark, dass ich es mehrmals verfehlte. Die Tür ging auf, und ich zuckte so heftig zusammen, dass mir der Schlüssel herunterfiel und auf der Fußmatte landete.

»Da bist du ja«, sagte unsere Mutter. »Ich hatte mich schon gewundert. Was ist los? Du keuchst so.«

Mir war auf einmal übel, alles drehte sich.

»Schnell gefahren«, presste ich heraus.

»Bei der Hitze ist das dann auch kein Wunder. Du musst unbedingt was trinken.«

Sie drehte sich um, und ich stolperte hinter ihr her durch unseren Flur. Genau wie sie musste ich mich jetzt an der Wand abstützen, um einen Fuß stabil vor den anderen zu setzen. In der Küche füllte ich mir ein Glas mit Leitungswasser, und sie sah zu, wie ich es herunterstürzte; ehrlicherweise nicht so sehr gegen den Durst, den ich gar nicht richtig spürte oder der mir einfach egal war. Ich war in erster Linie froh, meinen Mund zu beschäftigen, nicht reden zu müssen, auch nicht versehentlich etwas auszuplaudern. Sie durfte niemals erfahren, wie groß meine Sorge um sie gewesen war und dass ich mich deshalb auch noch in Gefahr begeben hatte. Hart setzte ich das Glas auf der Tischplatte ab.

»Wie ist es denn gelaufen mit …?«

»Manuel? Gut! Er hat mich bis in die Praxis begleitet. Er meinte, wenn ich das nächste Mal Hilfe brauche, muss ich bloß anrufen. Er hat im Moment auch keine Arbeit, aber viel Zeit, weißt du. Wie es eben so ist.«

»Aha«, sagte ich, weil mir nichts anderes darauf einfiel, wie immer bei solchen Erwachsenensprüchen.

Ich ging noch mal zur Spüle, um mir ein weiteres Glas Wasser zu holen. Erst jetzt, auf dem Weg dorthin, überkam mich eine Dankbarkeit, wie ich sie vielleicht noch nie empfunden hatte. Eine haushohe Welle, die auf mich zurollte, in ihrem höchsten Stand kippte und sich über mich ergoss. Meine Augen brannten, als ich mich umdrehte und unserer Mutter wortlos um den Hals fiel.

»Was ist denn los?«

Sie streichelte besorgt meinen Rücken.

»Ich bin einfach froh, dass du wieder da bist.«

»Wie, wo soll ich denn sein?«

Ich zuckte mit den Schultern und presste mich noch fester an sie und dachte: Ketchupflasche, Ketchupflasche, Ketchupflasche, alles raus, alles für mich.

»Du«, sagte sie neben meinem Ohr, ihr Atem kitzelte, »ich habe noch eine Überraschung. Manuel und ich waren direkt noch im Sanitätshaus und – ach, komm, ich zeig's dir.«

Ich begleitete sie ins Schlafzimmer. Dort stand ein

Ding: Handgriffe, in der Mitte eine Art Sitz, vier Räder. Über den beiden Vorderrädern war ein Einkaufskorb aus Metall befestigt. Unsere Mutter drückte sich an mir vorbei, stellte sich hinter das Ding und packte eifrig die beiden Griffe.

»Na, was sagst du? Das ist ein Rollator. Den habe ich als Leihgabe bekommen, solange ich auf meinen maßgefertigten Stock warte. Wer weiß, vielleicht behalte ich den einfach, wenn die Krankenkasse mitspielt.«

Sie demonstrierte mir, wie das Gerät ihr beim Gehen half. Es sah tatsächlich stabiler aus als mit dem Stock, sie wackelte weniger und war dabei auch noch schneller.

»Ich kann mich auch auf diese Sitzfläche setzen, wenn ich eine Pause machen will. Oder Sachen in den Korb hier tun. Vielleicht kann ich sogar wieder selber einkaufen gehen!«

Der Optimismus, der von ihr ausging, schien den Raum auszuleuchten, tauchte ihn in Goldrot wie die tief stehende Sonne am Abend.

»Ich freue mich für dich, Mama.«

Und für mich, ergänzte ich in Gedanken. Der Rollator würde ihr Freiheit zurückgeben und mir dadurch auch. Mir und Kai. Kurz hatte ich vergessen, dass es ihn ja auch noch gab und wir in nur vier Tagen schon wieder alle zusammen wären.

»Komm. Wir tun einfach ein dickes Kissen hier in den Korb, und ich schieb dich rum. Wie früher in deinem Kinderwagen.«

»Nee. Das schaffst du doch nicht, ich bin zu schwer. Nachher fällst du noch.«

»Willst du mich etwa herausfordern?«, fragte unsere Mutter spitz, und wir mussten lachen.

»Okay, okay.«

Ich platzierte das Kissen unter meinem Po, ließ mich in den Einkaufskorb hineinplumpsen und die Beine über den Rand hängen, der mir unangenehm gegen die Kniekehlen drückte. Aber es war gerade noch erträglich.

»Okay! Kann losgehen«, sagte unsere Mutter.

Und dann fuhren wir im Schneckentempo los. Beziehungsweise, sie schob den Rollator mit mir darin an und setzte ihre Füße hinterher, einen nach dem anderen, einen nach dem anderen, und es fühlte sich dennoch an wie hundertachtzig Stundenkilometer auf der Autobahn. Und dann kamen wir bei der Badezimmertür am Ende des Flurs an.

»Noch mal?«

»Noch mal.«

Wir legten die Strecke noch zwei weitere Male zurück, dann musste sie sich ausruhen. Ich brachte sie ins Bett und legte ihr eine CD in den Discman. Nicht *Rinaldo* diesmal, nicht »Lascia ch'io pianga«, überhaupt keine Oper mit Schmacht- und Klageliedern und auch nicht die des armen Fritz Wunderlich. Stattdessen wünschte sie sich *The Very Best of Cher*. Dann nahm ich den Einkaufszettel vom Kühlschrank. Uns fehlten Butter, Milch und mir persönlich sehr dringend Cola.

Erst, als ich im Supermarkt vor dem Süßigkeitenregal stand, fiel mir beim Anblick der dunkelgrünen Packung After Eight wieder Wiebke ein. Ich grub die Fingernägel in meine Handballen. Sollte sie doch nach England auswandern. Oder an den Nordpol. Nein, den Südpol, der war weiter weg. Ihre Heuchelei und diese Langweilerinnen Svenja, Bettina und Jennifer konnte sie gleich mitnehmen. Wahrscheinlich saßen sie immer noch kichernd zusammen in Wiebkes Zimmer, das ich niemals betreten hatte. Ich war ja noch nicht einmal im Inneren ihres Hauses gewesen. Bis auf die Eingangstreppe hatte ich es geschafft, das war alles. Dass sie angeblich nie ans Telefon kommen konnte, wenn ich anrief, dass sie immer beschäftigt gewesen war, wenn ich spontan hatte vorbeikommen wollen, hatte mich keine Sekunde lang misstrauisch gemacht. Warum denn auch, wir vertrauten einander, wir waren Freundinnen. Jedenfalls hatte ich das monatelang gedacht. Nun hasste ich sie noch mehr als das Ekel, diesen Manuel. Und mich selbst hasste ich auch, weil ich mich so in ihr getäuscht hatte. Weil ich zugelassen hatte, dass sie mich so behandelte. Ich nahm eine Packung After Eight aus dem Regal, umfasste sie mit beiden Händen und quetschte sie fest zusammen wie eine Ziehharmonika, dann warf ich sie auf den Boden und stampfte auf ihr herum, bis sie ganz flach und an den Seiten aufgerissen war und Schoko-Minz-Brei herausquoll.

»Hey!«, rief ein Mann, der die blau-gelben Arbeitsklamotten des Supermarkts trug, und kam schnellen Schrittes aus dem Nebengang auf mich zu. »Was machst du da?«

Ich ließ meinen Einkaufswagen an Ort und Stelle stehen und rannte los. Aus den Geräuschen hinter mir schloss ich, dass der Mann mir folgte. Dass er schnell war. Aber das war ich auch.

»Stefan, halt das Mädchen fest!«, rief der Mann.

Aber da war kein Stefan.

An der Kasse quetschte ich mich an einer Frau mit Buggy vorbei, die gerade zahlte und sowieso zu abgelenkt war, um mir den Weg zu versperren. Die automatischen Türen öffneten sich vor meiner Nase, mit einem Satz war ich draußen und lief quer über den Parkplatz. Der Mann schien immer noch hinter mir her zu sein, ich wagte nicht, mich umzudrehen und an Geschwindigkeit zu verlieren, doch das Geräusch seiner Schritte und sein Schnaufen wurden leiser. Ich rannte weiter bis zur nächsten Kreuzung und verfiel in langsames Joggen; die Zunge klebte mir am Gaumen, was aber auch an der Schwüle der Luft lag. Es würde gewittern, das prophezeite auch die dunkle Wolkenwand, die sich vom Meer kommend über den Hafen und die Nordstadt heranschob. Bald prasselten die ersten Tropfen herunter.

Ich bog in die Taubenstraße ein, an deren Ende sich ein Spielplatz befand, und versteckte mich in einem der bunten Spielhäuschen. Hier würde der Typ vom Supermarkt wohl kaum nach mir suchen, schon gar nicht bei diesem Wetter. Aber Menschen konnten gemein und hinterhältig sein. Konnten dich in Sicherheit wiegen und dich dann plötzlich in die Pfanne hauen. Das hatte ich ein für alle Mal gelernt, und es würde mir nie, nie wieder passieren, das schwor ich mir in diesem Augenblick, in dem der Regen noch einmal heftiger anschwoll und ohrenbetäubend auf das Dach des Spielhäuschens trommelte, während ich im Halbdunkel hockte, die Beine angezogen und das Kinn auf den Knien abgelegt. Irgendwo erklang eine Sirene, wohl die Feuerwehr, weil bei irgendwelchen Leuten der Keller vollzulaufen drohte. Ich fuhr mit dem Finger über die mit schwarzem Edding hingekritzelten Liebesschwüre auf den Holzlatten: *A + K am 9. 9. 99, Dani & Jessi = Best Friends Forever, Martin liebt Melli.* Ich konnte mir nicht vorstellen, dass irgendjemand mal meinen Namen auf die Wand eines Spielplatzhäuschens schmieren würde. Aber vielleicht war das gar nicht so schlimm.

Der nasse Asphalt duftete. An der Ecke, an der sich das Jugendzentrum befand, in dem Kai ein, zwei Mal zum Billardspielen gewesen war, brach ich einen dünnen Zweig mit einer rosa Blütenknospe von einem Busch. Unsere Mutter würde wissen wollen, wo ich so lange gewesen war und warum ich nichts vom Einkaufen mitgebracht hatte, aber ich würde ihr den Zweig zeigen und sagen: »Ist das nichts?«, und ihn in eine Vase neben ihr Bett stellen, wo sich die Knospe ganz langsam entfalten würde.

Und unsere Mutter würde hoffentlich sagen: »Stimmt, du hast recht, das ist ja viel mehr, als ich brauche.«

Am Sonntag, wenn Kai zurückkäme, wäre die Blüte vollständig offen. Irgendwie gab mir das die Zuversicht, dass er und unsere Mutter sich dann auch wieder vertragen würden. Sie mussten. Ich würde darauf bestehen. Würde ihnen die Hölle heiß machen, bis sie endlich über ihren jeweiligen Schatten sprangen. Schließlich hatte ich bei alldem auch ein Wörtchen mitzureden. Ich würde mich vor die beiden hinstellen, die Arme vor der Brust verschränken, mit lauter, fester Stimme sagen: »Das hier …«, und zwischen den beiden hin- und hersehen, wie meine Klassenlehrerin es machte, wenn sie zwei Streithähne erfolgreich getrennt hatte und ihnen nun eine Standpauke hielt, »… das hier ist auch *meine Familie*!«

Ich erreichte unsere Straße. Schon von Weitem erkannte ich den Hund von Herrn Aurich. Er lief ganz allein herum, ohne Leine. Dann ein Pfiff. Er unterbrach sein Schnüffeln und spitzte die Ohren.

»Othello!« Das war die Stimme von Herrn Aurich. »Jetzt komm her, du hast hier nichts zu suchen.«

Ich bog um die Ecke. Da sah ich ihn. Den orange-weißen Rettungswagen. Zwei Sanitäter und eine Frau neben einem ausgeklappten Koffer, eine Notärztin. Daneben eine Bahre. Und auf der Bahre lag unsere Mutter, den Kopf zur Seite geneigt. An ihrer Stirn klebte Blut. Es lief ihr das Gesicht herunter bis in den Ausschnitt ihres T-Shirts, wo es sich zu einem dunklen Fleck sammelte.

»Da ist das Kind!«, sagte Herr Aurich.

»Was für ein Kind?«

»Na, *das* Kind.«

Er zeigte mit dem Finger auf mich, und alle drehten sich um, ihre Blicke tackerten mich fest, spießten mich auf, anders war nicht zu erklären, wieso ich mich auf einmal nicht mehr bewegen konnte und keine Luft mehr bekam.

19

»Wann hast du – oder wie hast du – damals davon erfahren?«, höre ich mich sagen, denn ich muss jetzt alles wissen, weil es sonst kein Gesamtbild ergibt. Oder vielleicht auch, weil es jetzt ohnehin egal ist.

»Wovon?«

»Das mit Mama, der Unfall. Was denn sonst?«

»Hm. So eine Frau aus dem Krankenhaus hat mich angerufen. Die hat sich sehr förmlich ausgedrückt, das weiß ich noch: Eine Elisabeth Kupper liege bei ihnen, ob ich der Sohn sei. Sie sei gestürzt und hätte notoperiert werden müssen wegen einer schweren Kopfverletzung. Ich dachte zuerst, die verwechselt Mama doch. Mehr konnte sie aber nicht dazu sagen. Und ich hab es eigentlich auch nie im Detail erfahren.«

Er sieht mich an. Er muss die Bitte nicht aussprechen. Aber es fällt mir schwer, ich muss mich überwinden. Ich räuspere mich.

»Der Aurich – erinnerst du dich noch an den? –, also, der Aurich hat nur gesagt, er habe an dem Tag was im Flur gehört, und da habe er nachsehen wollen und sie im Erdgeschoss auf dem Boden liegend gefunden. Sie hat sich anscheinend so fit gefühlt, dass sie eigenhändig die Post holen wollte. In dem kleinen Körbchen vorne am Rollator muss der Briefkastenschlüssel drin gewesen sein, der lag da wohl auch irgendwo herum.« Ich räuspere mich erneut. »Das wurde mir aber alles nur erzählt. Diese Zeitspanne ist eher verschwommen für mich.«

»Kann ich mir vorstellen.«

»Nein, das glaube ich nicht, sorry.«

Denn selbst ich kann in meiner Erinnerung nur auf Bruchstücke zurückgreifen. Momentaufnahmen, teilweise reich an absurden Details, zwischendurch fehlen jedoch wieder ganze Tage oder Wochen. Da ist eine Frau, an deren Hand ich durch unsere Wohnung gehe und die will, dass ich ein paar Sachen zusammenpacke, Schlafanzug, Zahnputzzeug, Wechselkleidung, ein Buch. Dann komme ich für eine Nacht irgendwohin, fremde Kindergesichter und weiße, steife Bettwäsche; am Folgetag steht schon Klaus vor der Tür, und das Nächste, was ich weiß, ist, dass ich in seinem Haus in Berlin auf dem Gästesofa liege und höre, wie er und seine aktuelle Freundin in der Küche miteinander flüstern, während das Telefon gefühlt alle zehn Minuten klingelt. Aber nie ist es Kai. Täglich frage ich nach ihm, bekomme aber nur ausweichende Antworten. Nach zwei Wochen steckt Klaus mich erneut ins Auto, und ich denke, wir fahren jetzt nach Flensburg in die alte Wohnung, wo Kai und unsere Mutter auf mich warten; dort setzen wir uns alle zusammen an einen Tisch und unterhalten uns und machen Pläne, wie es jetzt weitergehen soll, und ich sehe Kai wieder und streite mit ihm, schreie ihn an, schlage auf ihn ein, und danach nimmt er mich in den Arm, und ich weiß, dass er jetzt für immer bleibt. Aber Klaus und ich fahren nach Norderstedt bei Hamburg, wo wir vor einem Heim für alte und kranke Menschen parken; er nimmt mich an die Hand, wir gehen in den ersten Stock, und dort sehe ich unsere Mutter zum ersten Mal wieder, die in einem großen Bett liegt, mich anschaut, aber nichts sagt. Sie scheint weder mich noch Klaus zu erkennen. An der Wand, auf Höhe ihres Kopfes, hängen ein einzelnes Kalenderbild, das einen Sonnenuntergang mit Palmen zeigt, sowie ein Katzenposter; am Fenster stehen ein Tisch und ein Stuhl, und auf dem Stuhl sitzt ein Mann in Anzug und Krawatte. Er stellt sich Klaus und mir als gesetzlicher Betreuer vor, ein Flensburger Gericht habe das so festgelegt; leider habe er nur hier, in der Nähe von Hamburg, auf die Schnelle einen Pflegeplatz gefunden. Er habe außerdem dafür gesorgt, dass die Wohnung aufgelöst und geräumt werde, und passe jetzt darauf auf, dass es unserer Mutter hier gut gehe, da sie das selbst nicht mehr könne. Ich frage nach den Kopfhörern. Ihrem Discman. Ihren CDs. Er versteht mich nicht. Wo ihre Musik sei?! Aber er kapiert es nicht, und ich glaube, er will es auch nicht kapieren. Ich werde wütend, sage, dass ich mich um sie kümmern könne, zusammen mit Kai, ich rufe nach Kai, ich will dem Mann im Anzug gegen sein Schienbein treten. Ich tue es. Klaus ist es peinlich, und ich muss mich entschuldigen. Dann fahren wir zurück nach Berlin, und als die Ferien vorbei sind, sitze ich in einem neuen, fremden Klassenzimmer. Klaus oder seine Freundin holen mich jeden Tag nach Unterrichtsende ab, stehen immer direkt vor der Eingangstür, und einmal in der Woche gehe ich zu Frau Willms, der Schulpsychologin, aber dort sage ich wenig, und immerhin darf ich mir während der Stunde irgendwann Papier und Stifte nehmen und zeichnen. Eines Tages muss ich nicht mehr hin, denn ich bin nicht auffällig und schreibe schon wieder gute Noten, weil ich weiß, wie das geht: so tun, als wäre alles in Ordnung.

Ich schätze, ich habe seitdem nicht mehr damit aufgehört. Aber so ist das nun mal, jeder kann was, und ich … ich kann funktionieren. Andere wären froh. Unsere Mutter zum Beispiel. Sechs, fast sieben Jahre lang sah ich sie nur, wenn Klaus mich zu ihr fuhr, an Weihnachten und am Geburtstag; aber sie war jedes Mal weniger geworden. Die Folgeschäden der Kopfverletzung, ausgelöst durch den Treppensturz, konnten auch mit den unterschiedlichsten Therapieansätzen nicht mehr rückgängig gemacht werden, allerhöchstens konnten sie die weitere Verschlechterung ihres Allgemeinzustands verlangsamen. Das weiß ich so genau, weil ich später oft dabei war und mir alles genau erklären ließ, wenn die Logopädin, die Ergotherapeutin oder der Physiotherapeut mit ihr arbeiteten. Wieso jetzt wieder zurück in den Norden, hatte Klaus nach meinem Abitur wissen wollen; ich könne doch hervorragend in Berlin studieren, sogar bei ihm wohnen bleiben. Ich lehnte ab, bewarb mich in Hamburg auf den Studiengang Molecular Life Sciences und wurde prompt genommen. Bis zu unserer Mutter waren es von meinem Wohnheim aus zweiundfünfzig Minuten Fahrtzeit mit den Öffentlichen, von Tür zu Tür. Doch auf Kai bin ich im Pflegeheim nie getroffen. Der interessiere sich nicht mehr für sein altes Leben, hatte

Klaus nur gesagt; der sei jetzt überall und nirgends, ohne richtiges Zuhause, so, wie es zu ihm passe. Wie er es sich selbst eingebrockt habe. Mehr wollte er über meinen Bruder weder sprechen noch für mich in Erfahrung bringen. Und das war's.

»Warst du überhaupt mal bei ihr in Norderstedt?«, frage ich Kai. »Im Heim?«

»Ja, doch, ein paarmal. Ich wäre auch gern in ihren letzten Tagen bei ihr gewesen. Aber ich war zu feige. Ich hab es nicht mehr ausgehalten, sie so zu sehen. Wie sie da lag und nichts mehr mitbekommen hat …«

»Sie hat schon noch etwas mitbekommen. Dass jemand da war, dass sie nicht allein war. Das schon.«

»Ja, das kann sein. Ich hab es trotzdem nicht geschafft. Meine Schuldgefühle waren zu stark.«

»Ich dachte, du fühlst dich nicht schuldig …«

»Ja, *mittlerweile,* Anne. Damals war das etwas ganz anderes. Mein Gott, wie schlecht denkst du bitte von mir?«

»Ich meine nur. Vorhin hast du gesagt …«

Aber es stimmt ja. Ich denke tatsächlich schlecht von ihm, auf jeden Fall schlechter, als er es verdient hat, und dieser Gedanke ist so radikal ungewohnt, dass ich bei dem, was ich als Nächstes sage, beinahe stottere: »Und das ist der Grund, warum du … angefangen hast … zu konsumieren?«

Kai lacht. »Wie du klingst.«

»Wie denn?«

»Sehr theoretisch. Wie aus einem Faltblatt von der Suchthilfe.«

»Ist das so schlimm?«

»Nein. Nein, schon okay. Ich versuche, es dir zu erklären, ja? Aber fall mir bitte nicht wieder ins Wort.« Er kratzt sich an den Kinnstoppeln und überlegt. »Also gut. Ich glaube, es gab einen Teil von mir, der hat es nicht geschafft, Nein zu sagen. Und dann gab es auch noch einen Teil, der hat schlichtweg nicht Nein sagen *wollen*. Der war neugierig. Wollte alles ausprobieren, alles erleben. Hauptsache, sich nicht mit den eigentlichen Problemen beschäftigen. Und die beiden Teile haben sich in den letzten zwanzig Jahren sehr regelmäßig abgewechselt.«

Ich nicke, um ihn zum Weiterreden zu motivieren.

»Das auf Pellworm«, fährt er fort, »ist nicht meine erste Suchttherapie gewesen. Ich hoffe, dass es die letzte war, aber ich kann meine Hand dafür nicht mehr ins Feuer legen. Früher war es das Kiffen, dann der Alkohol, dann war es Fentanyl, und ich weiß nicht, was noch kommt. Ich bin derzeit nicht aktiv süchtig, und das ist, was für den Moment zählt. Darauf muss ich aufbauen, in kleinen Schritten. Aber in Jahren oder Jahrzehnten plane ich nicht mehr.«

»Aber du willst das alles doch mal hinter dir lassen und gesund werden und …« Ein richtiges Leben haben, wäre mir beinahe herausgerutscht.

»Ich will eigentlich nur meine Ruhe, Anne«, antwortet Kai. »Das, und meinen Sohn aufwachsen sehen.«

»Deinen – was?«

»Ja. Jesper. Ich habe ihn leider schon fast ein Jahr nicht mehr gesehen. Er ist nicht mein leibliches Kind, obwohl es für mich keinen Unterschied macht und für ihn auch nicht, das weiß ich. Aber zwischen seiner Mutter und mir ist es kompliziert. Sie findet, dass ich ein schlechter Einfluss bin. Deswegen ist sie mit ihm auch in ihre alte Heimat gezogen, nach Skagen. Da hat sie gerade eine Pension oder so was aufgemacht.«

Er zuckt mit den Schultern.

»Das mit dem schlechten Einfluss stimmt wahrscheinlich auch, rein objektiv. Aber was bedeutet schon objektiv, wenn man jemanden liebt?« Er hebt den Kopf und schaut mich geradewegs an. »Oder wie siehst du das?«

Ich überlege, was er meint, aber bevor ich zu einem Schluss kommen kann, klingelt mein Telefon. Ich bin nicht ganz unglücklich über die Unterbrechung, auch wenn es Petersen ist, der anruft.

»Wo bist du?«

»Im Auto.«

»Ah ja. Also gut. Ich habe eben mit Judith gesprochen und wollte dich vorwarnen.«

»Mit wem?«

»Na, Judith. Judith Harms!«

Ach so.

»Ich glaube«, fährt Petersen fort, »wir sollten heute Abend deinen Vortrag noch mal zusammen durchgehen. Judith wurde sehr hellhörig, als ich erzählt habe, dass du über opioidbasierte Schmerzbehandlung referieren wirst. Das Thema liegt ihr sehr am Herzen, kannst du dir ja vorstellen. Da darf dir morgen wirklich kein Fauxpas unterlaufen, die kennt sich einfach selber zu gut aus und weiß auch ganz genau, wie sie die neue Kampagne umsetzen will und so.«

»Danke, aber ich habe das im Griff. Es ist nicht mein erster Vortrag.«

»Das weiß ich. Trotzdem …«

»Gibt es sonst noch was? Hat jemand gemerkt, dass ich weg bin?«

»Nein, alles gut. Überleg es dir aber bitte noch mal. Mein Angebot steht.«

»Ich werde nicht wegen einer Person, die ich gar nicht kenne und von der wir nicht mal wissen, ob und wie lange sie im Unternehmen bleibt, meinen Vortrag anpassen. Ich habe wochenlang daran gesessen, und ich werde sagen, was ich für richtig halte.«

»Natürlich.«

»Danke.«

»Hauptsache, du kommst heute Abend wieder …«

»Natürlich. Was ist das bitte für eine Frage?«

»Also gut. Dann tschüss und bis später«, sagt Petersen.

Da fällt mir noch etwas ein.

»Warte! Wo ist noch mal der Notfallgriff in deinem Auto? Die Notentriegelung für den Kofferraum?«

»Hast dich eingesperrt, oder was?«

»Unsinn. Ich wollte dich das schon länger mal fragen, weil mein Auto keine zu haben scheint. Aber das kann ja nicht sein.«

»Doch. Das kann sogar gut sein, die sind nicht standardmäßig eingebaut. Glaube, das ist in Europa noch nicht gesetzlich geregelt. Wenn du hinten keinen roten Griff findest, dann hat dein Wagen auch keinen.«

»Aber deiner hat doch einen?«

»Ja. Den habe ich mal angefordert, weil meine Kinder

damals noch klein waren, und da weiß man ja nie. Seitdem bekomme ich immer ein Modell mit Notknopf. Hab mich dran gewöhnt. Fühlt sich auch irgendwie sicherer an.«

»Ach so. Danke.«

Wir legen auf.

Scheiße.

Aber genau in dem Moment wird Kai aufgeregt. »Schau mal! Da hinten sind sie endlich«, sagt er und deutet auf einen unbestimmten Punkt. »Die Feuerwehr.«

Ich rücke so nah wie möglich an die Heckscheibe und halte Ausschau nach etwas leuchtend Rotem. Tatsache. Da ist das Feuerwehrauto, noch weit weg und so klein wie aus Lego. Drum herum schemenhafte Silhouetten. Was machen die da?

»Die beraten sich wahrscheinlich«, beantwortet Kai meine Frage, als hätte ich sie laut gestellt.

»Wieso denn beraten?«

»Na, wie sie die Schafe weggescheucht kriegen, ohne eins zu überfahren.«

Ich stöhne auf.

»Ist doch klar. Oder wie hast du dir das gedacht? Dass die Schafe die Feuerwehr sehen und von alleine weggehen?«

»Keine Ahnung!«, sage ich ärgerlich.

Einer von den Feuerwehrmännern kommt auf uns zu. Er bleibt etwa hundert Meter entfernt, am Rande der Schafherde, stehen und gestikuliert. Kai lässt das Fenster ganz herunter und streckt den Kopf heraus.

Jedem einzelnen Feuerwehrmann, der angetrottet kommt, schaue ich genau ins Gesicht. Sobald bei einem die Mundwinkel auch nur im Ansatz zucken, werfe ich ihm einen vernichtenden Blick zu und klopfe mit den Knöcheln gegen die Scheibe, um zu signalisieren, dass ich Lachen in dieser Situation unangebracht finde. Sie tun es natürlich trotzdem.

»Schön, dass wenigstens Sie Spaß haben!«, rufe ich, auch wenn sie mich durch das Glas vermutlich nicht hören können.

»Ach, komm, es *ist* doch auch ein bisschen lustig«, sagt Kai von vorne.

»Du sitzt ja auch bequem und hast Platz.«

»Was ist überhaupt in diesen Kisten in deinem Kofferraum?«

»Sachen. Geht dich nichts an«, antworte ich.

Sobald ich hier raus bin, wird meine erste Amtshandlung sein, den Sichtschutz wieder über die Kisten zu ziehen.

Jetzt taucht auch ein Einsatzwagen der Polizei auf. Zwei Beamte steigen aus und als Drittes ein Mann mit einem hölzernen Stab, der größer ist als er selbst. Der Schäfer. Haben sie ihn also gefunden. Hinter ihm springt ein schwarzweiß gefleckter Hund aus dem Polizeiauto und japst erregt, als er die Schafe sieht. Hoffentlich geht es ab jetzt schnell.

Die Technik der Feuerwehr ist simpel, aber effektiv: Sie haken sich einfach unter und bilden eine Kette. Rasch kommt Bewegung in die Tiere, lassen sie eine Schneise zu. Der erste Feuerwehrmann, der mein Auto erreicht, grinst mich breit an, hebt die Hand und macht das Peace-Zeichen. Dann greift er zum Kofferraumschloss. Es macht *klack*. Die Heckklappe springt auf, und frische Luft strömt ins Innere. Ich rappele mich auf, schwinge die Beine aus dem Kofferraum und klopfe ein paarmal gegen meine Oberschenkel, um die Durchblutung anzuregen.

»Danke«, murmle ich und ziehe mir endlich den zweiten Schuh wieder an.

Immer mehr Schafe machen Platz, sodass auch Kai befreit werden kann. Einmal draußen, reckt und streckt er sich und fängt sofort an, mit den Feuerwehrleuten zu quasseln, als würde er sie privat kennen. Von einem schnorrt er sich eine Zigarette. Sie lachen und machen High five. Ich beobachte die Szenerie, vor allem den Schäfer, der etwas zu seinem Hund sagt und ihn dann losschickt, um beim Zusammentreiben der Herde zu helfen. Der Köter wetzt los, die Zunge hängt ihm aus dem Maul und schlackert bei jedem Schritt. Auf einmal tun die Schafe mir leid, bin ich auf ihrer Seite. Die Freiheit hat gut geschmeckt, leicht säuerlich und frisch, nach sonnenwarmem Gras. Der Schreck nach einem Gewitter in den frühen Morgenstunden sowie ein umgekipptes Stück Weidezaun dürften für den Ausbruch der Herde verantwortlich gewesen sein, mutmaßt der Schäfer einem der Polizisten gegenüber, genau könne er es auch nicht sagen. Für ihn sei die Hauptsache, dass sich keines der Tiere verletzt habe oder verloren gegangen sei. Dass Kai und ich den halben Nachmittag über von seinen Schafen aufgehalten wurden, scheint ihn kein Stück zu interessieren. Erst will ich rübergehen und mich einmischen. Eine Entschuldigung fordern. Aber dann lasse ich es. Der Tag war anstrengend genug.

Die Feuerwehrmänner und der andere, jüngere Polizist ziehen einen immer enger werdenden Kreis um die wenigen Schafe, die noch vereinzelt herumstehen und empört blöken, als sie merken, dass ihnen der Weg abgeschnitten wird. Die Männer klatschen in die Hände, johlen. Wenn man es nicht besser wüsste, könnte man das alles für einen nordfriesischen Brauch halten, irgendwas mit Fruchtbarkeit, und am Ende kommen die unverheirateten Frauen des nächsten Dorfes auf einem Leiterwagen angefahren, um sowohl den Männern als auch den Mutterschafen und Lämmern selbst geflochtene Blumenkränze umzuhängen, danach Bowle und Bier.

»Sieht so aus, als könnten wir bald weiter«, sagt Kai, der sich neben mich gestellt hat und schon wieder raucht; er scheint wirklich ein fantastischer Schnorrer zu sein.

»Ja«, sage ich träge.

»Müde?«, fragt er.

Ich nicke.

»Haben Sie nachgesehen, ob Ihr Wagen von den Tieren beschädigt wurde?«, fragt der ältere der Polizisten. »Wenn ja, müssen wir das aufnehmen.«

»Schon gut. Da ist nichts«, sage ich, ohne zu wissen, ob das stimmt. Aber ich will weiter. Bei Palmerston & Hendricks kann ich auch irgendeinen fiktiven Grund angeben, sollte es tatsächlich einen Kratzer im Lack oder Ähnliches geben, sie übernehmen die Reparaturkosten so oder so.

»Alles klar«, sagt der Polizist. »Dann müssen Sie nur noch warten, bis die Straße wieder komplett frei ist, und Sie können los. Gute Fahrt noch.«

»Ebenfalls«, entgegne ich.

Er geht zurück zum Einsatzwagen, und ich sehe gerade noch, wie Kai sich das Lachen verbeißt.

»Was?«

»*Ebenfalls*«, äfft er mich nach.

»Ja, und?«

»Du hast anscheinend bislang nur gute Erfahrungen mit der Polizei gemacht«, sagt er bedeutungsvoll.

Ich stöhne auf.

»Egal, was es ist, ich will es nicht wissen«, sage ich und halte mir demonstrativ die Ohren zu.

»Schade. Du könntest was lernen.«

»Komm, steig ein. Es ist spät geworden.«

20

Ich muss pinkeln, der Druck auf meine Blase wird mit jedem Kilometer unangenehmer, aber ich will jetzt nicht auf einen Rastplatz rausfahren, ich will weiter. Als ich die Ausfahrt Richtung Lübeck ignoriere und stattdessen die nach Hamburg nehme, das Gaspedal tief durchdrücke, sobald ich freie Spur habe, weiß ich, dass gerade nicht mein Kopf entscheidet, sondern etwas anderes die Führung übernommen hat. Aber ich lasse es zu, das ist der entscheidende Punkt. Sich nicht dagegen zu wehren, heißt, es stillschweigend zu befürworten. Sich irgendetwas davon zu versprechen. Nur was, ist mir noch nicht ganz klar.

Kai räuspert sich. »Darf ich fragen, wohin wir fahren? Das scheint mir die falsche Richtung zu sein.«

»Zurück nach Hamburg. Ins Hotel. Die Zimmer dort sind sehr gut, das Frühstück auch, keine Sorge.«

»Ich muss aber nach Lübeck.«

»Ja, weiß ich doch. Ich fahre dich morgen. Mir ist das jetzt zu spät. Wenn ich zurückfahre, ist es schon dämmerig, und da sehe ich nicht so gut, verstehst du.«

Stimmt überhaupt nicht. Aber ich weiß nicht, wie ich

ihm sagen soll, dass ich mich unwohl fühle bei dem Gedanken, ihn in Lübeck aussteigen zu lassen und einfach so wieder davonzufahren. Als müsste ich mich damit für immer von ihm verabschieden. Als wäre ich danach unwiderruflich allein und als wäre dies ein ganz anderes Alleinsein als vorher.

Dass *ich* mal so empfinde.

Dass ich mal *so* empfinde.

Dass ich mal so *empfinde.*

»Okay«, sagt Kai. »Meinetwegen. Solange ich Montagfrüh in Lübeck bin. Ich kriege sonst richtig Ärger und kann den Platz im Wohnheim vergessen.«

Versprochen, vertrau mir. Sage ich nicht. Das sind eindeutig zu große Worte. Wenn, dann sollten wir uns langsam wieder aneinander herantasten. Auf Augenhöhe, aber ohne Erwartungen. So, dass man sich ab und zu auf einen Kaffee verabreden und sich über den Austausch von Belanglosigkeiten zu dem von echten Neuigkeiten hocharbeiten kann. Im Winter bei mir, im Sommer bei ihm in Lübeck, ich war noch nie am Strand von Travemünde. Ist es lächerlich, was ich mir hier ausmale? Ich sehe meinen Bruder an, der auf seiner Seite aus dem Autofenster schaut. Sein linker Zeigefinger kratzt gedankenverloren an einem Fleck auf seiner Jeans. Dann bin ich eben lächerlich. Weiß ja keiner außer mir.

Wir erreichen Hamburg gegen sieben, um Viertel vor acht stehen wir am Empfang des Hotels. Das Klirren von Geschirr und Besteck dringt aus einem der angrenzenden Säle. Sie essen ohne mich, der Platz neben Lüdtke ist leer, und das wird er auch bleiben, denn erstaunlicherweise habe ich keinen Hunger, nur unwahrscheinlich großen Durst. Ich schütte den letzten Rest Wasser aus meiner Flasche in mich hinein, während sich die Mitarbeiterin hinter der Theke durch das Buchungssystem klickt und die Augenbrauen krauszieht.

»Ich habe nur noch eine Suite. Wir haben gerade mehrere Tagungen hier, deshalb ist alles voll. Kostet leider mehr. Aber ist dafür auf demselben Stockwerk wie der Wellnessbereich und das …«

»Ja, alles okay, nehme ich«, sage ich und schiebe meine Kreditkarte über den Tresen.

Ich drehe mich zu Kai, der etwas entfernt in einem für eine Person viel zu großen roten Ledersessel Platz genommen hat und seine Sporttasche und die IKEA-Tüte auf dem Schoß hält. Wird er meckern, dass ihm das Zimmer zu groß, zu teuer ist? Aber sich für mich und mein Geld schämen kann er ja morgen wieder. Ich winke ihn heran und überreiche ihm die Schlüsselkarte, die die Rezeptionistin inzwischen vorbereitet hat.

»524. Das ist deins. Ich bin zwei Etagen tiefer.«

Er nimmt die Karte.

»Es ist ein großes Zimmer. Du kannst dich richtig ausbreiten.«

Er lacht. »Womit?«

»Mit deinem Kram.«

Er lacht noch mehr. »Nee. Glaube nicht.«

»Egal. Dann geh schwimmen oder in die Sauna. Und lass dir was zu essen hochbringen, falls du Hunger hast, das geht auch gleich auf meine Rechnung.«

»Ich komm schon klar. Ich hab einen McDonald's unten an der Ecke gesehen. Und eigentlich reicht mir fernsehen und ausschlafen.«

Er steckt die Karte ein.

»Wie machen wir das jetzt morgen?«

»Du wartest einfach hier auf mich. Elf Uhr. Da drüben in dem roten Sessel. Kriegst du das hin?«

Er nickt.

»Okay«, sage ich. »Komm mit.«

Ich gehe vor und ziehe die Tür zum Treppenhaus auf.

»Mit dem Fahrstuhl wären wir sicher schneller.«

Ich zucke mit den Schultern. »Dann mach. Der ist da drüben.«

Aber mein Bruder bleibt dicht hinter mir. So als gäbe ich jetzt den Ton an. Und das tue ich ja irgendwie auch.

»Ist das noch von früher?«, sagt er auf einmal. »Du hattest mal so einen Tick. Immer die Treppe nehmen, immer Umwege gehen. Du hast deine Schritte gezählt, glaube ich. Es hatte mit Mama zu tun.«

Ich spüre, wie mir das Blut in die Wangen steigt. Ich schaue woanders hin und antworte nicht, gehe einfach nur vor ihm die Treppe hoch und beschleunige meinen Schritt mit jeder Stufe, bevor ihm neue Fragen einfallen können, bis wir im dritten Stock ankommen.

»Ich muss jetzt hier rein«, sage ich, als er mich eingeholt hat.

Er stützt sich am Geländer ab und schnauft wie ein alter Mann.

»Du musst noch zwei weitere hoch.«

»Ja, ich weiß«, antwortet Kai.

»Okay. Dann sehen wir uns morgen früh. Elf Uhr, roter Sessel.«

»Elf Uhr, roter Sessel«, wiederholt er; er zieht die Luft immer noch angestrengt ein, der Atem rasselt.

»Du solltest weniger rauchen«, kann ich mir nicht verkneifen zu sagen.

Er zeigt mir grinsend den Mittelfinger, zieht den Gurt seiner Tasche noch mal straffer über die Schulter, geht um den Treppenabsatz herum und nach oben.

Wenig später liege ich auf meinem Bett, noch in meinen Straßenklamotten, und beobachte einen Weberknecht, der unter der Zimmerdecke hängt. Er zittert sich mal einen Zentimeter nach links, einen nach rechts, bleibt aber letztlich unentschlossen. Da sind wir schon zwei. Drei Mal habe ich es bereits bei Klaus versucht, bis er mir eine Nachricht schrieb; sie seien jetzt doch für eine Nacht an den Roofensee gefahren, schlechter Empfang, ich solle es morgen ab neunzehn Uhr noch mal probieren. Ernüchternd. Womöglich ist es aber besser so. Je länger ich hier liege und darüber nachdenke, desto klarer wird mir, dass es nichts bringt, am Telefon eine Diskussion vom Zaun zu brechen. Stattdessen sollte ich dieses Gespräch mit Klaus führen, wenn ich ihn das nächste Mal besuche. Ob er Simone dafür aus dem Raum schickt oder nicht, ist mir egal; ich werde auf jeden Fall von ihm verlangen, mir ungeschönt alles zu erzählen, alles zu erklären. Vor allem, warum er die Tatsache, dass er mir elf Jahre lang ein höchstens mittelmäßiger Vater gewesen ist, ausgerechnet damit kompensieren musste, Kai von mir fernzuhalten.

Die Antwort kenne ich natürlich: »Weil es sich angeboten hat. Weil es einfach war. Weil ich mich damit besser gefühlt habe.«

Aber das würde Klaus niemals zugeben. Sehr viel eher wird er in die Verteidigung gehen: »Aber du hast es immer gut gehabt bei uns!« Und dann, ohne eine Reaktion abzuwarten: »Kommst du jetzt zu meinem Geburtstag? Simone hat dein Bett schon mal frisch bezogen.«

Es wird schwierig sein, aus seinen damaligen Beweggründen, die seit zwei Jahrzehnten gut verschlossen und weggepackt sind, noch etwas Brauchbares für mich herauszupressen. Will ich mir das wirklich antun? Oder kann ich damit leben, das Gesamtbild nicht zu kennen, jetzt, wo ich weiß, dass da so viel mehr ist, was ich hätte wissen können, was man mir hätte sagen müssen? Auch vonseiten unserer Mutter. Der Gedanke, dass sie noch mehr vor mir geheim gehalten haben könnte, nagt an mir. Der Einzige, der diese Lücken schließen kann, ist Kai.

Ich überlege, ihm ein Tauschgeschäft vorzuschlagen: seine Erinnerungen, seine Version der Geschichte gegen die letzten Tage unserer Mutter. Aber wo – vorausgesetzt, er lässt sich darauf ein – fange ich an? Wann beginnt ein Tod? In der Zeitungsanzeige, die Klaus und ich für sie schalteten, stand ein Datum hinter dem Kreuzsymbol, das Datum, an dem sie das letzte Mal nach Luft geschnappt hatte, das Datum, an dem ihre Organe versagten und ich gegen Mittag, ich saß im Seminar »Molekulare Organisation der Zelle«, einen Anruf ihres gesetzlichen Betreuers erhielt. Aber ihr Tod begann in Wirklichkeit viel früher. In dem Moment, in dem sie in unserem Flensburger Hausflur mit ihrem brandneuen Rollator stürzte. Aber vielleicht auch schon, als sie auf die Idee kam, unbedingt selbst zum Briefkasten gehen zu wollen, obwohl sie das schon viele Wochen lang nicht mehr getan hatte. Oder schon, als ihr alter Gehstock in die Brüche ging. Ewig weiterspinnen kann man diese Verkettungen natürlich nicht, weil man sonst irgendwann beim Moment der Geburt landet, und damit ist auch nichts gewonnen außer der Erkenntnis, dass wir alle sterben müssen, dass der erste Atemzug auch gleich den letzten impliziert, dass dazwischen gar nicht so viel Zeit liegt, wie wir für ein ganzes Leben brauchen. Nein. Ich würde Kai die Einzelheiten beschreiben müssen. Wie unsere Mutter zuletzt in ihrem Heimbett lag und meistens schlief. Wie blass ihre Haut war, die fast ein Jahrzehnt lang nicht mehr der Sonne ausgesetzt gewesen war, und wie ihr Körper daher mit der weißen Bettwäsche zu verschmelzen schien. Wie ich ihre Fingernägel abknipste, die leicht gelblich und zu lang waren, und anschließend ihre Haare bürstete, obwohl jemand, vielleicht eine Pflegekraft, vielleicht ihr Betreuer, zwischenzeitlich entschieden hatte, diese bis auf wenige Zentimeter abzuschneiden, weil es praktischer war, sodass ich mit den Bürstennoppen eher die Kopfhaut massierte. Und dass ich ihr natürlich Musik vorspielte – vor allem ihren Liebling Händel und Popalben der 1980er und 1990er, auch wenn es mir nicht gelungen war, jede CD nachzukaufen, die Jahre zuvor bei der Wohnungsauflösung verloren gegangen war, weswegen ich mich bis heute bei jedem Schild, das einen Flohmarkt ankündigt, frage, ob ich dort wohl Teile ihrer Musiksammlung finden würde. Das alles müsste ich hervorkramen.

Müsste mit einer Taschenlampe in diesen Teil meines Ichs hineinleuchten und mir noch mehr Dinge ansehen, an die ich mich nicht mehr erinnern wollte. Sicher könnte ich das ein oder andere, was mir zu nahegeht, im Dunkeln lassen. Aber für einen derart faulen Tausch bin ich wiederum zu stolz. Es wäre, wie Kai übers Ohr zu hauen. Und dann kann ich es auch gleich lassen. Ich mache eine Faust.

Ein fairer Tausch wäre, meinem Bruder nicht zu verschweigen, dass auch ich die *aller*letzten Tage unserer Mutter nicht miterlebt habe. Dass mir ungefähr die letzte Woche ihres Lebens fehlt, weil ich nicht mehr zu ihr gelassen wurde.

21

Wenn ich im Pflegeheim ankam, meldete ich mich zuallererst beim Empfang, wo wochentags bis zur Mittagszeit eine blonde Frau mit pinken Strähnen im Haar saß und strickte und danach eine große Hagere, die Sudokus löste. An den Wochenenden irgendein Mann. Keiner der drei wirkte erfreut, wenn sie mich sahen, da ich sie stets bei ihren Beschäftigungen störte, zumal das Anmelden für Besucher gar keine Vorschrift war. Aber ich wollte, dass man mich und meinen Namen kannte. Ich wollte, dass – sollte unsere Mutter mal einen klaren Moment haben, einen Moment, in dem sie sich an alles erinnern und Fragen stellen würde – jemand sie sofort beruhigen und von mir erzählen könnte, etwa so:

»Natürlich gibt es Ihre Tochter noch, Frau Kupper.«

»Die kommt Sie zweimal in der Woche besuchen, erst gestern war sie hier.«

»Alles in Ordnung, wir rufen Ihre Anne an, und in fünfundvierzig Minuten ist sie bei Ihnen.«

Ihr gesetzlicher Betreuer hatte etwas von einer dementiellen Veränderung aufgrund der Kopfverletzung gesagt und dass es unwahrscheinlich sei, dass sich da noch mal etwas tun würde, aber dass man, toi, toi, toi – er hatte mit den Fingerknöcheln auf seinen Schreibtisch geklopft –, natürlich hoffen dürfe. Es war nicht mehr derselbe, dem ich damals gegen das Bein getreten hatte, sondern ein jüngerer, der zwischenzeitlich die Kanzlei übernommen hatte, und ich gab mir Mühe, mich gut mit ihm zu stellen.

Da der Zustand unserer Mutter sehr wechselhaft war, brachte ich vorsichtshalber immer meine Vorlesungsskripte und Bücher mit. An Tagen, an denen sie fast nur schlief oder den Blick nicht vom Fernsehbildschirm nahm, lernte ich neben ihr für Klausuren oder bereitete Referate vor. War sie wach und wirkte aufnahmefähig genug, las ich ihr aus Zeitungen und Magazinen vor, bemüht, interessante Schlagzeilen zu finden: *Luciano Pavarotti tot. Kleines Festspielhaus in Salzburg wird »Haus für Mozart«*. Ich konnte, ich wollte dem Arzt und den Pflegekräften einfach nicht glauben, dass sie mich trotz all dieser Bemühungen nicht erkannte. Dass sie sich über die Spatzen freute, die draußen auf der Fensterbank herumhüpften, und über die einzelne Rose, die alle Bewohner am Valentinstag von der Heimleitung geschenkt bekommen hatten, und über die Sonntage, an denen es im Sommer Eis als Nachtisch gab und im Winter Rote Grütze mit Sahne, aber nicht mehr über mich. Dass sie zwar ihre Sprache verloren hatte, jedoch nicht ihre Stimme, mit der sie, wie mir nicht ohne Bewunderung berichtet wurde, zum Star des wöchentlichen Musikkreises im Heim geworden war, während ich ihr keinen einzigen Ton mehr entlocken konnte. Wie konnte das sein? Seit ich von Berlin zurück in den Norden gezogen war, kam ich regelmäßig zu ihr, seit drei Jahren in Folge. Es musste ihr doch langsam dämmern, wer ich war. Dass ich überhaupt *jemand* war. Offensichtlich brauchte sie einen Anschubser. Etwas, das sie aus diesem Dornröschenschlaf holte.

Ich machte ihre Zimmertür zu und stellte den Fernseher lauter. Dann nahm ich die Sicherheitsnadel, die ich mitgebracht hatte, und pikste ihr damit in den Handrücken.

»Mama, ich bin's.«

Sie zuckte nur und hustete kurz.

Ich pikste noch einmal, diesmal in ihren Finger.

»Ich bin's, deine Tochter. Anne.«

Nichts.

Ich wartete auf eine Regung, ein Zeichen der Erkenntnis in ihrem Gesicht. Ich sah auf meine Armbanduhr. Noch eine Minute würde ich ihr geben. Noch dreißig Sekunden. Es schien wirklich unglaublich schwer zu sein, sich an mich zu erinnern.

Zehn Sekunden. Neun, acht …

Als die Zeit abgelaufen war, stach ich zu.

Sie stöhnte auf.

Ein Tropfen Blut erschien auf ihrer Haut, ich wischte ihn mit meinem Ärmel weg.

»Mama!«

Ich stieß die Nadel fester hinein.

Sie japste und versuchte, die Hand wegzuziehen, doch ich hielt sie fest; kletterte auf ihr Bett und kniete mich auf ihren Unterarm. »Anne!«, soufflierte ich ihr, »ANNE!«, und traktierte sie weiter mit der Nadel. Irgendwann warf ich die Nadel weg und schüttelte sie, schrie, riss ihr Haare vom Kopf, ohrfeigte sie. Ließ mich vollends antreiben von der Wut darüber, schon wieder im Stich gelassen worden zu sein. Kai war damals wenigstens nur in die norwegischen Fjorde abgehauen. Unsere Mutter war mit ihrem Sturz viele Jahre zuvor, an jenem Tag im August, an einen Ort gegangen, der viel weiter weg war und an den ich ihr nicht folgen konnte; zudem besaß sie die Dreistigkeit, die Grausamkeit, ihre Hülle hiergelassen zu haben, direkt vor meiner Nase, sodass es wirkte, als würde sie sich im nächsten Moment aufsetzen und vorschlagen, dass wir gemeinsam ein Lied anstimmten.

Wie lange meine Attacke andauerte, ob fünf Minuten oder zwanzig, weiß ich nicht mehr. Irgendwann war ich erschöpft. Auch unsere Mutter wehrte sich kaum noch, gluckste nur schmerzerfüllt. Die Bettwäsche war mit Blutsprenklern übersät, es sah aus wie ein abstraktes Gemälde. Ich rutschte vom Bett und wusch mir die Hände im Bad. Anschließend klopfte ich an die Bürotür der Heimleitung und sagte, dass meine Mutter eine Wundversorgung brauche, da ich sie verletzt hätte, und dass ich mich nun in die Eingangshalle setzen würde, um dort auf die Polizei zu warten. Ich wartete und wartete. Aber sie riefen gar nicht die Polizei. Sie schrien mich an, sie schüttelten die Köpfe, sie zeigten mit dem Finger auf mich, erteilten mir Hausverbot und warfen mich raus. Erst viel später wurde mir klar, dass sie wohl den Ruf der Einrichtung nicht schädigen wollten.

Ein paar Tage später war unsere Mutter tot: eine unentdeckte Lungenentzündung mit Multiorganversagen.

Es stimmte mich froh. Froh, aber traurig. Friedvoll, aber zornig. Erleichtert, aber zutiefst bedrückt. Da verstand ich endlich, was mich seit meiner Kindheit gequält hatte: die unerträgliche Gleichzeitigkeit unvereinbarer Gefühle. Das Dilemma, etwas nur zusammen mit seinem direkten Gegenteil empfinden zu können und daher nie zu wissen, wonach ich handeln sollte. Mir selbst nicht trauen zu können. Mag sein, dass der Panzer, der mich heute umgibt, sich aus dieser Not heraus gebildet hat. Doch irgendwann war es keine Not mehr, sondern eine bewusste Entscheidung, ihn zu behalten und mit jedem Jahr dicker werden zu lassen, dick und stark wie die Knochenplatten eines Gürteltiers. In einer Wartezimmer-Zeitschrift habe ich einmal von diesem Texaner gelesen, der in seinem Garten auf eins geschossen hat; die Gewehrkugel prallte jedoch an der Haut des Tiers ab, wurde zurückgeschleudert und traf den Typen ins Gesicht. Die Geschichte hat mir gefallen, auch wenn ich nicht an so etwas wie Karma glaube. Aber was, wenn mir dasselbe passiert? Warum muss man überhaupt irgendwas aufhacken, freilegen und drin herumstochern, wenn man sich doch jahrelang die größte Mühe gegeben hat, dass alles zuwächst? Jetzt bin ich tatsächlich wieder aufgebracht. Ja, ich will mit Kai über damals sprechen, aber kann ich es mir selbst gegenüber auch verantworten? Darf ich zulassen, dass es mir eventuell den Boden unter den Füßen wegzieht, mehr noch als ohnehin schon? Ich spüre, wie sich ein Spannungskopfschmerz anschleicht. Mit einem Ächzen, das ich so gar nicht von mir kenne, stehe ich auf, tappe ins Bad und trinke eiskaltes Wasser aus dem Hahn, schlucke dazu eine Ibuprofen. Dann klettere ich zurück ins Bett.

22

Der Frühstücksraum öffnet um sechs Uhr dreißig. Ich bin die Erste, die ihn betritt. Das Licht, das durch die Fenster hereinfällt, ist noch zartbläulich, und alles ist ruhig bis auf das gelegentliche Flüstern der Servicemitarbeiter und das entfernte Summen eines Staubsaugers. Ich setze mich an einen Einzeltisch, Rücken zur Wand, lasse mir Kaffee einschenken und fahre meinen Laptop hoch, um den Vortrag, den ich in zweieinhalb Stunden halten werde, um ein neues Kapitel mit der Überschrift »Risiken der Schmerzbehandlung mit Opioiden am Beispiel von Fentanyl«, Unterüberschrift 1: »Herabsetzung der Toleranzgrenze«, Unterüberschrift 2: »Verantwortlichkeit und Präventionsmaßnahmen der Pharmaindustrie« zu ergänzen.

So habe ich mir den Ablauf des Morgens jedenfalls vorgestellt, tatsächlich habe ich verschlafen. Ich weiß nicht, wann mir das zum letzten Mal passiert ist; jedenfalls noch nie, seit ich bei P&H bin. Wie erwachsene Menschen vor wichtigen Terminen überhaupt verschlafen können, ist mir bis heute ein Rätsel gewesen. Jetzt weiß ich, wie das zustande kommt: beispielsweise, indem man am Vorabend so tief in seine Gedanken verstrickt gewesen ist, dass man todeserschöpft eingeschlafen ist, ohne den Wecker gestellt zu haben. Tatsächlich erinnere ich mich, wie mir, während mir die Augen zufielen, die Gedanken an diesen abstrusen Tag und seine Bedeutung davonschwammen wie Treibgut im Wasser, wie ich dabei zusah und dachte: Auch gut. Aber das war gestern. Und ich habe keine Zeit für gestern, nur für heute. Wie es Kai in seinem piekfeinen Zimmer geht, ob er geschlafen hat und, wenn ja, wie viele Stunden, ob er die baugleiche Rainshower-Dusche, unter der ich jetzt stehe, schon ausprobiert hat oder ob es in den Suiten so was gar nicht gibt, sondern nur riesige Whirlpool-Wannen, frage ich mich deshalb nicht. Ich muss Prioritäten setzen, muss mich fokussieren. Ich habe auch noch ein Leben außerhalb dieses Bruderdramas. Entschlossen greife ich nach dem kleinen Plastikfläschchen mit dem Hotellogo und drücke das perlmuttschimmernde Shampoo in meine Handfläche, wende jedoch so viel Kraft an, dass das Fläschchen gut drei Viertel seines Inhalts ausspuckt.

Zehn nach acht. Jetzt ist natürlich kein Einzeltisch mehr frei. Ich setze mich an die Stirnseite eines Sechsertisches, an dessen anderem Ende eine Familie ihr Frühstück einnimmt, Vater, Mutter und ein Baby im Hochstuhl, das gluckst und lacht und mit Brötchenfetzen herumspielt. Ich stelle meinen Rechner vor mich hin und setze mir schnell meine kabellosen Kopfhörer ein, gehe online, finde auf YouTube einen dieser Accounts, die weißes Rauschen abspielen, und klicke auf *Play*. Eine junge Servicekraft bietet mir Kaffee an, und ich nicke, des Weiteren verständigen wir uns per Handzeichen: Milch? Nein. Zucker? Nein. Sonst einen Wunsch? Erst mal nicht, danke. Sie versteht und lässt mich danach komplett in Ruhe. Ich lasse meine Fingergelenke der Reihe nach knacksen. Also gut. Dann los. Ich öffne die Präsentation im Überblicksmodus und lasse mir die Folien als Block anzeigen. Hier. Zwischen Folie acht und neun ergäbe das neue Kapitel am meisten Sinn. Ich übertrage die Stichworte aus dem Dokument, das in meinem Handy abgespeichert ist, dann nehme ich eine Karteikarte aus meiner Mappe und beschrifte auch diese. Als mich jemand unvermittelt an der Schulter berührt, rutscht der Kugelschreiber mitten im Wort ab und quer übers Papier, hinterlässt einen krakeligen Strich, wo keiner hingehört. Judith Harms steht neben mir. Ich nehme die Kopfhörer aus den Ohren und starre sie an, nicht unfreundlich, aber, so hoffe ich, einigermaßen irritiert, damit sie kapiert, dass sie mich gerade aus tiefer Konzentration gerissen hat. Aber ich sehe ihr schon an, dass ihr das egal ist.

»Anne«, sagt sie. »Wie schön. Darf ich mich kurz zu dir setzen?«

Als Antwort lasse ich die Mine meines Kugelschreibers einrasten, lege den Stift hin und schließe den Laptop. Anders zu reagieren, freundlich, enthusiastisch womöglich, sehe ich nicht ein; wir wissen beide ganz genau, dass ihre Frage nicht als Bitte gemeint war.

Sie zieht sich den nächsten Stuhl heran.

»Geht es dir wieder besser? Thorben meinte, du hättest dich gestern hinlegen müssen. Ich kenne das. Ich habe auch oft starke Spannungskopfschmerzen.«

»Es geht mir gut«, sage ich und füge, um das Ganze

glaubwürdiger klingen zu lassen, hinzu: »Schlafen hat geholfen.«

Sie nickt. »Schlafen, Vorhänge zuziehen. Und eine XXL-Tüte Weingummi.« Sie lacht daraufhin, wie nur dünne Frauen, deren Dünnheit nicht ganz natürlich ist, es tun, wann immer die Rede von Süßigkeiten ist.

Meine Güte. Sie soll zum Punkt kommen.

»Übrigens, Thorben hat mir auch vom Thema deines Vortrags erzählt.«

Danke, endlich hört der Tanz um den heißen Brei herum auf.

»Das ist ja alles unerhört wichtig, gerade vor dem Hintergrund der aktuellen Entwicklung im Unternehmen.«

»Deswegen habe ich es mir ausgesucht.«

»Klar. Aber es ist kein einfaches Thema. Es ist sehr komplex, medizinisch, gesellschaftlich, politisch betrachtet. Das sieht man schon daran, dass sich außer dir freiwillig keiner damit befassen wollte. Die Schwerpunkte der anderen Vorträge sind etwas – lass es mich vorsichtig ausdrücken – schlichter.«

»Niemand im Unternehmen braucht den x-ten Vortrag über die Geschichte von P&H oder die Wirkungsweise von Penicillin ...«

»Das stimmt wohl. Ich mag deine Einstellung.«

»Aber?«

»Du weißt ja, dass es beim Pharma-Marketing vor allem um Sensibilität geht. Daher ist es wichtig, dass du bei deinem Vortrag darauf achtest, die, sagen wir, Untiefen dieses Themenkomplexes zu umschiffen. Wir müssen gerade unseren neuen, jungen Kollegen den richtigen Eindruck vermitteln. Vor allem, weil wir noch ganz am Anfang der neuen Fentanyl-Kampagne stehen. Was wir brauchen, ist positive Energie.«

Ich verstehe nicht, was sie eigentlich von mir will. Und sehe wohl auch so aus, denn sie fährt fort.

»Ich meine, ich hatte ja leider keine Gelegenheit, deinen Vortrag vorab zu lesen, daher weiß ich nicht, ob es zutrifft – aber solltest du auch über Suchtrisiken referieren wollen, möchte ich dich bitten, dies zu unterlassen. Das ist hier und heute weder der Ort noch die Zeit dafür.«

Was für ein Quatsch. Dass Opioide süchtig machen können, kann sich doch jeder in drei Sekunden ergoogeln, will ich sagen. Gerade die Jüngeren, die erst Fuß fassen in der Branche, sollten aufgeklärt werden, will ich sagen. Früher oder später müssen wir uns bei P&H nun mal mit der Problematik beschäftigen, warum also nicht jetzt sofort, will ich sagen.

»Zu einer transparenten Kampagne würde aber genau das passen«, erwidere ich stattdessen, so ruhig und gefasst wie möglich. »Stichwort: Vertrauen erzeugen. Das will P&H doch, oder habe ich das falsch verstanden?«

»Nein, ganz und gar nicht!«, sagt die Harms und reißt die Augen theatralisch auf. »Das ist völlig richtig! Aber das könnt ihr vom Vertrieb doch uns vom Marketing überlassen!«

Ich kann meine Hand gerade noch wegziehen, bevor sie ihre beschwichtigend darauflegen kann. Was glaubt sie eigentlich, wer sie ist? Ich bin viel länger im Unternehmen als sie, die sich sowieso nur den Hintern platt sitzt in ihrem klimatisierten Einzelbüro mit Alsterblick. Und für sie soll ich meinen Vortrag schönfärben? Warum hält sie ihn nicht gleich selbst? Sowieso kann ich den Umstand, einen ehemals Fentanyl-abhängigen Bruder zu haben, nicht einfach so ausblenden. Dafür ist es zu spät. Das wird noch heiter werden mit der Harms und mir, sobald ich in den Innendienst gewechselt habe. Aber wir werden schon sehen, wer den längeren Atem hat.

»Was ist?«, fragt sie.

Ich wende mich ab.

Und sehe Kai.

Sehe, wie er quer durch den Frühstücksraum auf mich zusteuert, er trägt dasselbe T-Shirt wie gestern, seine Haare sind links struppig, rechts platt gelegen. Im selben Moment passiert etwas, das ewig nicht mehr vorgekommen ist: Nicht nur freue ich mich, meinen Bruder zu sehen, ich empfinde obendrein den Drang, auf ihn zuzulaufen und ihn zu begrüßen wie ein kleines Kind. Der Satz »Gemeinsam empfundener Schmerz ist oft der kürzeste Weg zwischen zwei Menschen« schießt mir durch den Kopf, entweder hat Helga ihn gesagt, oder ich habe ihn irgendwo gelesen, aber es ist auch egal. Er passt. Trotzdem ist die Situation unglücklich. Denn die Harms sitzt hier.

Ich versuche, Kai zu signalisieren, dass ich gerade keine Zeit für ihn habe. Warum spaziert er überhaupt so früh hier rein? Hat er gestern nicht angekündigt, lange schlafen zu wollen? Warum steht man um acht auf, wenn man eine verdammte Suite ganz für sich allein hat und sich das Frühstück sogar hochbringen lassen kann? Ich starre ihn durchdringend an und schüttle den Kopf, hoffentlich dezent genug, dass die Harms es nicht mitbekommt:

Nein. Jetzt nicht. Geh woandershin! Kai versteht nicht. Oder will nicht verstehen. Sollten ihm manche sozialen Codes mittlerweile nichts mehr bedeuten, würde mich das allerdings auch nicht überraschen. Klar, es ist ja auch nicht seine Karriere, um die es hier geht; nicht seine Zukunft. Wahrscheinlich, weil er so etwas wie eine Zukunft, eine konventionelle mit Zielen und Plänen im Fünf- oder Zehnjahresrhythmus, gar nicht mehr hat. Hat er schließlich gestern selbst gesagt und dabei erstaunlich gelassen gewirkt. So wie jemand, von dem alles abgefallen ist, der keine Erwartungen mehr erfüllen muss. Kann sein, dass das die Freiheit ist, die ich nie haben werde. Ich brauche eine Aufgabe, um mir selbst zu genügen, womöglich sogar, um mich zu ertragen. Immerhin kann ich im Gegensatz zu ihm selbst über mich bestimmen, ohne die Einmischung von Ämtern, Behörden oder Sozialarbeitern. Ich kann mich immer noch nicht entscheiden, ob ich ihn bewundern oder bemitleiden soll.

Er bleibt vor uns stehen, seine Fingerspitzen berühren die Tischplatte, er lächelt und nickt mir zu. »Hey.«

Und dann, an die Harms gerichtet, die er offensichtlich für so etwas wie eine Freundin von mir hält: »Hallo. Kai, mein Name.«

Er hält ihr seine Hand hin, doch sie zögert, sie zu nehmen; sieht mich an, um an meiner Reaktion ablesen zu können, ob ich diesen Mann kenne, der optisch so überhaupt nicht in diesen Raum, zu den gut gekleideten, gut frisierten, gut verdienenden Menschen passt, die hier vor ihren Milchkaffees sitzen und Cloud Eggs mit Avocadotoast oder Grapefruit-Carpaccio essen.

»Bitte lassen Sie uns in Ruhe. Wir haben hier zu tun«, sage ich, woraufhin ihm seine Miene aus dem Gesicht rutscht.

Du Arschloch, sagt sein Blick.

Stell dich nicht so an, sagt meiner.

Was soll ich denn seiner Meinung nach machen? Der Harms im Schnellverfahren den gestrigen Tag erklären? Außerdem. Er hätte sich wenigstens mal kämmen können.

»Sie haben die Dame doch verstanden«, mischt sich die Harms von der Seite ein, als Kai stumm bleibt. »Ist gut jetzt, gehen Sie einfach.«

Endlich haut er ab. Aber etwas stimmt nicht. Ich erkenne es an seiner Haltung und daran, wie unnötig fest er die Füße aufsetzt. Er stapft zu einem Tisch am gegenüberliegenden Ende des Raums und kramt dort herum, ich kann es von hier aus nicht richtig sehen. Ah. Er sammelt seine Sachen ein. Seine Tasche und die IKEA-Tüte. Er wirft sich die Jacke über. Dann verlässt er den Frühstücksraum, ohne mir noch einmal einen Blick zuzuwerfen.

»Was für eine selten dämliche Anmache.«

»Was?«

»Ach, nichts«, sagt die Harms. »Ich bin nur immer wieder über die Selbstsicherheit mancher Männer schockiert.« Sie schüttelt den Kopf. »Also, Anne, ich kann mich auf dich verlassen, ja? Wir sehen uns gleich drüben im Saal, du bist als Zweite dran, soweit ich weiß.«

Sie klopft mit den Fingerknöcheln auf die Tischplatte, dann steht sie auf und ist weg; nur ihr Parfümduft bleibt noch einen Moment in der Luft hängen, wie eine Warnung.

Zuerst kann ich mich nicht bewegen. Dann übernimmt mein Körper für mich. Ich packe zusammen, stürze den letzten Schluck meines inzwischen kalten Kaffees runter und laufe ins Foyer zu Kai, der in dem großen roten Sessel sitzt und wartet. Nur, dass er dort nicht ist. Er ist nirgends in der Halle zu entdecken. Hektisch drücke ich auf den Fahrstuhlknopf und lasse mich zu seiner Etage bringen, laufe den unendlich scheinenden Korridor entlang bis zu Zimmer 524, klopfe. Nichts tut sich.

»Kai!«

Ich hämmere gegen die Tür.

»Jetzt stell dich nicht so an! Mach auf!«

Immer noch nichts. Ich ziehe mein Smartphone aus der Blazertasche, suche in der Kontaktliste nach SOFORT WEGDRÜCKEN und tippe darauf. Die Verbindung baut sich auf. Doch ich lande direkt in seiner Mailbox und breche den Anruf frustriert ab. Eine Weile stehe ich unschlüssig da. Irgendwann taucht ein Zimmermädchen mit einem dieser Wagen voll Reinigungsmittel und frischer Bettwäsche auf.

»Entschuldigung«, spreche ich sie an. »Sie haben doch einen Generalschlüssel. Können Sie mir diese Tür öffnen?«

Die Frau verneint.

»Es ist wichtig!«

»Tut mir leid, aber das darf ich nicht. Wenn Sie Ihre Karte verloren haben, müssen Sie an der Rezeption Bescheid sagen.«

»Hören Sie, es könnte sich hier um einen medizinischen Notfall handeln. Mein Bruder könnte bewusstlos da drin liegen, okay? Sie und ich machen uns gerade strafbar. Unterlassene Hilfeleistung, verstehen Sie?«

Das wirkt wie erwartet. Sie steckt ihre Karte ins Schloss, das aufblinkt und piept, die Tür springt auf. Ich stürze in die Suite, finde mich in einem Raum von der Größe einer Zweizimmerwohnung wieder, Sitzlandschaft, riesiger Flachbildfernseher an der Wand. Alles ist leer. Ich reiße die Tür zum Bad auf. Den begehbaren Kleiderschrank. Ich schaue sogar unters Bett.

»Er ist nicht hier«, sage ich entgeistert zu dem Zimmermädchen, das mich ansieht, als wollte ich sie verarschen.

Verdammt. Erst mal hinsetzen. Erst mal nachdenken. Doch sie scheucht mich gleich wieder von der Megacouch.

»Wenn hier kein Notfall vorliegt, dann gehen Sie jetzt bitte sofort!«

Ich tue wie befohlen. Nehme den Aufzug nach unten und will mich zum Nachdenken in den roten Sessel setzen, doch da öffnen sich schon die Flügeltüren zum Großen Saal. Petersen winkt mir zu. Es geht los.

Die Neue, Kirchmeyer, ist anscheinend fertig, es wird geklatscht. Dombrowski applaudiert am lautesten, was nicht verwunderlich ist, sie ist seine Nichte. Kirchmeyer klappt ihren Laptop zu, sammelt ihre Unterlagen zusammen, nimmt den Stapel in beide Hände und klopft ihn aufs Pult, um die Blätter auf Kante zu bringen, steigt vom Podium. Ich habe nicht den Hauch einer Ahnung, worüber sie referiert hat. Immer noch überlege ich, wo Kai steckt. Wohin er abgehauen ist, wenn er doch kein Geld für den Zug hat. Und ob er jetzt nie wieder ans Telefon gehen wird, wenn ich anrufe.

»Es folgt Anne Kupper, Nördliches Schleswig-Holstein, zum Thema ›Opioidbasierte Schmerztherapie‹.«

Applaus. Ich umklammere meinen Laptop und mein Päckchen Moderationskarten.

»Anne Kupper, bitte?«

Neben mir räuspert sich Lüdtke.

Ja. Ich weiß doch, dass ich dran bin.

Langsam stehe ich auf und gehe gemächlich nach vorne. Auf dem ganzen Weg zum Podium haftet der Blick der Harms auf mir.

Kann natürlich sein, dass wir uns jetzt nie wiedersehen, Kai und ich. Und wenn? Ich stelle es mir vor: Ein Leben ohne ihn kommt mir nicht unmöglich vor. Ich meine, alles geht irgendwie. Man *macht,* dass es geht. Das habe ich doch früher auch hingekriegt. Allerdings hat er mir da noch nicht so gefehlt wie jetzt gerade. Oder habe ich es einfach sehr erfolgreich unterdrückt?

Ich bin auf dem Podium angekommen, fummle am Mikrofon herum, das die Kirchmeyer mit ihren knapp ein Meter sechzig sehr niedrig hinterlassen hat. Anschließend verbinde ich meinen Laptop mit dem Beamer. Füßescharren im Publikum.

Wahrscheinlich kann ich nun nichts mehr für Kai tun außer hoffen, dass er nicht rückfällig wird. Dass er nicht eines Tages auf der Straße kollabiert und liegen bleibt. Oder dass, sollte es doch passieren, dann wenigstens jemand in der Nähe ist, der ein Naloxon-Nasenspray dabeihat und weiß, dass es innerhalb von Sekunden die atemlähmende Wirkung aufhebt; jemand, der es Kai stoßweise in die Nasenlöcher sprüht, ihn aufrichtet, ihn wachhält, bis er notfallversorgt werden kann. Aber dafür müssen Menschen wissen, wie eine Überdosierung überhaupt aussieht. Dafür müssen sie über Opioidabhängigkeit aufgeklärt sein.

Ich sortiere meine Karten und werfe einen letzten Blick zur Harms, dann einen zu Petersen. Er hat die Hände über seinem Bauch gefaltet und lächelt mich aufmunternd an.

Ich öffne die Präsentation, die erste Folie erscheint auf der Wand hinter mir.

»Opioidbasierte Schmerztherapie«, beginne ich.

»Lauter!«, ruft jemand.

»*Opioidbasierte Schmerztherapie.*«

Jetzt jault das Mikrofon.

Ich will die erste Moderationskarte aus dem Stapel nehmen, bekomme sie jedoch nicht richtig zu fassen, etwas zwickt, die Karte fällt hin. Als ich sie vom Boden aufheben will, sehe ich es. Blut. Die scharfe Papierkante hat mir in die Kuppe des rechten Daumens geschnitten, einen roten Streifen hinterlassen, der dünn ist wie ein Bleistiftstrich, aber tief. Er tut weh. Verdammt weh. Reflexhaft stecke ich den Daumen in den Mund. Speichel ist gut, solange es der eigene ist; die enthaltenen Lysozyme wirken gegen Bakterien. Oder waren das die Histatine?

»Anne?« Petersens Stimme dringt wie aus einem Nebel zu mir. »Alles okay bei dir da oben?«

Ich lutsche heftig an meinem Daumen. Dann ziehe ich ihn heraus und betrachte ihn. Das Blut kommt immer wieder neu nach. Die Stelle schmerzt so viel mehr, als man von einem derart kleinen Schnitt erwarten würde.

»Ich kann nicht«, sage ich leise.

Mit wenigen Schritten ist Petersen bei mir, legt die Hand auf meinen Arm.

»Was ist denn auf einmal los?«, flüstert er.

»Ich kann nicht.«

»Hast du Lampenfieber bekommen?«

Ich schüttle den Kopf. »Nein. Ich kann nicht. Es tut so weh.«

Als ich mir den Finger wieder in den Mund stecken will, merke ich, dass meine Wangen nass sind. Da ist es vorbei. Alles bricht zusammen. Ich schluchze und heule und zittere. Petersen legt mir eine Hand auf den Rücken und begleitet mich dann die Stufen des Podiums herunter. Er macht einige Handbewegungen in Richtung Harms oder vielleicht auch woandershin. Im Nebenraum, der gerade nicht genutzt wird, soll ich mich auf einen Stuhl setzen. Petersen verschwindet kurz; als er wiederkommt, hat er ein Glas Wasser in der Hand, von dem ich trinken soll, und ich tue wie geheißen.

»Zeig mal.« Er sieht sich meinen Daumen an. »Na ja. Amputieren müssen wir den wohl nicht.«

Er grunzt, wie immer, wenn er über seine eigenen Witze lacht, doch aus unerfindlichen Gründen muss ich davon nur noch mehr heulen.

»Aber Anne …«, sagt Petersen hilflos.

»Lass mich mal bitte allein«, schaffe ich zu sagen.

»Ungern.«

»Doch. Bitte!«

»Na gut. Aber dann erzählst du mir, was los ist. So kenne ich dich gar nicht. Das müssen wir dann auch Judith erklären. Es steht ja für dich einiges auf dem Spiel.«

Er geht.

Ich lasse den Kopf hängen und betrachte den Teppich unter meinen Füßen. Wenn man ganz genau hinschaut, erkennt man in dessen Muster das kreisförmige Logo des Hotels. Sie haben hier wirklich nichts dem Zufall überlassen, und irgendwie kotzt mich das an. Ich halte meinen schmerzenden Daumen.

Es klopft. Lüdtke steht in der Tür. Sie spricht, bevor ich es schaffe zu sagen, dass ich bitte meine Ruhe haben will.

»Du, ich weiß nicht, was los ist, geht mich auch nichts an. Aber ich finde es gut, dass du ein Statement gesetzt hast.«

»Was meinst du?«

»Na, dass du denen gesagt hast, dass du es nicht kannst. Ich hatte schon befürchtet, dass du jetzt komplett nach der Pfeife der Harms tanzt wie die ganzen anderen. Aber ich habe schon lange gesagt: Irgendjemand muss sich mal positionieren gegen die Richtung, die P&H einschlägt. Irgendjemand muss doch mal seinem moralischen Kompass folgen und Haltung zeigen.«

Sie schnauft empört.

»Die meisten wissen ja nicht mal, dass sie das neue Fentanyl-Pflaster in Osteuropa und Asien schon zu Anfang letzten Jahres gelauncht haben und wie aggressiv es seitdem dort vertrieben wird. Du hast die Werbespots und die Plakate dafür ja sicher auch gesehen! Nichts mit Transparenz und Verantwortung und dem ganzen Scheiß, das machen die nur in Deutschland so. Verarsche, absolute Verarsche! Entschuldige, das regt mich alles dermaßen auf …«

Ich bin schockiert. Gar nichts habe ich gesehen, ich

weiß überhaupt nicht, wovon sie redet. Aber je länger ich diese Informationen sacken lasse, desto mehr ergeben sie ein allzu stimmiges Bild.

Ich schlucke. »Ich habe das auch nicht gewusst.«

»Ach so? Na ja, Hannes hat das alles auf seiner externen Festplatte. Kannst du dir mal zeigen lassen.«

»Wer?«

»Na, Hannes, Hannes Röhl, Südwestliches Niedersachsen. Seit ich dieses Material gesehen habe, war mir jedenfalls klar, dass ich das nicht mehr mitmache. Ich habe im Juni gekündigt.«

»Okay. Wow.«

»Wenn du auch wegwillst von P&H, lass es mich wissen. Ich habe Beziehungen.«

»Danke.«

Mehr fällt mir dazu nicht ein.

Ich stehe von meinem Stuhl auf und drücke mich an Lüdtke vorbei, gehe quer durch die Empfangshalle, immer noch meinen schmerzenden Daumen umklammernd, und passiere die Drehtür. Sobald sie mich auf die Straße gespuckt hat, beginne ich zu rennen. Wohin, weiß ich nicht; ich will nur möglichst viel Distanz zwischen mich und das Hotel bringen. Einige Passanten können mir ausweichen, andere touchiere ich mit der Schulter, fast wie in dem Video zu »Bittersweet Symphony« von The Verve, das gefühlt in Dauerschleife auf MTV lief, als wir noch in Berlin wohnten, und das Kai so liebte.

»So ein Rüpel«, hatte unsere Mutter naserümpfend gesagt, als sie zufällig einen Ausschnitt daraus über den Fernsehbildschirm hatte flimmern sehen.

»Das ist doch kein Rüpel! Das ist Richard Ashcroft!«, hatte ich gerufen und dabei stolz zu Kai geblickt, denn von ihm kannte ich die Namen aller wichtigen Bands und Musiker.

Also die, die er persönlich wichtig fand. Aber das reichte mir. Mir hat immer alles gereicht, wenn es von Kai kam.

Ich renne weiter. Renne und halte dabei meinen Daumen fest, als könnte er mir abfallen. Er tut immer noch weh. Als ich an einem kleinen Park vorbeikomme, der nicht mehr ist als eine rechteckige Grünfläche mit zwei sich gegenüberstehenden, mit Graffiti beschmierten Holzbänken, setze ich mich. Unter meinen Schuhsohlen knirschen Glasscherben; ich sehe nach unten, auf die Reste einer Flasche *Kleiner Feigling,* lasse meinen Atem wieder zur Ruhe kommen. Nach ein paar Minuten sehe ich mir meinen Daumen noch mal an. Der Schnitt hat aufgehört zu bluten. Dann lehne ich mich zurück und versuche nachzuvollziehen, was in den letzten zehn, fünfzehn Minuten eigentlich passiert ist. Zunächst mal ein klassischer Blackout – auf die extreme Ausschüttung von Glukokortikoiden wie Cortisol hat sich der Hippocampus abgeschaltet, um die irreparable Schädigung oder sogar das Absterben von Zellen zu verhindern, anders gesagt: Mein Körper hat mich mithilfe einer Denkblockade vor den Folgen von zu viel Stress schützen wollen. So einem Körper ist eine Karriere, ein Job im Innendienst und eine Beteiligung an Marktstrategien nämlich scheißegal, wenn's ans Eingemachte geht. Er denkt nur an sich. Also an mich. Und das ist gut so.

Denn erstaunlicherweise lässt es mich kalt, dass ich bei der Harms, bei Dombrowski und allen anderen aus der Führungsriege, die heute dabei waren, nun mit an Sicherheit grenzender Wahrscheinlichkeit aus der Kategorie *Vielversprechend* in jene mit dem Etikett *Problematisch* sortiert werde und mir mein weiteres Fortkommen bei P&H in die Haare schmieren kann. Im Gegenteil, ich fühle mich leicht, kurz vor euphorisch. Wie ein Fallschirmspringer, der auf halbem Weg nach unten merkt, dass der Schirm nicht aufgeht, aber dann in einer Baumkrone landet und, statt sich alle Knochen zu zerbrechen, mit ein paar Kratzern davonkommt.

Insgeheim habe ich wohl schon seit gestern geahnt, dass ich das alles nicht mehr nach Plan durchziehen kann. Und wenn ich zu hundert Prozent ehrlich bin, habe ich bereits seit dem Tag in Helgas Praxis daran gezweifelt; befürchtet, dass Palmerston & Hendricks nichts, absolut gar nichts besser machen wird als die meisten Riesenkonzerne, die Opioide vertreiben. Obendrein noch diese Geschichte von Lüdtke über das, was P&H in anderen Ländern treibt. Soll ich es wie sie machen und kündigen? Aber was dann? Ich habe doch immer noch den Wunsch, etwas zu verändern, eine sinnvolle Aufgabe zu haben. Vielleicht sollte ich das tun, was sich in den letzten Jahren in der Regel als richtig herausgestellt hat: Petersen um Rat fragen. Er wird zwar erst mal versuchen, mich dazu zu drängen, seinen alten Job zu übernehmen, so wie ursprünglich geplant; wahrscheinlich auch noch damit argumentieren, dass ich als neue Gebietsleitung Nördliches Schleswig-Holstein doch nichts mit der Fentanyl-Kampagne zu tun haben muss, wenn ich nicht will. Aber wenn ich ihm alles erkläre, wird er mich nicht hängen lassen. Hoffentlich.

Irgendwann nehme ich mein Smartphone, wähle SOFORT WEGDRÜCKEN aus und beginne, eine Nachricht zu verfassen.

Hey. Wo bist du? Ich bin

Ich lösche die Worte, fange noch mal von vorne an.

Hey. Es tut mir leid, wie es vorhin gelaufen ist. Ich habe es nicht so gemeint. Wie

Ich tippe wieder auf *Löschen.*

Hey. Ich muss dir was gestehen.

Löschen.

Hey. Ich wollte nur sagen, wenn mal was ist, kannst du

Löschen.

Hey.

Ich speichere die angefangene Nachricht im Entwürfe-Ordner ab.

Als fast in derselben Sekunde ein Anruf reinkommt und SOFORT WEGDRÜCKEN auf dem Bildschirm aufleuchtet, fällt mir das Telefon vor Schreck beinahe aus der Hand. Ich tippe auf *Annehmen.*

»Mensch«, sagt Kai.

»Ja, Mensch«, wiederhole ich, weil das vielleicht die angemessenste Einleitung für ein Gespräch ist, die ich je gehört habe.

»Du hattest angerufen. Was ist denn?«

»Ich …«, beginne ich, meine Stimme ist brüchig. »Ich wollte mich bei dir entschuldigen.«

»Hm«, macht er.

»Ja. War blöd, das vorhin.«

»Ja. War's. Okay. Vergessen wir's einfach.«

Ich meine, dumpf eine Gleisdurchsage zu hören, er scheint am Bahnhof zu sein. Hauptbahnhof? Dammtor?

»Was hast du jetzt vor?«

»Na, nach Lübeck, weißt du doch.«

»Ich dachte, du hast kein Geld für eine Fahrkarte.«

Er schnauft. »Kennst du das Konzept Schwarzfahren?«

»Und wo kommst du bis morgen unter?«

»Weiß ich noch nicht. Ich muss da morgen früh eh um acht schon auf der Matte stehen, vielleicht mach ich die Nacht einfach durch. Soll nicht regnen.«

»Okay. Wenn du meinst ...«

»Mein ich. Ich komm schon irgendwie klar.«

»Kann ich denn eventuell ...« Meine Lippen fühlen sich ganz klebrig an. »... deine Adresse in Lübeck haben?«

»Ja. Weiß ich gerade nicht auswendig, aber texte ich dir.«

»Okay.«

»Okay.«

»Ja, also dann ...«

»Wir hören uns.«

»Ja. Wir hören uns.«

Dann beenden wir das Gespräch.

Menschen, die Budni-Einkaufstüten tragen, Kinderwagen schieben und Hunde spazieren führen. Ein DHL-Transporter, der quer auf dem Gehweg parkt, und ein Mann in zerfledderter Kleidung, der Leute um Kleingeld bittet und sie beschimpft, wenn sie ihm keins geben. Über dem Stadtviertel blitzt der Himmel stellenweise blau durch die Wolken, doch ein paar Straßenzüge weiter bahnt sich eine Regenfront an. Was ich mit dem Rest des Tages anfangen soll, weiß ich nicht – außer, dass ich definitiv nicht ins Hotel zurückgehen werde. Im Augenblick möchte ich mich am liebsten auflösen. Schon oft habe ich mir überlegt, wie schön es sein müsste, in dieser Welt, in der alles Lebendige aus wachsenden, sich teilenden und auf Reize reagierenden Zellen besteht, körperlos zu sein. Deshalb, davon bin ich überzeugt, wird eines Tages schon noch die entsprechende Technologie erfunden werden. Dann werden am Polarkreis riesige Serverfarmen stehen, damit Menschen rund um den Globus ihr Bewusstsein auf einem Datenträger abspeichern und in virtuelle Realitäten hochladen können, während sie ihre biologische Masse in Eis konservieren lassen oder sie direkt natürlichen Abbauprozessen übergeben. Mir würde Letzteres reichen. Als Software würde ich dann sorgenfrei vor mich hin dümpeln und ab und zu mal die Shuffle-Funktion nutzen, um angenehme Erinnerungen abzurufen: Eine Mahlzeit aus meiner Kindheit. Den Geruch der Ostsee. Den Gesang unserer Mutter, morgens, im Badezimmer. Oder eine Umarmung von Kai. Die dunklen Wolken sind jetzt sehr nah. Ich stehe von der Bank auf und suche mir einen Hauseingang, um mich unterzustellen, bevor der erste Regentropfen fällt.

Danksagung

Mein großer Dank gilt dem Team des Arche Verlags, vor allem Jasmin Camenzind und Frauke Schneider, meiner Agentin Julia Dösch und allen Menschen, die mich während des Schreibprozesses wertschätzend, motivierend und angemessen kritisch begleitet haben. Dies sind in besonderem Maße Stephanie Bruchwitz, Jennifer Höltken, Petra Markovic, Rebecca Maria Salentin, Teresa Werner und Melanie Westphal. Außerdem bedanke ich mich herzlich bei Daniela Dröscher und Deniz Utlu sowie Klaus Werner von der Carl-von-Ossietzky-Buchhandlung in Flensburg. Zu guter Letzt gilt mein Dank dir, Brian, für deine Geduld und deinen Rückhalt.